海淀表达 2017

中共海淀区委宣传部　编

每一次爱的传递，都会激起温暖和感动的浪花；每一朵浪花，都是对灵魂的荡涤净化。我们始终在致力做好一件事，就是把爱传递下去，撒播开来，让它在海淀的土壤里生根开花，让花的芬芳弥漫在每一个角落，浸润每一个心灵，让那些或干涸、或凋敝、或委顿、或彷徨的内心变得生机盎然，博大坚强。

HAIDIAN BIAODA

北京理工大学出版社
BEIJING INSTITUTE OF TECHNOLOGY PRESS

图书在版编目（CIP）数据

海淀表达 .2017 / 中共海淀区委宣传部编. —北京：北京理工大学出版社，2018. 1

ISBN 978-7-5682-5143-3

Ⅰ. ①海…　Ⅱ. ①中…　Ⅲ. ①报告文学-作品集-中国-当代　Ⅳ. ①I25

中国版本图书馆 CIP 数据核字（2018）第 001914 号

出版发行 / 北京理工大学出版社有限责任公司
社　　址 / 北京市海淀区中关村南大街 5 号
邮　　编 / 100081
电　　话 / (010)68914775(总编室)
　　　　　(010)82562903(教材售后服务热线)
　　　　　(010)68948351(其他图书服务热线)
网　　址 / http://www.bitpress.com.cn
经　　销 / 全国各地新华书店
印　　刷 / 三河市华骏印务包装有限公司
开　　本 / 710 毫米×1000 毫米　1/16
印　　张 / 17.75
字　　数 / 261 千字
版　　次 / 2018 年 1 月第 1 版　2018 年 1 月第 1 次印刷
定　　价 / 56.00 元

责任编辑 / 梁铜华
文案编辑 / 梁铜华
责任校对 / 黄拾三
责任印制 / 王美丽

编　委　会

主编　陈名杰

编委　陈名杰　黄　英　苗　地　赵　萍
叶宏奇　崔　靖　陈里宁　王　威
张福成　阮文兴　陈　颖

前　言

在2017年即将结束之际，我们向大家呈现出了《海淀表达2017》。这是继2015年《海淀表情》和2016年《海淀表达》之后，由区委宣传部组织区文联作家深入生活，深入基层，坚持以人民为中心的创作导向，全方位展示我区各个行业的建设者爱岗奉献、坚守创新、奋发有为，紧紧围绕弘扬社会主义核心价值观，用真诚、拼搏、善良、友爱、理想写成的人生绚丽篇章。

明年是改革开放40周年、中关村建设30周年，海淀的变化，既是全国变化的一个缩影，也是风向标。当中关村成为凝聚国家最前沿、最高端的思想和技术绿荫的时候，当中关村的魅力向四面八方绽放的时候，当中关村被定义为各种焦距对光的焦点的时候，我们的文学，已经穿越了喧嚣与骚动，正在默默地梳理那些隐匿在光环后面的执着的信念、艰辛的创造和无悔的生命。他们中有从普通岗位涌现出来的优秀劳动者、优秀团队，更有为中关村建设发展作出突出贡献的科学家、企业家。无论是平凡人生的坚守者，还是叱咤风云的开拓者，他们都是海淀杰出的代表，都值得学习和景仰。他们沉淀和奉献的精神品质，必将汇聚成滔滔不息的源泉，润泽海淀的每一片土地，每一个心灵。

川妮的《密林导游》，追寻了一位心理医生的执业轨迹，“陈瑾打了一个比方，心理医生就像密林里的导游，心理疾病的患者，就像陷入密林迷路了一样，需要心理医生引导着走出来。迷路的人恐慌、绝望、沮丧，想要放弃……心理医生除了安抚他们的情绪，最重要的一点，是帮助每一个人自己发现走出密林的路径”。童村的《梦想开花》，则讲述了从事特殊教育的教师滕飞，带着一群特殊孩子活出人生自信的故事。陈瑾和滕飞用他们的精彩，雕刻了那些心理和身体患病者的精彩。著名作家王宏甲，更像是坐在一间静寂的茶室，向我们娓娓讲述着那位中国“汉字激光照排系统之父”的传奇人生。七次选择，每次都是一个飞跃，最终，著名科学家王选“引爆”了汉字印刷革命。中科院院士吴一戎，是一位从八一学校走出来的著名科学家。陈春先，中关村的开拓者，是一位令人崇敬的科学家和市场经济的探路人，他的名字将永远和中关村在一起。继之而来的柳传志、严望佳、雷军、刘强东、薛向东、许泽玮等，不同年代的中关村人，他们用不同的方式，沿着相同的方向，为中关村书写了一个又一个美丽的传奇。

可以毫不夸张地说，本书中的每一位人物，每一个故事，无论他们的名字是否响亮，也无论他们的社会影响力是否巨大，他们汇成了海淀巨大精神力量的浩荡之势，而且注定成为我们比肩和看齐的坐标！

目　　录

密林导游

川 妮

中关村医院心理医生陈瑾

十一长假在冷雨中结束了，气温骤降十几度，一下子带来了冬天的感觉。街边银杏树的叶子有一多半来不及变黄，仍然绿绿地挂在树上，像不肯老去的青春，旗帜一样在风中猎猎作响。由秋入冬的季节的转换，很容易引发内心对青春逝去、衰老来临的恐慌。寒冷的气候，日益荒寒的景象，都是滋生不良情绪的沃土。这个时候阅读古人悲秋的诗词，总能够引起一阵阵感伤的共鸣。

人的内心世界，不仅丰富复杂，还是一个天然的矛盾体。似乎是，在正常的秩序里生活和工作，日复一日都是同样的日子，久了，人会倦怠、厌烦，强烈地渴望改变，渴望远方和诗意，渴望冲破一切去看外面的世界。“世界那么大，我想去看看。”写下这封辞职信的郑州中学老师，一下子成为人气飙升的网红，因为这句话，戳中了大家共同的情绪热点。可是，一旦改变真正地发生了，正常的秩序打破了，又会因为变动而感觉混乱、动荡、不安定，甚至不堪忍受，希望回归正常。生活也好，婚姻也罢，大抵就像钱钟书先生说的那样，围城里面的人想出去，围城外面的人想进来。

长假越来越像一次不负责任的狂欢，不计后果的放纵，透支了太多精力，搞乱了生活秩序，以至于上班之后无法适应，苦不堪言。长假过后，大家都急着要从步履疲惫、神思昏沉、心绪不佳的状态里挣脱出来，步入正常的生活轨迹，哪怕每天坐同一班地铁上班，订同一家外卖快餐，说重复了一百遍的话……总之，越正常越好。

长假后上班的第一周，大多数人还在节日后遗症中挣扎调整。中关村医院的心理医生陈瑾已经和国内的十几个同行踏上了去德国的路途，此行被陈瑾称为西去取经。陈瑾在十月九日的朋友圈写道：现代西行取经记第一日：穿越北京的浓雾烟雨，穿越各自的困难，我们汇聚。带着对身心医学共同的希求欲，我们集结。汉莎 LH721 做白马，向西挺进……

这一天，陈瑾和她的同行们经过十一个小时的飞行，飞行了 8 300 公里①，飞越了蒙古、哈萨克斯坦、俄罗斯、乌克兰、匈牙利……到达了德国法兰克福，又搭乘火车去了西行取经的第一站弗莱堡，见到了他们的老费老师。

这位老费老师，是弗莱堡大学医学院身心医学教授。转到身心医学领域之前，老费教授是一名心脏专科医生。老费教授是德国对亚洲进行身心医学教学项目的负责人之一，陈瑾跟老费教授结缘于 2012 年，当时陈瑾在协和医院进修，关于老费教授负责的亚洲项目，协和医院是协办单位之一，因缘际会，陈瑾参与到了老费教授负责的项目里面。在身心医学领域，德国处于世界最先进的发展水平，德国已经拥有了完善的诊断、治疗、住院和康复的身心医院，德国对身心医学领域的关注程度处于世界一流的水平。能够参与到老费教授的项目里面，每年两次接受严格的培训，陈瑾觉得自己很幸运，觉得参与这个项目，在还没有帮助到别人的时候，却首先帮助到了自己。

2014 年，女儿意外离世，陈瑾的世界一下子崩塌了，她不能正常上班，不能面对每一天那么漫长的黑夜。项目培训，陈瑾也不想参加了，她给负责项目的主任简单说了自己的情况，主任鼓励她继续参与，也许可以获得能量走出黑暗。于是，陈瑾坚持参加了一年两次的项目培训。每一次上课，她都

① 1 公里 = 1 000 米。

躲在角落里，没有办法投入其中。因为不想跟人交流，陈瑾每一次都等别人走了，才最后一个走出来。有一次，陈瑾磨蹭到最后走出教室时，发现费教授还站在门口等着她，他背着双肩包，看着陈瑾微笑着。陈瑾说，高高瘦瘦的费教授，一直都是那样微笑的，他的笑很温暖。陈瑾不知道是费教授注意到了她的反常，还是项目主任把情况告诉了费教授。费教授什么都没有说，他张开长长的胳膊，拥抱了陈瑾，依然什么都没说，就那么静静地用心地拥抱着，传递着温暖和力量。那个长时间的拥抱，让陈瑾至今难忘，也让陈瑾重新思考和定义了拥抱的内涵。陈瑾以前也拥抱过别人和接受过别人的拥抱，那些略显潦草的拥抱仅仅停留在形式上。从那以后，陈瑾总会用心给每一次拥抱注入更多的内涵，让拥抱传递更多的力量。在学习和思考中，陈瑾获得了走出黑暗的力量，她从自己的废墟上站了起来。

相比大唐和尚玄奘师徒西行取经的艰难旅程，陈瑾和她的同行们的西行之路便捷了太多。仅仅十几个小时，已经来到了德国，见到了他们的老费老师，开启了获取真经的模式。顾不上休息，顾不上倒时差，顾不上倾诉师生情谊，顾不上看一眼德国的美丽景色，他们已经投到了学习当中。一天的学习结束后，陈瑾在十月十日的朋友圈写道：西行取经第二日：十月十日（世界精神卫生日）徒步抵达弗莱堡大学医学院身心科，美如花园般的病房，不穿白大褂的医护人员，费教授和两位身心科大夫分别介绍科室情况……大部分患者为抑郁、焦虑、恐惧、人格障碍以及厌食。入院患者会制订治疗时间表，每周两次谈话，酌情加以音乐艺术治疗，由护士完成放松治疗；还有针对职场压力的、家庭治疗的，等等。下午，陈瑾和她的同行们体验了艺术心理治疗之绘画……体验过后，陈瑾由衷感慨，原来疗愈可以这样美。

在德国学习的每一天，陈瑾都认真记录下学习的内容，用通俗易懂的语言把重点写下来，拍下相关的图片，发到朋友圈上。陈瑾的每一条朋友圈信息，都要写好几百字。阅读陈瑾的朋友圈，跟着陈瑾取经的脚步一路走下来，我这个外行，虽然不可能取到真经，但学到了不少有关身心医学的常识，对身心医学这个陌生的领域有了一点点浅显的认知。陈瑾不顾旅途劳顿，学习任务繁重，每天坚持在朋友圈写下那么长的文字的时候，一定想到过，认真阅读的朋友可以从中了解到身心医学的一些知识，进而关注身心医学，关注我们和身边朋友的身心健康。

在诸多的学科学问中，医学是跟我们每一个人关系最密切的学问。我们的健康状况、我们的生命质量、我们的寿命长度，都跟医学的发展密不可分。但是，普通大众对医学的了解，大多还停留在传统医学阶段，平时想不起医生，有病了也不轻易去医院，头疼脑热的自己买点药吃吃，吃不好了才上医院，头痛医头，脚痛医脚，轻的打针吃药输液，重的住院手术，症状好了就出院回家。我们跟医生的关系并不密切，甚至可以说，医生是我们最不想见的人，只有病了，才不得不见。我们对医学的认识和了解，远远没有跟上健康的需要。

采访陈瑾的时候，她说得最多的是，作为医生，她希望能够帮助到更多的人，包括接受采访，也是想让更多的人了解身心医学，关注身心健康，参与到亲人朋友的治愈过程当中，让更多的人受益。

陈瑾目光温婉平和，容貌端庄美好，声音柔软舒展，略带一点四川口音的普通话，让我这个久居京城的四川游子，觉得特别亲切。在她的第一个预约病人到来之前，我们抓紧时间聊了起来。

陈瑾出生在四川一个叫遂宁的美丽小城，父亲是医生，母亲是护士。陈瑾的母亲出生在陈子昂的故乡射洪，谁不知道陈子昂呢？那句“前不见古人，后不见来者，念天地之悠悠，独怆然而涕下”的千古绝唱，不知道让多少人心情激荡过。母亲很为自己的家乡自豪，母亲更为自己的父亲自豪。母亲的父亲——陈瑾的外公是一名中医。虽然外公在陈瑾一岁的时候去世了，但是在陈瑾的记忆里，外公一直活在他们家里，是家人经久不衰的话题。晚饭后的休闲时光，母亲总会不由自主地回忆起外公行医的点滴往事。母亲在成长过程中，看到了太多向外公求助的病人，他们憔悴、焦急、悲苦、无助。坐在陈瑾外公的面前，他们迫不及待地就说开了，既说哪里不舒服、哪里痛，也说家里发生了什么，谁惹自己生气了。母亲说，病人来了，我的外公总是微微笑着，一边把脉、看舌头，一边认真倾听病人杂乱无章地倾诉；病人停顿的时候，我的外公就对病人说几句宽心的话，嘱咐他回去怎样吃药，怎样调养，怎样放松心情，不要急躁、发怒，情绪不好最容易生病。没什么大不了的事，钱没有了可以挣，娃儿老婆都是自己的亲人，跟他们置啥子气嘛……母亲说，我外公的脾气最好了，他总是慢悠悠劝说病人，从来不急的。开好了药方，病人离开的时候，病虽然没好，心情已经轻松了不少。病人回去煎药吃了，病好了，还会再来。再来的时候，就是满脸笑容了，还会给外公带一些家里的土特产，鸡蛋啊、自己钓的鱼啊……这些温馨美好的场面，通过母亲的反复讲述，变成了陈瑾记忆里的故事。在母亲深情的回忆中，外公的样子慢慢清晰起来，一个瘦弱的、温和的、笑眯眯的外公形象刻在陈瑾的童年记忆里，成为永远的暖色调。陈瑾在父母工作的绵阳地区二医院家属院里长大，父母的工作成为陈瑾成长的重要背景。父辈们成功的喜悦和失败的沮丧，都对陈瑾的成长起到过重要的作用。当父辈们成功地把病人从死亡线救回来时，陈瑾不仅感受到父辈们发自内心的喜悦，还认识到医学是了不起的学问，做医生是受人尊敬的职业。但是，促使陈瑾报考医学院的，恰恰不是父辈们的成功经验，而是来自父辈的失败。陈瑾记得，上高三的时候，妈妈好朋友的丈夫被诊断为食道癌，结果没几个月就去世了，妈妈整天陪着她的好朋友以泪洗面。守着家里的医生也救不了朋友丈夫的命，那种无奈和伤痛，妈妈在后来的日子屡次提及。在了不起的医学领域，居然还有癌症这么一个魔鬼无法征服，时时刻刻威胁着人类的生命和健康。高考前，陈瑾跟自己的三个好朋友仿佛找到了人生的方向和目标，她们的这一生，要为攻克癌症而努力，要为打败那个摧毁人类生命的魔鬼贡献自己的智慧。怀着这份稚嫩真诚的理想和雄心，她和三个好朋友一起报考了医学院，一起拿到了医学院的录取通知书。

成为心理医生之前，陈瑾跟任何一个医生的成长路径一样，经历了医学院的五年苦读。陈瑾从重庆医科大学毕业后，分到了北京中关村医院，做了一名神经内科的临床医生。因为中关村医院的特殊情况——紧邻中科院，所以大部分的病人都是中科院的科学家，中关村医院评级虽然不高，医疗水平和治疗理念却有同级别医院没有的超前水平。20 世纪 90 年代初期，中关村医院居然有一名心理医生，陈瑾因此接触了一个新的医学领域。那个时候，别说普通人，就是职业医生，对心理治疗这个领域都是比较陌生的。对心理治疗的初步了解，唤醒了陈瑾童年的记忆，她惊讶地发现，心理治疗跟中医有很多相通的地方。这个发现，引发了陈瑾对心理治疗的浓厚兴趣。陈瑾在繁忙的工作之余，报了心理学的函授课程，开启了自己对心理空间的探索之旅。

仅有兴趣是不够的，陈瑾的学习，因为工作繁忙和情感变故等诸多原因，不得不停下来。陈瑾对心理学的学习时断时续，对心理空间的探索旅程也是走走停停。但是，总有一些事情，引发陈瑾的思考。陈瑾收治的一个女病人，因为脊髓空洞住院，转院进行手术治疗，手术非常成功，出院后又强烈要求转回中关村医院继续住院。这样的反常引起了陈瑾的好奇：当看得见的治疗结束时，为什么病人的症状没有结束？通过跟女病人的耐心沟通，她终于找到了女病人反复入院的原因：女病人跟儿子的紧张关系，让她把医院当成了最安全的地方。陈瑾联系了女病人的儿子，对女病人和她的儿子进行了心理疏导，母子之间的关系有了改善，女病人反复出现的症状才逐渐消失。这件事，让陈瑾的思考指向了现代医学只针对症状进行治疗的局限性。生物—心理—社会多因素影响着疾病的走向，有了这样深度的思考和领悟，陈瑾不再满足于仅仅做一名临床医生。如果把现代医学的对症治疗和正在探索发展中的心理治疗结合起来，治疗领域延伸了，治疗手段拓展了，治疗的成果也一定会更显著，治病归根结底必须先治心，这样，就会有更多的人受益，帮助到更多的人。帮助到更多的人，是陈瑾从医的初心，正是这个帮助到更多人的初心，让陈瑾一步一步走进了心理治疗这个陌生神奇的领域。

2004—2007 年，陈瑾克服了许多困难，在北京医科大学系统学习了神经心理学，攻读了在职神经心理学的硕士。2009 年，陈瑾取得了心理咨询师资格，成为一名兼职的心理医生。

跟陈瑾最亲的二哥，2010 年因为癌症去世了。二哥是一个生活很规律的人，不吸烟不喝酒不熬夜，没有任何不良嗜好。他身上没有传统医学认知上可以引发癌症的诱因。陈瑾的家族，也没有任何遗传因素。怀着无法释怀的痛苦，陈瑾反复思考二哥与癌症的关系。思考的落点，最后落到了二哥生活中那些紧张的关系上面。二哥是一个有担当的男子汉，孝敬父母，宠爱妻子，关心亲戚朋友，他习惯了把生活的重担担在自己身上，把什么压力都扛到自己肩上，不管多难，从来不说。二哥身边的人，都觉得二哥无所不能，却从来没有想过，二哥也需要关心，需要释放。长年累月，那些没有及时释放的压力和被二哥压抑在心灵深处的情绪，改变了他的细胞结构，当这种改变以癌症的方式表现出来时，一切已经不可逆转了。如果能够早一点鼓励二哥放松自己，打开自己，跟家人一起承担压力，早一点告诉二哥，扛不住的时候学会倾诉，学会放下……也许，会有不一样的结果。二哥的离世，让陈瑾进一步认识到身心医学发展和普及的重要性与迫切性。

2013 年，陈瑾在上级部门和医院领导的支持下，组建了中关村医院心理门诊，正式接诊病人。

采访陈瑾的时候，我拍下了治疗室外面小黑板上的一张图。

关系（置身于各种关系中的自己）——冲突——情绪——体内化学分子变化——细胞病变——组织病变——身体疾病（症状）——恶性方向生命终结。

经过陈瑾的讲解，我终于看懂了这张图所表达的内容。对于置身于各种复杂关系中的个体生命，环境和人际关系的冲突导致不良情绪的滋生，长期的不良情绪，使人体的内环境发生改变，体内的化学分子产生变化，导致细胞病变，细胞病变的必然结果是组织的病变，组织病变表现出来的症状才让我们感觉到了身体的不适。这是身体忍无可忍后的呐喊！它是在提醒我们改变，提醒我们关怀自己。如果还是视而不见，那么身体可能就会不停用症状提醒。你继续忽视的话，最后身体症状恶化，当某一天得到某个所谓医学恶性疾病诊断时就已经太晚了，就错失治疗的良机了。

这张图，帮助我理解了身心医学的重要意义，也帮助我理解了陈瑾对身心医学的痴迷和执着。身心医学处理的是在疾病发生、发展以及患者应对疾病和受其折磨过程中躯体、情绪和社会因素的相互作用。躯体、情绪和社会因素在每个疾病中都发挥着不同比例的作用。医生的任务不仅是识别器质性成分，还要识别和考虑到疾病中包含的心理社会因素。在研究健康的发育（健康机理）时，安东诺夫斯基（1987）发现即使在一些困难的生活处境中，一个人也能保持躯体心理健康或重获健康。通过研究大屠杀幸存者，他发现健康机理依赖心理一致感，也就是说有压力的生活事件可以被理解和管理，并变得有意义。疾病的唯一目的是使我们变得完整。大地破裂处正好是花儿绽放的地方。我们重新学习症状的语言时，要用心倾听，学习了解我们缺乏什么，进而就可以转化疾病，迈向疗愈之路。

我对陈瑾的采访，因为她预约的病人来了，不得不中断。我非常想亲历一次心理医生对病人的治疗过程。但是，陈瑾说，因为治疗过程涉及病人的私人生活，医生没有资格决定，必须征求病人的意见。这个我理解，每一个人的生活和内心世界，都是不希望被围观的。从这个意义上说，心理医生真的很不简单，他能够让病人对他敞开自己的内心。我小心翼翼地向病人表达了我的愿望，病人不同意有旁人在场。我只好轻轻关上治疗室的门，离开了陈瑾和她的病人。

陈瑾治疗病人的一个半小时里，我一个人在中关村医院附近的街上散步，阳光很好，天很蓝。我留意着从我身边走过的行人，这些行色匆匆的人，走在阳光下，看起来那么健康。但是，在他们无人知晓的世界里，又是怎样一番情形？这些年，我身边的一些朋友，有好几个陷入了抑郁症的绝望处境。有一天，一个朋友毫无征兆地突然发给我一条特别绝望的微信，我感觉他的一只脚已经迈出了人间。我吓了一跳，赶紧放下手里的所有事情，眼睛一眨不眨地盯着手机屏幕，不间歇地跟朋友交流、沟通、劝慰。经过两个多小时的努力，我终于把朋友拉回了人间。当他告诉我已经回到家里的时候，我长长地出了一口气。我很庆幸及时看到了他的微信。后来我劝他到心理医生那里寻求帮助，他却一直迟疑，他向我求助的时候，甚至向亲人隐瞒自己的状况。在他看来，抑郁症是一种不能说出口的病。在他向我敞开心扉求助之前，他在我眼里，也是成功光鲜、健康快乐的。

苏珊·桑塔格在《疾病的隐喻》开篇的引子里写道："疾病是生命的阴面，是一种更麻烦的公民身份。每个降临世间的人都拥有双重公民身份，其中一个属于健康王国，另一个则属于疾病王国。"读桑塔格的时候，我过于年轻了，我的世界里，满是阳光鲜花和甜蜜美好，对桑塔格罹患癌症之后写下的《疾病的隐喻》似懂非懂。身边朋友深陷抑郁症的绝望处境、我自己差一点陷入产后抑郁的经历，终于让我读懂了桑塔格的《疾病的隐喻》。桑塔格说，隐喻令患者在道德上蒙羞，解决之道则必须直溯源头，回到疾病发生之地，患者才有可能彻底地摆脱那种莫名其妙的道德和心理遭遇。

让我欣慰的是，我那个绝望的朋友，在我的反复劝说下，终于放下了认为自己患抑郁症不可告人，并为自己感到羞耻的想法，下了决心去寻求心理医生的帮助。在心理医生的专业治疗下，他的情况慢慢好转了。

一个半小时之后，我回到陈瑾的心理治疗室，那个接受治疗的病人结束了治疗，神情比刚来的时候轻松了不少。病人走后，我继续抓紧时间采访陈瑾。

陈瑾告诉我，心理医生一般每天接诊五六个患者，她最多的一天接诊了九个，那是极限了。

不知道在哪本书上看到过一个故事：周末的夜晚，威尼斯人倾巢出动去看意大利喜剧大师的电影，威尼斯的空气里都飘荡着笑声，一个蒙面的人悄悄走进了医生的诊所，要治疗自己的抑郁症，医生对他说，你去看喜剧大师的电影吧。蒙面人取下面具，说："我就是那个喜剧大师。"坐在陈瑾的治疗室里，我突然想起了这个寓意深刻的故事。我还想起了作家毕淑敏曾经开过心理诊所，因为求助的人太多，也因为每天接触负面情绪太多，她自己无法自拔，诊所只好关闭了。

我对陈瑾说出了自己对心理医生这个职业的担忧。陈瑾微笑着，不紧不慢地对我进行科普。

心理医生的专业性，会要求心理医生在治疗过程中保持中立，也会让心理医生的情感投入方式跟我们帮助朋友的时候不一样，我们那种倾情投入的方式，没等帮助到朋友，自己先崩溃了。陈瑾打了一个比方，心理医生就像密林里的导游，心理疾病的患者，就像陷入密林迷路了一样，需要心理医生引导着走出来。迷路的人恐慌、绝望、沮丧，想要放弃……心理医生除了安抚他们的情绪，最重要的一点，是帮助每一个人自己发现走出密林的路径。每个人迷路的原因不一样，走出密林的路径也不一样。这是一个漫长的过程，在这个过程中，给患者信心，发掘各种资源帮助患者逐渐认识自己，恢复心身健康和谐，必要时辅助适当的药物治疗，结合团体治疗、艺术治疗……心理治疗不是一个狭隘的范围，德国身心医学的前瞻性发展，已经给心理治疗开拓出更加多样的路径。

相对于我们国家庞大的心理疾患人群，我们国家的身心医学还处于建构和发展阶段，需要大力发展，规范发展。对我国身心医学的发展前景，陈瑾充满了信心。陈瑾在国内属于比较早涉足身心医学领域的一拨人，正因如此，陈瑾和她的同行们都有一种使命感，即要在发展和建设身心医学的征途上担起重任。

采访结束之后，陈瑾的微信朋友圈，是我继续了解她的一个窗口。

陈瑾的朋友圈，每一天都有更新。西行取经第三日：上午来自哥伦比亚的教授带来题为“全球城市健康”的精彩讲座，城市发展与健康需求的不配套会带来什么问题？如何提取信息帮助改善群体身心健康，这是我们医生非常艰难的使命。……下午继续心理治疗——音乐之旅……西行取经第四日：上午弗莱堡大学医学院身心医学元老级教授分享德国精神心理的诊疗细节。讲课与讨论并行，因为中国同行对德国身心医学太感兴趣了，最后教授快被大家的问题淹没了。是啊，我们不远万里来取经，为什么？同行一波医生说出了大家的心声：如何构建具有中国特色的身心医学之路，任重道远。……下午是体验课和身体对话。西行取经第五日……

陈瑾的西行取经日记，就这样一天一天写着，我也一天一天读着。我发现，西行取经的每一天，不仅陈瑾学习到了新的知识，了解到了德国身心医学的最新科研成果，而且，跟德国同行和世界同行的接触总能引发陈瑾的思考。在学习中思考，在思考中学习。陈瑾一直是一个勤于思考、善于学习的人。陈瑾朴实的文字，一如她安静的面容。但是，我于这样朴实安静的文字当中，仍然读出了陈瑾内心的激情。一个心理医生的激情，不是外露澎湃的，却静水流深，一直在生命里奔腾。陈瑾清楚自己的使命，从来没有忘却自己的初心。初心与使命，是陈瑾生命激情的原点。

陈瑾不停地从这个原点出发去学习新知识，掌握新技术，她要帮助到更多的人。这个更多的人，不仅是病人，还有自己和自己的同行。在帮助患者、救助别人的过程中，医生也需要被关注。医生不是无所不能的神，医生也是凡人。医生超强大的工作负荷，已经危及了其自身的健康。这些年，医生、护士倒在工作岗位上的事情时有发生。这些不幸牺牲在工作岗位上的医生、护士，除了令人痛心和惋惜，还引起了社会各界对医护人员健康的关注。2014 年 6 月，在各级部门和中关村医院领导的关心支持下，中关村医院组建了“巴特林医护心灵港湾”，为医护人员心理健康护航。陈瑾是“巴特林小组”的核心成员之一。“巴特林小组”由精神病学家、心理分析师米歇尔·巴特林和他的妻子创立于20世纪50年代的英国伦敦。1969年，伦敦成立了第一个巴特林协会，1972年成立了巴特林国际联盟。2011年，中国巴特林联盟正式成立。中关村医院的“巴特林小组”活动，给医护人员带来了全新的体验和感受，这一群每天忙着解决别人健康问题的人，终于有机会关注到了自己的身体和健康。救死扶伤的施救者，首先要保证自身的健康。医者在救死扶伤的同时，也是潜在的伤者和患者，也需要关注和呵护。在医院组建“巴特林小组”，是一种新的医学伦理。中关村医院在这个方面做出了很好的探索。

作为医生，陈瑾不仅担当本职工作，还积极参与医院承担的援疆任务。2016年，陈瑾接受了援疆任务，到新疆和田地区人民医院挂职。和田医院的条件虽然比较艰苦，接诊的病人也多是当地的维吾尔族人，语言不通，还有气候和饮食习惯等诸多需要克服的困难，但是，援疆的日子，陈瑾过得非常充实忙碌，她有太多的工作要干，太多的病人要看，太多的知识要传播和传递，太多的问题要思考。在各行各业持续开展的援疆工作中，接受任务的单位都派出了各行各业的技术骨干，因为大家都认识到了，在我们国家这个多民族的大家庭里，援疆工作是党和人民对新疆人民的无私支援，是发达地区向欠发达地区做的无偿献血。陈瑾是一个喜欢思考的人，忙碌的工作之余，陈瑾结合医院的工作，对受援医院学科建设的问题进行了深度的思考和探索。靠献血和输血不能解决所有的问题，通过输血，要让受援医院自身具备造血功能，受援医院的学科建设，才能在支援的人员离开之后，持续发展下去。陈瑾不光治疗病人，把精湛的医疗技术用到病人身上，还组建了心理门诊以及身心医学训练室，亲自对学生进行传帮带，给受援医院培养技术人才，她把身心医学的理念带到了新的工作岗位上，在和田人民医院建立“巴特林小组”，亲自带着医护人员进行减压训练，为和田医院的医生、护士普及关注自己身心健康的新理念。和田医院的维吾尔族医生沙美希努尔说：“只有学会了帮助自己，才能更好地帮助患者。”这是我从陈医生那里学到的。陈瑾离开新疆之后，对新疆的牵挂和关注一如既往。

新疆的壮美景色，让陈瑾的心情每一天都辽阔开朗。在和田医院的日日夜夜，陈瑾不仅把医学技术贡献给需要她的维吾尔族群众，还自愿担当了援疆队友们的健康守护神。当援疆的队友们出现心理或者身体不适的时候，陈瑾总是无私地奉献出自己的时间，为队友们服务，把身心医学的最新成果、最新理念灌输给队友们。陈瑾工作着、奉献着，也收获着。维吾尔族百岁老人亲切地称陈瑾为“阿依古丽”——美丽的月亮之花。援疆结束后，陈瑾荣获了优秀援疆干部的荣誉。

对陈瑾来说，每一段生活，都有特别的意义。援疆结束后，陈瑾回到中关村医院，继续在中关村医院进行身心医学的建设和发展。发展身心医学，要走的路很长，陈瑾一直走在学习探索和实践的路上。

10月12日，出生于1988年的青年作家、导演胡迁在楼梯间自缢身亡的消息刷爆了朋友圈。青年作家胡迁之死，像一枚尖锐的钉子，一下子把大家从昏沉沉中刺激得跳了起来。毕业于电影学院的胡迁，已经执导过电影《大象席地而坐》，出版了长篇小说《牛蛙》和中篇小说《大裂》，第三部书稿已经完成，出版社正在跟他商谈出版后的一系列事情。照片上的胡迁，年轻、帅气。出版社编辑回忆他的文章，说他才华横溢。一个年轻、帅气、才华横溢的男人，为什么突然自杀，而且选择的还是那么痛苦的自缢方式？痛心之余，大家百思不得其解。对胡迁之死的各种猜测、各种分析，甚至各种指责，胡迁自然听不到了。这也许就是他要的，跟这个世界恩断义绝，一拍两散，这个世界再也奈何不了他了。

胡迁之死，再一次让人们的目光聚焦到了都市人群的心理健康状态。

同一天，是陈瑾西行的第三天，陈瑾听了哥伦比亚大学教授关于“全球城市健康”的讲座，写下了她的思考题：城市发展与健康需求的不配套会带来什么问题？

快节奏的现代生活，各种压力无处不在，疏离陌生的人际关系，孤独感如影随形。每天摩肩接踵的都市人群，有多少正陷入黑暗的密林里迷了路？在他们像胡迁那样绝望之前，他们多么需要一个像陈瑾那样专业理性有经验的导游，引导着走出迷途，回到阳光下，继续生活的道路啊！

陈瑾和所有从事身心医学的国内同行们，他们肩上的担子，真的不轻啊！

梦想开花

童 村

一

“我是健翔学校的一名动作康复老师。”那个叫滕飞的年轻人坐在我的对面，朝我笑了笑，接着又补充道，“当然，我更喜欢称之为物理治疗师。”

他笑起来的样子很好看，这让我一下联想到一个名叫黄磊的电影演员。

我说：“你和他长得很像。”

他又朝我笑了笑，说：“是吗?”

我向他点点头，说：“真的，很像。”

这是一个周末的下午，天上正飘着这个秋天的一场细雨。在一家咖啡馆

北京市健翔学校康复教师滕飞

里，一次轻松随意的采访就这样开始了。

“在你没有真正了解我所从事的工作之时，我想，我有必要向你简单介绍一下我们学校。”滕飞继续说道，“我所任教的北京市健翔学校，是北京市海淀区一所公办特殊教育学校，由北京市海淀区培智中心学校与北京市第三聋人学校合并而成，至今已有整整30年的办学历史，是目前国内建校较长的培智教育学校。因为是一所特殊教育学校，所以我们招收的学生，大都是身有智障和学障的孩子，包括患有自闭症、脑瘫、发育迟缓以及多重障碍的孩子……”

那个年轻人用一双十分纯净的目光望着我。只是简短的几句话，似乎让我一下明白了他所从事的事业和他每天将要面对的场景。

我有些惊愕地回应着他的目光。对他当初的事业选择，那一刻，我突然感觉到有点儿难以理解了。

二

十年前，滕飞还是首都体育学院的一名学生。

大学四年，滕飞学的是运动人体科学运动康复专业，针对的是运动员和运动损伤。

说起那四年的学院生活，滕飞显得有些愧疚。他说：“其实我上大学是很懵懂的，上课学习并不像那些优秀的同学那样专心听讲。对于那些感觉重要的课程，便认真听一听，而对感觉不那么重要的课程，也便不那么用心了。每到学科考试的时候，大都是临时突击一下。正因为这样，我在大学期间对康复医学体系的建构，印象是很模糊和零散的。”

真正意识到这个问题的严重性，是在滕飞毕业前的实习期间。

那个时候，滕飞和另外的几名同学一起，被分配到北京医院进行实习。

这天的实习结束之后，像往常一样，大家又坐在一起，针对实习过程中遇到的一些关键性的问题进行讨论。讨论会上，主持的一个医院领导讲了很多医学名词，滕飞似懂非懂地听了半天，突然感觉到自己在知识储备方面的不足，竟一时显得有些无地自容了。而当这位医院领导问到一个实质性问题时，同去实习的一个同学由于回答不上，竟然矢口否认曾经学过这类的知识。最后，那个医院领导的目光落到了滕飞的脸上，滕飞犹豫了好大一会儿，自然也是支支吾吾地答不出个所以然来。医院领导叹了口气，接着又摇了摇头，这情景，让滕飞一时感到很没面子。

“这件事情给我的感触特别深，”滕飞说，“所以，从那一刻起，我就想，我应该为自己争一口气，不能再让人瞧不起。”

按照惯例，实习结束之后，学生们最终要经过一场专业考试。为了能拿到一个较为理想的成绩，滕飞想了个办法，即他很快找到了学习最好的一个同学，从他那里借来了大学期间所有的课堂笔记，从头开始，重新对以往学习的知识进行学习。

就这样，整整三个月的实习期里，滕飞除了每天照常去医院跟班实习之外，把所有的业余时间都用在了学习上。每天从医院回到家，吃过了晚饭就进入学习状态。当遇到不懂的问题时，就在电话里及时向同学请教。

短短的三个月时间很快就过去了，这时的滕飞已经明显地感觉到了与以往的不同。

“现在想来，其实那些课程并没有多么深奥，”滕飞有些欣慰地说，“但也就是这三个月的刻苦学习，让我把以前零散的康复知识拼凑到了一起。值得高兴的是，在最后考试的时候，我把所有的考题都答上来了。”

三

说起来，滕飞对自己的职业选择，最初是有些模糊的。

一些有社会背景的同学，在家庭和亲戚朋友的帮助下，因为预先打通了工作关系，自然是胸有成竹。但是，父母在向滕飞提出要帮他找人安排一下工作的时候，却被他拒绝了。

“我还是自己先找找看吧，”滕飞说，“我想试一下我自己的能力。”

可是，当滕飞一五一十认真做好了自己的简历之后，却一时不知该投向何处了。

一片迷茫中的滕飞，在等待着一个机会的来临。

几天后，辅导员却透露了一个信息。说有那么一个地方，有那么一群特殊的孩子，需要做康复训练，问他愿不愿意去做应试。滕飞听了，随口应道：“那就去看看吧！”

其实，滕飞在得到这个消息的时候，还不知道他所要准备应试的那个地方到底是什么样的一个状态。但是，也就在这有意无意之间，他冥冥之中感受到了某种机缘与巧合。

于是也就约好了一个日子。

那天正好是个周末，滕飞和另外两名前去应试的同学一起，走进了坐落在人大南路的海淀区培智中心学校。由于周末无课，老师和学生们都已回家，整个校园显得十分安静。迎接他们的是学校的李书记。李书记十分热情地把滕飞一行从校门口迎进来，一边介绍着学校的情况，一边带着他们到几个教室看了看。

但是，在整个观看的过程中，由于滕飞对这个学校的构成没有太多的了解，所以走马观花的游览并没有给他留下什么深刻的印象。

离开学校的时候，李书记充满期待地望着刚刚从大学毕业的三个年轻人，希望他们回去之后好好想一想，等拿定了主意再来找她。

说着说着就到了一周后，经过一番思考，当滕飞计划着再一次去健翔学校看看的时候，他打电话给另外两名同学。不承想，他们却就此打了退堂鼓。无奈之下，滕飞只得独自找到了健翔学校的李书记，把自己心里的真实想法告诉了她。

“当时我想的是，对我来讲，学校这个环境相对会单纯一些，况且我不愿意搞那些花里胡哨的事情，我想的就是踏踏实实做点事情。”滕飞说，“正因为这样，再次见到李书记之后，我就向她表了态，我说，老师是一个受人尊重的光荣的职业，既然学校答应要我，我一定会尽职尽责。”

四

滕飞做梦都没有想到，到学校正式报到那一天，他兴冲冲地一脚迈进教室时，就被眼前的情形惊呆了。十几个孩子，或爬或躺在教室的地垫上，或喊或叫乱作了一团。滕飞呆呆地站在门口，半晌才算回过神来。

他突然感觉到了一种莫名其妙的恐慌。

多年之后，他已经记不起当初的第一节课是怎样上下来的了。

他只记得整整一堂课，他的脑子里从来没有这样乱过。

“大概这样坚持了两三周的时间，我就发现，我在大学里所学的那些东西，以及仅凭着个人的那点实习经验，要想给这些学生做好训练是远远不够的。”滕飞说，“再看身边的那些同事，他们一个个都比我要专业得多，经验相对也比较丰富，相形见绌之下，我切身地感觉到了与他们之间的差距。”

许多年之后，滕飞在向人说起最初来学校时的情形时，仍还记得李书记对他说过的一番话。李书记语重心长地说：“你虽然是学康复专业的，但你要牢牢记住，既然你进了这个学校的大门，那么你首先是一名特教老师。是老师，你就必须有个老师的样子，无论一言一行，都要为人师表。”

滕飞把这番话深深地印在了心里。

为了让滕飞尽快地了解和熟悉所有类型的特殊孩子，不久之后，学校决定让他跟另外一名老教师一起负责带一个班的工作。

滕飞和那名老教师所带的那个班，其实是一个融合班。通常情况下，上午他和另一名老师一起带班上课，下午他则要去学校的脑瘫动作班给孩子做训练。

但是，这样日复一日的带班、训练，让滕飞很快就产生了一种厌倦心理。

“这么说吧，上班第一年的时候，几乎每一天我都在想，我要辞职，我不能在这里干了。”滕飞望着我，苦笑了一声，接着说，“我不想在这里干下去的原因，并不是说我有什么难以忍受的事情，而是有一种特别让我难受的无力感。无力感，你懂吗?”

我一边默默地听他说着自己的过往，一边暗暗地在心里琢磨着这个词的分量，向他点了点头。我承认，他的这种切身感受，我是完全能够理解的。梦想与现实，毕竟存在着相当大的一段距离。

相对来讲，融合班里的那些孩子，各自的症状都比较严重。他们不但有肢体残疾，而且伴有很大程度的精神残疾。正因为这样，每当上课的时候，他们的注意力根本集中不到这个新来的老师身上。而这样一来，滕飞也就很难对他们进行管束和控制，更不要奢望什么课堂纪律了。

融合班里所有的孩子，没有一个是独立来学校上学的，他们的身边都有一个寸步不离的陪护家长。

最初的那段日子里，没有一点教学经验的滕飞，仅仅凭着自己学生时期对授课老师的印象，并且学着他们的样子，给这些身患残疾的孩子们上课。而他所使用的教材，也都是学校根据学生们的实际情况自编的。

“那个时候我完全不知道应该怎么上课，于是我就尽量地学着别的老师的样子，站在讲台上。”滕飞顿了顿，继续说道，“令我感到内心酸楚的是，当我在喊出上课、起立的口令之后，讲台下所有的家长，都无一例外地要一个一个把身边的孩子拽起来。而当我接着喊出同学们好时，讲台下的那些孩子却没有一个是把目光集中在我身上的。反之，家长们却一个一个笔直地站在那里，一起齐声回应道，老师好！这种情形，给你的感觉就好像是在给那些家长们上课一样。”

也许是因为没有教学经验，担心自己会在这些家长们面前出丑，辜负了他们的一片希望和期待，滕飞真正感受到了来自精神方面的巨大压力。到这时为止，万般纠结之中，他不禁对自己当初的选择感到后悔了。

五

滕飞到底还是留了下来。

“究其原因，”滕飞不无坦诚地说：“给孩子们做运动康复训练，首先，这是我个人的一个兴趣点，因为我自己多年来就是这样坚持过来的，我喜欢这种运动和训练，同时也喜欢了解有关这方面的资讯。其次，跟这些孩子在一起待的时间长了，你会发现，这些孩子其实是很可爱的，他们智力水平比一般的孩子要低，但是相对而言也更单纯，他们都没有隐藏自己情绪的表现，尽管有很多孩子不具备这种能力，但是如果他们喜欢，就是发自内心的喜欢，而若是对某些东西不感兴趣，他们用不着和你商量，就可以我行我素，不掩饰也不做作。当我发现我在给他们做训练，和他们相处在一起，他们对我特别信任和依赖的时候，我就会有一种特别大的成就感。另外，能够促使我留下来的另一个原因，就是学校里的那些领导和同事对我的无私帮助，我们在一起配合很默契，很开心，彼此之间的关系也非常融洽……”

滕飞相信，不论时间过去了多少年，他仍然不会忘记那个叫亮亮的孩子。

亮亮是个患有脑瘫的七岁男孩。

滕飞第一次见到亮亮的时候，看到他正半躺在轮椅上，连坐都坐不起来，眼神中充满了恐惧和无助。刚做完评估，滕飞就感觉到这个孩子并不好带。年龄小、程度重不说，以前在机构还受过伤，因为有了原来的经历，只要一提到训练，他就自然而然地产生一种恐惧。上课的时候，滕飞只要碰他一下，他就会紧张得全身发抖。简单一点的项目还能勉强进行，但是只要稍稍有一些难度的训练，或者他突然间感觉到了一些不适，他就会立刻放弃。为了让亮亮能够得到正常的训练，滕飞想尽了一切办法，不但把所有的动作训练难度降低了，而且还在课上不断地夸奖和鼓励他，但还是收效甚微。

有一次，由于亮亮不间断地抵触训练，滕飞实在忍耐不住了，便严厉地批评了他。听到老师的批评，亮亮没有哭也没有喊，只是惊恐不安地望着他，一边抽泣着，一边胆怯地说道：“滕老师，我太累了，我不想练，也不想活了。”亮亮的这句话，好像当头一棒把滕飞敲醒。是啊，亮亮在很小的时候就被诊断患有严重的脑瘫，自此便辗转于各大医院和康复机构之间，他从没体验过普通孩子那样无忧无虑的童年。在成长的路上，亮亮的压力太大、付出得太多。他每天要拼尽全力才能够吃饭、穿衣，做到那些常人轻而易举就能完成的事情。这对一个孩子来讲，确实是太累了。

那天下午，他们没有继续训练。为了让亮亮缓解压力、树立信心，他和亮亮一起看了一下午的动画片，并且见缝插针与他谈心聊天，无形之中消除了他的种种顾虑。

几天之后，学校进行完升旗仪式，如往常一样，所有老师和学生们都齐呼了一遍校训“文明勤奋、自强自立”。待这一切结束，亮亮被推回教室的时候忽然扭头问道：“滕老师，什么是自强自立啊?”见到孩子有了兴趣，滕飞灵机一动，笑着说道：“亮亮，你还记得一年前吗？你刚开始做训练的时候连跪都跪不稳，但现在已经能扶着东西自己站起来了，这就是自强；以前你上下楼梯都要爸爸扛着，可现在已经能扶着栏杆自己走了，这就是自立；其实你已经是一个非常优秀的孩子了，无论是老师还是爸爸妈妈都很为你感到骄傲，并且我们相信你一定能坚持下去。”滕飞的话，亮亮听懂了，若有所思地点了点头。

接下来，更让滕飞感到欣慰的是，在他出差前的一次训练课上，亮亮竟然一下变得懂事了。快要下课的时候，他怯怯地拉着滕飞的手问道：“滕老师，你会离开我吗?”滕飞听了，先是一怔，继而朝他笑了笑，说道：“当然不会的。亮亮，你想什么呢?”亮亮仍是怯怯的，说道：“爸爸说我以后要自己做训练了。”直到这时，滕飞才突然明白过来，原来在此之前，他曾嘱咐过亮亮爸爸，即使他不在学校的那段时间，也不能让亮亮放弃训练。而亮亮一定是以为让他自己做训练是因为滕老师要离开他了，内心里自然会有一种孤独与不舍。

“如果滕老师离开你，你会伤心吗?”滕飞望着亮亮，半开玩笑地问他。可是，没想到，亮亮听了滕飞的话，突然抬起头，眼泪啪嗒啪嗒就掉了下来。亮亮乞求一般地望着滕飞，喃喃说道：“滕老师，我一定听话，好好训练，求你别不要我。”直到这时，滕飞才真正意识到，在亮亮心里，他早已不仅是一名老师了，而是已经成了他生命中难以割舍的依靠。想到这些，滕飞的眼眶也不由自主地湿润了。他强忍着泪水安慰道：“傻孩子，滕老师只是出差几天，不会离开你的。你好好训练，等老师回来还要带着你一起去爬山呢……”

说到这里，滕飞的眼圈红了。

他一边回忆着往事，回忆着那些生命中值得记忆的细节，一边对我如数家珍一般地述说着。

“现在回忆起来，我和亮亮相处了那么多年，一幕一幕如在眼前一样。”滕飞接着说，“那些年里，我们所经历的艰难困苦不是一两句话能说得清的。记得亮亮最开始练习站立和行走的时候，没有合适的辅具，那我就成了他的拐杖。扶着他蹒跚学步，看着他努力前行，再苦再累我都觉得值得。人们会说是我帮助亮亮从轮椅上站了起来，但我觉得，是亮亮帮我重新认识了生命的价值和意义……”

咖啡馆门外的这场细雨，还在不停地下着，我猛然感觉到，这场细雨也把我的心打湿了。

六

作为一名老师的滕飞，在接受我的采访的整个过程里，一直处于一种令人振奋的状态。虽然我在开场白里已经向他说明，我们只是随意闲聊，想到什么就说什么，但是，我发现，只要我一问到他与学生们之间发生的那些故事，他很快就会进入一名优秀教师的角色，而且情绪饱满、思路清晰、有条不紊，又似乎几天几夜也说不完、道不尽一般。

“如果你还愿意听一听我和这些孩子们的故事，那么我就再给你讲两个。”滕飞看出了我的心思，望着我说道。

我向他点了点头，示意他继续说下去。

他几乎没有细想，就说到了融合班一个叫小祺的孩子。他说，他第一次见到那个孩子的时候，他已经是 15 岁的一个大男生了，人长得高高大大的。当时，配班的一名老师就提醒过他，说这孩子的攻击行为非常严重，让他一定要小心。但是他压根儿就没往心里去，再怎么说他毕竟还是一个孩子，怎么可能会伤着人呢？结果，有一回在给他做训练时，滕飞因为一时没有注意，竟被他狠狠地抓了一下，伤口很深，流了很多血。但是，让他印象最深刻的是，当时小祺看他的眼神里却充满了一种恐惧和无助。这就表明了，他的行为和所流露出的感情几乎是完全相反的。这让他无论如何也搞不明白，一个花季少年怎么会变成这个样子？于是，他便产生了一个非常强烈的想法，他想帮助他，想走进他的内心世界。在这种想法的驱使下，他便查阅了大量的关于孤独症的文献，与此同时又不断地向身边的老教师请教。小祺的心理安全感特别匮乏，容易紧张。而为了消除他们相互之间的隔阂，滕飞经常有意识地接近他，并且不断地对他进行轻声安抚，让他慢慢熟悉他，即便是再次被他抓伤，也要先耐心地对他进行安抚。同时掌握他的喜好，用他感兴趣的东西转移他的注意力。就这样，整整一个学期下来，小祺的变化特别明显，精神上不再那么紧张了，后来在学校见到他，还会主动向他问好呢。

说到这里，滕飞开心地笑了起来。

我也跟着笑了起来，但是，不知怎么，笑着笑着，我的鼻子却禁不住一阵发酸。

还没等我的情绪完全平复下来，滕飞又对我说到了另外一个叫小杰的孩子。

小杰是训练班上的一个大男孩。训练班里的学生大多是患有孤独症的孩子，生活自理能力普遍较差，大多都需要家长陪同才能上课。相比而言，小杰的程度还算较好，所以用不着家长每天陪同。可是，小杰这孩子特别调皮，上课时总不安生，常常离开自己的座位满课堂乱跑，还缠着别的家长和他一起玩耍，这样一来，老师们就很难把课上下去。于是，滕飞只要一有空儿，就搬把椅子坐在他的旁边指导他上课，下课之后再陪着他一起玩耍。这样的时间长了，小杰自然而然就不再去找别人了，开始寸步不离地黏着滕飞。有时候，滕飞要到别的班里上课，他都会跑过来，要么不错眼珠地看着他，要么就紧紧握住他的手。一旁的老师见了，便向滕飞开玩笑，想不到这个小杰还是你的头号粉丝呢！但是，也就是这么一句玩笑话，却让滕飞陷入了思考，原来，小杰最初的表现并不是因为调皮，而是因为他看到所有的同学都有人陪守，而只有他没人陪伴，他这是希望能受到关注的一种表现，而滕飞的出现，恰恰迎合了他的这种需要，于是他就把所有的感情都寄托在了滕飞的身上。有一次，在经过了两个多月的假期之后，刚刚开学时，大多数的孩子已经对学校里的环境感到陌生了，甚至有的都已经不再记得自己的老师是谁了。那一天，滕飞正在打扫教室，突然间有个人从后面跑过来，一把将他抱住。滕飞回头一看，原来是小杰，此刻，他正抬着头一脸开心地看着他。看着这般灿烂的笑容，滕飞的心里就像抹了蜜一样。

说完了那个叫小杰的孩子，滕飞接着又说到了小健。

小健也是一个脑瘫的孩子，程度很重，刚来学校的时候坐都坐不起来，一直在学校做训练。滕飞带他那一年，他已经17岁了，经过半个学期的训练之后，他已经能够牵着一根绳子站立5分钟了。因为他程度差，所以，滕飞特别注重对他进行基础能力的练习。有一次，小健认真地问他：“滕老师，我这么训练，回家就能走了吗?”滕飞听了，一下怔住了。从内心里讲，这么一直不停地练下去，他相信总有一天小健一定是能站能走的，可是，谁又能准确地给出一个时间呢？还有一个很现实的问题是，小健马上要毕业回家了，显然，家里的训练条件和学校是没法比的，那还有必要这样执着地继续做这些基础训练吗？

经过一番思考之后，滕飞很快改变了策略，决定每天下午抽出一定的时间，带着他到操场上练走。可是，这个重症脑瘫的孩子，走了不到5分钟，全身就已经如雨淋湿了一样。但是尽管这样，滕飞还是和他一起，咬牙坚持了整整三个月。

说起来，小健早已毕业离开学校了。刚刚毕业的那段日子里，他在家里已经勉强能够扶着助行器走上一会儿了。可是后来，当滕飞再次找到小健进行家访时，竟意外地发现，他又开始坐上轮椅了，助行器堆在一处角落里已经落上了灰尘。看到眼前的景象，滕飞不由得一阵自责，他深深责怪自己没有能力为小健制订出一套最适合的方案来。他心里清楚，如果以后他再想迈步行走，希望已经十分渺茫了。

我的专业技能不够，我的理念也太死板。通过这个叫小健的孩子，滕飞清醒地意识到了自己在知识和经验储备方面的不足；接着，他很认真地望着我，充满信心地说道："我觉得概念性的东西谁都会讲，但真正可贵的是经验和技巧，而这两样东西都是要通过大量实践积累才能获得的。我会努力争取各种学习的机会，借此来不断地提升自己……"

听了滕飞的话，我已经从内心里认定，到这时为止，这个看上去年轻帅气的年轻人，已经离不开这个特殊的岗位，已经离不开这一群如花朵般绽放的孩子了。从某种意义上讲，他们已经成为他生命中不可缺少的一部分了。

"如果说来到健翔学校是巧合，那么选择特教并坚定地走下去却是必然的。"滕飞说，"我的很多朋友都曾经不解地问过我：'你可以走父母为你铺好的路，过别人羡慕的生活，可是为什么你一定要来到这里，让自己这么辛苦？'是啊，我觉得我们可以为衣食无忧而喜，也可以为钱财万贯而乐，但我更在意的是一个人所做的事情是不是能够体现他的价值。"

我默默地望着他，不禁从内心深处对这个年轻人生起了无限敬意。

突然间也便想起一首歌来，那首歌的名字叫"隐形的翅膀"。歌里边这样唱道：我知道我一直有双隐形的翅膀，带我飞，给我希望，我终于看到所有梦想都开花，追逐的年轻歌声多嘹亮……

我想，梦想开花的地方，一定是美丽的。而滕飞所在的健翔学校，不就是这样一个美丽的地方吗？

葆有挚爱托举明天

张瑞江

一

阴寒瑟冷的冬日里，房间内有两个人。一个是身高不足一米六的黝黑瘦弱的小男孩，一个是漂亮飒爽的女青年。

小男孩 16 岁，叫马越，是因偷盗摩托车被抓。

女青年 29 岁，叫齐艳艳，是北京市公安局海淀分局未成年人刑事案件审查中队预审员。

在这样一个特别的时间、空间里，构建了一个特别的“家庭”。

心灰、悲愤、厌世的马越家就在北京，父母离异后，生活在残暴的家庭

北京市公安局海淀分局未成年人刑事案件审查中队预审员齐艳艳

里。马越爱练武术，亲妈给他报了武术学校，可后来学费被后妈拿走，他被武术学校赶出校门。幼小的马越无法承受，他选择在外面漂泊，捡垃圾、偷东西。在这样的环境下，他逐渐变得冷漠、愤怒，感到没有幸福，没有安全。这次因偷盗摩托车被抓后，齐艳艳一直在陪伴他。

马越把低沉的头抬了起来，惊奇地看着面前的女警察，问："我偷东西，你为什么不骂我不打我?"

许多天来的预审过程，是充满关心、温暖、教育、引导的过程。齐艳艳的体贴就像熊熊燃烧的炉火，温暖了小马越的周身。齐艳艳的教诲犹如一股清泉，缠绕在小马越的心田。齐艳艳的引领宛若一把火炬，照亮着小马越的前程。

天气很冷，马越还穿着秋天的衣裳，齐艳艳给他拿来棉衣棉裤。吃着齐艳艳给他包的饺子，马越哭了，马越说这几年都不知道哭是怎么一回事了，今天是第一次哭。马越说自己没有家。爸妈离婚后，后妈对他特别不好，打骂接连不断。

北京城的冬天披上了银装，窗外在飘洒着洁白的雪花。室内呢，在关心呵护中，齐艳艳和小马越构建着一个和谐、温馨、安全的"特殊家庭"。就在这样一个"特殊家庭"里，小马越有了家的温暖和感动。就在穿上保暖的棉衣棉裤后，在吃着香甜的饭菜时，齐艳艳深入浅出、娓娓道来的引导，像清澈的溪水汩汩流淌进小马越干涸荒芜的心田，寒凉迷茫的人生世界里充满了光明和热流。小马越渐渐明确了人生的意义和价值，知晓了道德的规范和法律的底线。

终于有了这一天——马越从内心深处真的发生了根本性改变，校正了错误思想、错误观念，逐步确立了正确的人生观、价值观。最后，马越给齐艳艳的"礼物"是一封字体歪歪扭扭、短短的感谢信："我谢谢阿姨对我的好，我出去后再不偷了。记住阿姨对我说的话，我改过自新，好好学习，好好做人!"

看到小马越的彻底觉醒与转变，齐艳艳内心充满了成就感、幸福感，她真正感到自己的价值和意义，真正感到自己的选择无比正确。她决心在这条事业道路上一直走下去。

从公安大学毕业后，原本年轻漂亮的齐艳艳，身着警服更是柔美中彰显着英姿飒爽的刚毅，女警官和女军官一样，在社会上闪烁着亮丽。当女警官固然令人称羡，然而，当女警官具体做什么，人们也有挑剔的目光。女警官最好的职业是政工、文秘一类的工作为好，可是齐艳艳的工作岗位是有些男人都要回避的岗位。公安大学毕业后，齐艳艳被分配到北京市海淀公安分局，负责命案、伤死等恶性刑事案件。头一遭就接了一个未成年人被杀害的命案，作案人也是一个未成年人。接连一段时日，齐艳艳寝不眠、食不安。除了年轻女性第一次见到命案死尸时，视觉和心理的冲击外，更主要的是齐艳艳在内心深处思考着一个问题，一个未成年人为什么会和一个未成年人举刀相向，致命砍杀，剥夺生命？为什么一个鲜活的未成年生命就这样丧失在血泊中？……齐艳艳出生在一个艳阳高照的时刻，所以妈妈给她取名一个“艳”字。妈妈更愿孩子的一生都像出生那一刻一样，永远艳阳高照、快乐幸福，所以又加了一个“艳”字，就有了齐艳艳的名字，这个名字承载着母亲对孩子的全部寄托和祝愿。于是，女性对孩子特有的天然怜悯之心，在深深地、不停顿地撬动着齐艳艳的内心，那属于母性最柔软的地方。作为一名人民警察，要用生命的阳光，照亮这些孩子们的心灵，为他们撑起一片艳阳高照的天空。为什么不让举刀相向的未成年孩子把行为控制在举刀之前？齐艳艳寝食难安，在不停地追问。于是，在负责命案、伤死等恶性刑事案件的同时，思想紧紧关注着未成年人违法的原因、关怀、引导、帮教等一系列问题。齐艳艳开始深入学习研究，更进一步了解“罪错”未成年人的原因、特点、规律。“罪错”一词是英、美等国通常使用的法律术语，是指不良行为和违法犯罪行为。我国借用这一术语，其范围主要是指被收容在少年管教所的少年违法犯罪人员和在劳动教养场所被劳动教养人员的违法或轻微犯罪行为及违反社会规范的行为。“罪错”被用于特指“少年罪错”，是为了和成年人犯罪区别。或许是因为齐艳艳的强烈愿望，也或许是因为齐艳艳已经表现出在做“罪错”未成年人方面工作的才能，齐艳艳工作岗位被调整到海淀分局未成年人刑事案件审查中队，这是一支在公安机关内部成立的未成年人刑事案件审查专职力量，在全国范围内尚属首例。于是，齐艳艳就在未成年人刑事案件审查中队开始了实现人生美好价值的新长征。

身着警服的齐艳艳英姿飒爽中有了更多的温柔亲和，言谈举止增添了些许母性的慈爱，这是她离开重案组到未成年人刑事案件审查中队当预审员后发生的变化。齐艳艳深刻地感到，一个案件背后不再只是一个案子，而是一个未成年人的一生。一个三十多岁的成年人可能人生已经定型了，但是一个十六岁的孩子，他的人生还很长。

可能她每天要面对上百个嫌疑人，而每个嫌疑人只是众多审理对象中的一个。但对于每个嫌疑人来说，这个女警察就是唯一、是全部。一个全国范围入室盗窃的大案，背后涉及金额高达四百多万元，而嫌疑人是只有十六岁的小宁。齐艳艳见到的嫌疑人，是个又白又帅的男孩！

前几次审讯的时候，她不谈案件本身，而是聊天、聊父母、聊生活。过春节，齐艳艳没有回家，到看守所给小宁送去了饺子。一天，齐艳艳先是关上了审讯室的灯，小宁进来；当灯亮起时，看到蛋糕的那一刻，小宁就流下了泪水。很快女警察和嫌疑人就成了姐姐和弟弟。在推心置腹的交谈中，齐艳艳知道小宁喜欢读书学习，齐艳艳按照他的兴趣给他带来了高中数学、唐诗宋词、《弟子规》、《三字经》，后来带来《二十四史》。齐艳艳在和小宁共同学习交流的过程中，有意把重点放在中华优秀传统文化上。民族推崇的道德规范，就像花朵一样在面前绽放，鲜艳着靓丽、弥漫着芬芳。有时从早上八点开始竟然讨论到晚上九点。

齐艳艳谈心式的提审不仅使小宁摆脱了恐惧心理，也逐步取得了他的信任，更让齐艳艳从一名审讯他的民警变为他的知心姐姐。最重要的是，齐艳艳的帮教使小宁认识到自己的犯罪行为给社会带来的危害、对自己造成的伤害，良知重新被唤醒。终于，小宁思想上明白了。他一点一滴，回忆起了所有发生在他身上的盗窃行为，揭发了所在的盗窃团伙情况。他向齐艳艳要了一叠 A4 纸，一字一句，从 2013 年 8 月他的第一次盗窃行为到 2015 年 2 月被抓，哪个小区，哪个门，偷了什么东西，小宁都记得清清楚楚。一叠纸写得满满当当，如实交代了一层老板是谁、二层老板是谁，后面的每一个分支都有谁。小宁交代了所有盗窃行为，没人逼问，也没人强迫，他书写着自己罪状的同时，也涤荡着自己的内心和灵魂。

年轻警官齐艳艳的情感天平上，“罪错”少年要远远重过家里亲人。2015

年2月18日，正是羊年的大年除夕。大年除夕夜，齐艳艳是在预审中队度过的。审讯室的桌子上有齐艳艳亲手包的饺子，有“罪错”少年小龙最爱喝的雪碧。后来小龙和许多人说：“她不像我以前见到的那些警察，从来不骂我。她总是陪我聊天，给我讲政策，还经常给我买吃的、买书，待我像弟弟一样。”

就在进了分局后不几天，小龙还和同屋打了架。齐艳艳和他谈心时，小龙说同屋的那个人故意向管教少报数，导致整个屋里少拿俩馒头。我问他，他还骂我，一生气我就打了他，其实我就是看不惯他老欺负新来的。齐艳艳知道小龙说的情况属实，对小龙说：“我要表扬你两点：一是你说出真实情况，敢于承认自己先打了人，你诚实了；二是你主持公道，有正义感了。不过打人又是在犯错误，方式方法不正确。”小龙听到表扬露出满脸高兴，承认了自己所犯的错误。齐艳艳说：“我还要表扬你第三点，勇敢承认错误。”小龙又是一阵高兴，说以后坚决不再打架了。齐艳艳说：“我还要表扬你第四点，有改正错误的决心。”

小龙是在2015年1月23日晚，正在网吧玩网游，酣战之中被民警控制。虽然他只有17岁，但这已是他第三次被抓。小龙被抓前，海淀区天秀花园一处住宅发生盗窃案，住户家中价值10余万元的财物被盗，海淀警方通过现场勘查，逐步锁定了小龙和另外几名嫌疑人。小龙被抓后，齐艳艳不厌其烦地对他进行教育引导。提审单快填满四张了，前后交谈40余次。小龙由前期只承认那一起案件，到后来全部承认了发生在本市与他有关的多起入室盗窃案。小龙如实交代了自己这些年来伙同一个上百人的团伙，流窜广东、广西、北京、上海等全国多省市入室盗窃百余起的犯罪事实。

充满灵气的小龙在小学时成绩优良，平时行为表现也还好。在小学五年级时，父母离婚后由父亲抚养，父亲带他到了广州，以开面包店维持生计。小龙的姐姐跟随妈妈前往广东韶关，哥哥外出漂流打工。“父亲每天都在打理面包店，根本没时间管我。”小龙回忆说，他在广州上初中时成绩依然优良。小龙说那时他开始喜欢上了打网游，初中时，父亲每星期给他70元生活费，因为住校，他时常跑到网吧玩游戏，光上网每星期就要花掉50多元，剩下的钱只够他天天在学校喝粥啃馒头。2012年7月正值暑假，因为无聊，小龙向父亲提出想回老家，没承想父亲不同意，为此爷俩还吵了起来。愤怒中，父亲扇了他一记耳光，并放出狠话——“如果回去，就别再回来!”从此，处于叛逆期的小龙辍学，并加入盗窃团伙，在“大哥”的带领下，与十几个像他一样大的未成年人流窜全国盗窃作案。有一次，小龙和团伙其他人在辽宁盗窃后被当地警方抓了。因小龙只承认了被抓的那次，且不满16周岁，后被拘役了7个月。他被处理时，想到了父亲，然而电话那头的父亲说，让他好好地在看守所里待着。他感到很失望。释放后，小龙也没有给父亲打电话，而是再次回到了团伙中。在齐艳艳帮助教育小龙期间，5次和小龙父亲联系，希望他能看看孩子，但每次都被拒绝。齐艳艳深刻分析了小龙违法的背景及原因，原本一个品学良好的孩子，却走向犯罪的道路，对这一点，家长负有根本责任，还有学校老师，他们负有重要责任。如何使孩子不违法、违法后及时改邪归正，走上正确道路呢?这不仅是预审警察的工作，还必须调动家庭、学校、社会各方面的力量，共同聚焦发力，全方位做好少年健康成长的教育帮扶工作。

二

晨曦里、月光下，一个充满灵气叫小龙的孩子的影子一直在齐艳艳脑海出现……成绩优良、父母离异、沉迷网吧，想回老家，父亲不让，发生争吵，扇他耳光，负气离家，加入盗窃团伙。后来被警方抓住，想让父亲来看他，遭到拒绝，彻底失望。释放后，再次回到盗窃团伙中……

在许多个“罪错”少年的帮扶中，齐艳艳感到像小龙这样的孩子带有普遍性。青少年生理上的不成熟、心理上的不稳定、知识上的不完善、行为上的不规范。社会环境的影响与熏染、家庭功能的弱化与缺失、学校教育的偏差与漏洞。这其中，家庭功能的弱化与缺失是第一位的、最根本的原因。

工作忙碌的齐艳艳在潜心探究，如何发挥家庭在“罪错”少年帮扶中的作用。

阳光明媚的上午，齐艳艳仔细翻阅因涉嫌故意杀人被刑事拘留的小方的卷宗材料。17岁的小方与被害人并无深仇大恨，只是因为几百元房租借贷产生的小矛盾，就买刀行凶杀人。根据经验判断，小方虽是未成年人，但性格偏执极端、容易冲动。不出所料，在第一次讯问中，他抵触审讯情绪严重。之后，齐艳艳及时与小方的妈妈取得联系，经过细致交谈，了解了小方的全部情况。针对小方的特点，和小方妈妈周密研究了共同帮扶的方案。第二次审讯，当小方走进审讯室时，看到妈妈已经在室内静静地坐着。坐下后，妈妈从小方怀胎在妈妈肚里时，娓娓说来，出生时、一岁时、两岁时、三岁时，一直到今天，妈妈对他是如何的深深疼爱，对他是如何的虔诚祝福，对他是如何的抱有期望……妈妈流淌的泪水和唏嘘的泣声，使原本冷肃的审讯室，更增添了些许忧郁。在时间空间静止凝固了很久后，小方哭了。在小方哭后稍作冷静，齐艳艳讲起了道理，在情真意切的叙述中，审讯室内逐渐增添了光亮和温暖。小方真真切切地承认自己的错误，自己对不起被害人，感到非常后悔。一周之后，齐艳艳又对小方进行了第三次讯问，结合他的社会经历、家庭情况、心理特点，进行了一次长谈。讯问中，小方情绪稳定，如实供述了具体事情经过。讯问结束时，小方对齐艳艳说了一句：“姐，谢谢您，辛苦了！”一声姐，让齐艳艳感到，对未成年犯罪嫌疑人的帮教过程虽然很难，但是他们的变化让她有着厚重的成就感。

周六上午、周六下午、周日上午，会议室里分别在放微电影。组织者是齐艳艳，收看者是3名“罪错”少年及他们的家长。这是齐艳艳采取了集体进行帮扶的措施。坚持循序渐进、因人因时制宜的原则，利用“姐姐室”这一平台，集中帮教时间，并将帮教活动分为“三个阶段”依次推进，即学法懂法教育阶段、传统文化教育阶段和理想前途教育阶段。在第一阶段，“姐姐室”播放了《迷失的夏天》等法制宣传微电影，要求3人就自身犯罪原因谈观后感，家长们参加讨论；第二阶段，播放《百家讲坛·弟子规》等视频，对其进行传统文化教育，逐步树立起规矩、孝道、感恩等价值观。3个孩子和家长们一起谈体会；第三阶段，组织观看《十七岁的单车》等青少年励志电影，齐艳艳和家长们进行理想教育，为脆弱的心灵插上自信的翅膀，助其寻找正确的人生目标，为顺利回归社会做好心理准备。

“家庭教育是防范未成年人犯罪最重要的一步，哪怕每天家长能和孩子多拥抱五分钟也好。”齐艳艳说。这些违法犯罪孩子的父母基本都处于中年危机期，父母中年危机期和孩子青春叛逆期胶着在一起，很容易爆发家庭矛盾，这个时期的父母几乎没有太多时间和耐心去陪伴孩子，但这时候孩子正好处于青春叛逆期。“这种情况下如果父母和孩子沟通不顺畅，就容易导致未成年人犯罪。”如何能将未成年人犯罪扼杀在意识阶段的“摇篮”中呢？

在实践探索中，齐艳艳发挥家庭在“罪错”少年帮扶中的作用，取得了事半功倍的良好效果。齐艳艳尝到了家庭参与帮扶工作带来的益处。于是，齐艳艳的心思像花朵一样，又在“罪错”少年家长身上落地、生根、开花、结果。

春风和煦的日子，齐艳艳成功创办了“罪错少年亲职教育”，此活动具有鲜明的时代特色，发挥着重要作用，收到了良好成效。

在艰苦探索中，齐艳艳深刻认识到“罪错少年亲职教育”是“罪错”少年家庭教育的内涵，也是其精神支柱，进而“罪错少年亲职教育”是“罪错”少年家庭教育的精髓，也是其内在基础，二者有着密切的关系。因此，在加强与推动“罪错”少年家庭教育过程中，紧紧抓住“罪错少年亲职教育”这个根本的有效途径，积极贯彻推行“罪错少年亲职教育”。就此而言，齐艳艳探索的“罪错少年亲职教育”，是一种新型的“罪错”少年家庭教育，亦即现代家庭的新观念与学理。一时间，齐艳艳的世界上，就架构了一张关于“罪错少年亲职教育”的学研网络，从书本报刊、学术文章，到母校公安大学、科研院所，再到有关著名学者、专家教授。在奔忙和沉淀中，由于过度劳累齐艳艳小便中带血，她没有对任何人讲，依然坚持忙于帮扶“罪错”少年，深入对“罪错”少年的研究。在质疑和探索中，“罪错少年亲职教育”应运而生了。

“罪错”少年家长们，定期或不定期地聚集在审查中队会议室里，参加齐艳艳创办的具有鲜明特色的“罪错少年亲职教育”，这个教育“罪错”少年不参加，都是他们的父母及其他家庭成员。齐艳艳在理论研究和运用实践的基础上，形成了“罪错少年亲职教育”的新目标新内容，在父母教养子女的观念、态度与方法上进行了革新。确切地说，它是加重了父母教养“罪错”少年子女的职责，确认父母多元角色的教育功能，指出父母教育“罪错”少年子女的根基，在于亲情流露的至诚指导，而不在于伦理常规的训诫管理。

这完全是一种发乎情，出于爱，导之以理，化之以礼，既符合民主原则，又配合辅导原理而施行的现代家庭教育。

审查中队会议室里，没有“罪错”少年，只有“罪错”少年的家长们。齐艳艳在精心地辅导，而后，家长们展开热烈的讨论。于是，一座座温暖“罪错”少年的火炉在架燃，一道道保护“罪错”少年的堤坝在合龙，一双双挽救“罪错”少年的巨手在托举。

在“罪错少年亲职教育”过程中，齐艳艳摸索了一套行之有效的办法。在教育重心上，坚持以“罪错”少年为中心的立场，施教必须紧密结合“罪错”少年的个性、特点、规律。在教育原理上，除注重伦理启迪与精神感召外，特别注重亲情的交融与内心的感动；在教育模式上，除训诲与管理方式外，更注重鼓励与引导；在教育气氛上，除严格管教的引导外，更强调民主，但不流于放任态度；在教育方法上，亲职教育运用多重角色，通过亲情交流，试图使父母与子女之间，彼此沟通和了解，减除代沟的存在。

齐艳艳在“罪错少年亲职教育”中取得显著成效时，那个充满灵气叫小龙的孩子的影子一直在脑海闪烁着：成绩优良、父母离异、沉迷网吧……在小龙的问题上，父母责任固然重大，但学校也有不可推卸的责任。“要是学校老师能够尽责，发现学生出现逃学旷课的行为时，能及时批评教育，小龙或许不会有今天这个结局。”齐艳艳说。

齐艳艳在深入思考：学校在预防未成年人犯罪中应如何作为？

齐艳艳深刻认识到，学校是防止少年犯罪的重要阵地。在齐艳艳的积极倡导下，分局在海淀寄读学校建立了青少年法制教育基地，对于预防青少年犯罪，未成年人案件审查中队也走在前沿。几年来，未成年人案件审查中队多次走进校园，开展法制教育进课堂和警民联谊会活动，收到了良好的社会效果。齐艳艳在承担着未成年人违法犯罪案件审查工作以及未成年人被侵害案件的专业干预工作，还承担着在校学生违法犯罪的案件审查，同时承担辅导员义务，在对口学校进行法制教育宣传，预防未成年人实施违法犯罪，教育青少年遵纪守法，学会自我保护。针对因违法行为初次被裁决行政拘留不予执行的未成年人进行后续帮教问题，设立专门的谈话室，对未成年违法行为人进行跟进谈话和法制教育，感化未成年违法行为人踏出泥潭，做守法公民。

就在齐艳艳教育青少年遵纪守法，预防未成年人实施违法犯罪有声有色时，她还多了一个头衔，担任着海淀区一个小学的法制副校长，然而，她这个副校长是不拿一分钱报酬的义务副校长。

齐艳艳通过分析研究、整理准备后，先是从五个方面对在校学生进行教育引导。一是针对学生目标理想缺失、无所谓心理，进行矫正学生人生迷茫、目标理想缺失、学习无动力，以及无所事事、成绩好坏无所谓等问题。二是针对学生学习不努力问题，进行矫正学生厌学、逃学、失学现象，具体解决注意力不集中、不愿意动笔多写字、不爱动脑筋思考、写作业拖沓等行为。三是针对学生自我缺失问题，进行矫正无自信，自卑、自闭现象，解决好学习成绩差自卑、身体缺陷自卑、家庭条件差自卑及自闭症问题。四是针对学生情绪问题，进行矫正焦虑、恐惧、抑郁不良心理，解决上进心与成绩差的冲突、焦虑心强、烦躁异常、恐惧考试、恐惧学校等心理抑郁。五是针对学生心理年龄问题，解决心理成熟度不够，矫正幼稚病、家长呵护过度、生活不能自理、自我中心强烈等心理。

齐艳艳在学校对学生的教育辅导取得良好效果，又研究总结了五个方面，对在校学生进行积极引导。一是针对学生存在的行为类问题进行引导。解决好学生说谎、攻击、网瘾、偷窃、吸烟、文身以及暴力性攻击等问题。二是针对学生存在的青春期问题进行引导。解决好学生任性、叛逆、早恋、夜不归宿、交友不慎、顶撞父母等问题。三是针对学生成长类问题进行引导。解决好学生内心脆弱、抗挫力差、拉帮结派以及经不住老师批评等问题。四是针对学生人际交往问题进行引导。解决好学生亲子关系紧张、讨厌某个老师、没有朋友等问题。五是针对学生危机干预类问题进行引导。解决好学生考试失利、遭遇重大灾难、丧失亲人以及自杀倾向等问题。

三

没有刑警的生龙活虎，没有特警的飒爽英姿，然而，齐艳艳在三尺审讯台上，一切蛛丝马迹都逃不过她的眼睛，每一条线索、每一句供词都会被她牢牢捕捉、严密分析。于是，案件在她手中逐渐清晰、还原，真实与虚假、善良与邪恶、美丽与丑陋，一切都会昭然若揭。

工作实践使齐艳艳深深体会到，对青少年“罪错”行为的矫治有系统的理论依据和充分的现实依据，哲学、心理学、教育学、法学、社会学等，共同构成了青少年“罪错”行为矫治的理论依据。齐艳艳深感知识的不足，远远不满意在公安大学所学到的知识和技能，除了工作外，利用一切时间，跑书店、图书馆，到母校、科研院所，见法律专家、教授，如饥似渴、焚膏继晷学习哲学、历史、心理学、教育学、法学、社会学、审讯学，以及儒家文化、道教文化，甚至还涉猎民俗文化、宗教、外语等，进行了全面、系统、深刻的思考，紧密结合当前时代形势、青少年成长特点，违法内在规律，进行深入研究，并取得一定成效时，她和男朋友一起去见男朋友的父母时，偏偏电话响了，有同事告诉她，一桩案子正等着她去办。由于是第一次去，她和男朋友准备了很长时间，在她不停地向男朋友道歉时，男朋友说：“你是要和我结婚，还是和你这身警服结婚?”

主张对青少年“罪错”行为进行矫治要依据心理矫治和行为矫治、强制矫治与自觉调整、个别矫治与集体矫治、“惩教结合、以教为主”、系统性和科学性相结合的基本原则。探索青少年“罪错”行为矫治的对策与路径，要构建多元化青少年“罪错”行为矫治体系，加强青少年“罪错”行为矫治的立法与司法工作，充分发挥社区在矫治中的功能和作用，针对青少年不同“罪错”行为分类采取针对性矫治措施，进一步加强和完善青少年“罪错”行为的矫治与预防工作。

齐艳艳已经不满足逐个做好个别“罪错”少年的帮扶工作，而是要帮扶好所有的“罪错”少年，从根本上解决带普遍性、倾向性问题。在调研中，齐艳艳分析道，近年来，18 岁以下的未成年人犯罪情况呈上升趋势，出现了手段成人化、年龄低龄化、作案团伙化等新特点，已成为危害社会治安的一个亟待解决的社会问题。尽管党政部门和社会各界都在积极参与预防青少年违法犯罪工作，情况仍令人担忧。“罪错”未成年人违法犯罪的原因，齐艳艳认为主要有以下三个方面。一是“罪错”未成年人正处于生理和心理的发育期，个人意识增强，自我约束能力较弱，缺乏辨别是非的能力，社会转型期的矛盾冲突和竞争加剧，自身涉世的无知性、盲目性很难应付来自社会各方面的影响，更经不起诱惑，造成他们控制不住自己的情绪，意气用事，不计后果，从而走上了犯罪道路。二是社会、学校、家庭教育还存在着一些不容忽视的问题，有些学校重教育、轻德育，对青少年思想政治和法制教育不够重视，导致许多青少年学生缺乏正确的理想信念，不懂法、不知法，更无法做到遵纪守法；一些家庭缺乏应有的家庭教育和引导，特别是单亲家庭、困难家庭、流动人口家庭对未成年子女监护和教育能力薄弱，特别是在对闲散未成年人、流浪儿童、服刑人员未成年子女、“罪错”青少年等重点群体，社会管理还存在着许多职能不清、责任不明、投入不足等薄弱环节。三是未成年犯年龄相近，模仿性强，如果改造教育不好，很容易交叉感染，互相影响，养成不良习气。未成年犯刑满释放后，由于文化水平低，缺乏谋生技能，很难找到合适的岗位和工作，从而走上重复犯罪的道路，给社会造成严重危害。

齐艳艳围绕最大限度地挽救“罪错”未成年人，矫治未成年犯的犯罪行为问题，进行了长期研究探索，认为要大力发展社区矫正制度，完善相关法律法规，建立适合“罪错”青少年的审判模式，帮助未成年犯完成义务教育，加强“罪错”青少年的职业技能教育。齐艳艳创新一套适应海淀区情的未成年人案件审查工作规范流程和制度机制，包括违法未成年人帮教转化机制、特殊群体关怀方法、扩大校园法制宣传影响、建立观护基地等四大职能。对齐艳艳来说，将违法未成年人和被侵害人作为一个需要特殊关怀的群体，用特有的工作方法，更好地对其进行保护，使其早日回归社会是她永远的追求。

点点拇指办执照

刘标玖

众所周知，北京有个中关村。

在 30 多年的中国改革历史中，中关村的地位可以说举足轻重。它从一条买卖电子产品的商业街起步，发展成为拥有超过 3 100 家亿元以上企业、上百家海外上市公司的国家级自主创新示范区，中小企业更是数不胜数。如今，它不仅成为一个科技公司扎堆的产业地标，也成为中国创新崛起的风向标。

中关村地处海淀镇，而海淀镇只是海淀区 7 个镇之一。2016 年，海淀区工农业生产总值达到 5 036. 8 亿元，占北京市的 20. 2%，经济总量位居北京市 16 区之首。

王榕和她的同事们

灿若群星的大中小企业散布在海淀大地上，为海淀区乃至北京市的经济发展贡献着力量，而提起这些企业，总会让人想到一个主管市场监督管理和行政执法的职能部门——工商行政管理局，想到海淀分局。

北京市工商行政管理局海淀分局（以下简称工商海淀分局）成立于1980年，原名为北京市海淀区工商行政管理局，1999年更改为现名。工商海淀分局地处中关村科技园区核心区，面对中关村自主创新示范区建设的挑战和机遇，积极践行“营造良好市场生态环境”工作，树立“海淀区就是核心区，核心区就是海淀区”意识，扎扎实实抓基础，兢兢业业谋发展，加强辖区市场的监管与服务，促进投资与消费，为海淀区创新和发展营造出了良好的市场生态环境。

为了更全面客观地了解工商海淀分局的建设和发展情况，尤其是他们在创新环境里的创新举措，笔者采访了分局登记注册科法制组组长、党支部青年委员王榕。

一

这是个天蓝气爽的冬日，初冬的北风带走雾霾的同时，也带来了冷飕飕的北风。然而，走进位于京城西北五环外的海淀区综合行政服务中心，走进二楼的北京市工商局海淀分局登记注册科，却看到了一派热火朝天的景象，体会到了一股由于拥挤派生的温度。

这里的客户很多，甚至可以用“人山人海”来形容。这里的工作人员都很忙碌，乃至王榕只能边给客户办理业务，边接受我的采访。

王榕身着制服，看上去眉清目秀，说起话来干脆利落。简单地交流完采访任务后，她手头的业务也已处理完毕，正好有个快递需要去街上拿，她便让我跟她一起去，理由是可以用路上的时间跟我谈。采访过无数行业的无数人，如此采访经历对我来说还是第一次。

王榕个子不算高，长得小巧玲珑，步速却和她的语速一样，挺快。因为走得快，也因为语速快，或许还有风的原因，她讲的很多东西都没能听清。于是，我们在偌大的办公区域穿梭，寻找了一个相对安静的所在，才真正开始采访。

王榕从不久前被选入“美丽海淀”百姓宣讲团说起，因为她觉得我来采访她应该与那次宣讲有直接关系，这应该算是很缜密的逻辑推理。

早在2017年9月初，工商海淀分局要挑选一名工作人员参加宣讲团，王榕作为登记科青年组的组长，又有阳光外向、易于沟通的性格以及干脆利落的气质，当仁不让地成为首选，而当时她还在休假中。因为休假，她错过了在海淀区进行的宣讲，还差点错过了海淀区为参加北京市宣讲比赛而举办的培训班。

王榕接到通知后，匆匆赶回北京，这次培训班却即将结束了，她只参加了最后一天。培训班结束时，相关培训人员对她的表现并不满意，好在有领导的信任和支持，才让她有机会留在宣讲团里。随后，她迅速投到宣讲比赛的准备工作中。

刚排练没两天，王榕就接到了通知，9月26日，北京市百姓宣讲工作领导小组办公室就要组织召开“北京市2017年百姓宣讲调研汇讲暨第三期百姓宣讲骨干培训班”了，宣讲比赛定在了27日。当时，离比赛已经没几天时间了，可以说迫在眉睫，而王榕的准备工作还很不充分，甚至连宣讲稿都没有定稿。

王榕宣讲的题目是“点点拇指办执照”，讲述了海淀工商分局在李克强总理“简政放权”的号召下，如何以“全程电子化”系统为依托，简化行政审批手续，点点拇指，足不出户，两天拿到全国首张电子营业执照的鲜活故事……最初，她的宣讲稿是以单位一位副科长的故事为主线，通过副科长的事迹串起“企业登记注册全程电子化”系统从酝酿到诞生的全过程，但在排练过程中，她认真学习了宣讲的宗旨：“充分展示全市百姓宣讲工作成绩以及广大党员干部群众不忘初心跟党走的坚定信念，为全市百姓宣讲员搭建一个相互学习、相互借鉴、取长补短、共同提高的平台”，经过反复修改和斟酌，最终选择了朴素又真实的风格，舍弃了感人的故事，只是讲了“企业登记注册全程电子化”系统的优势与亮点。

在最后一次彩排后，王榕在会议室独自反复练习了五六遍，很晚才回家。尽管准备时间不算太充裕，她却并没像很多人想象的那样紧张，而是觉得

“没有太大压力，心态很放松。”

9 月 27 日，海淀区“美丽海淀”百姓宣讲团亮相赛场，作为当天的第一支宣讲队伍进行了宣讲，并取得了当天团队第一名的好成绩。

王榕的宣讲内容并不是传统的人物故事，而是踏踏实实地讲述他们所做的细微工作、付出的点点滴滴。尽管内容中的感情色彩不够浓烈，还是很好地展现了海淀工商从业人员的钻研精神和一切为创业者出发的服务态度，勾起了大家对“企业登记全程电子化”系统的浓厚兴趣，吸引了大家的目光。

二

说起“企业登记全程电子化”系统的研发，要从 2015 年说起。

2015 年 1 月 7 日，国务院第一次常务会议上，李克强总理重申了他提出的“简政放权”理念，并强调侧重规范和改进行政审批措施。会后不久，北京工商系统顺应形势，积极开展了商事制度改革，企业登记电子化被提上议事日程。

2016 年 1 月，国家工商总局及北京市工商局正式确定海淀分局为全国首批企业登记全程电子化试点地区，企业申请设立变更登记无须到工商局现场办理，全部过程都在线上进行，最后发放电子营业执照。

这个光荣而艰巨的任务，落在了海淀分局登记注册科副科长王浩杰头上。他立即组建了包括王榕在内的研究团队，开始了全程电子化的研发之路。

万事开头难。研发怎么实施？用什么模式？他们谁也不知道，只能摸着石头过河，先立后破。

王浩杰每天能有一百多个想法，再用全部精力如雕刻师般打磨每一步的探索。测试了不行，就再试验；数据报错，就再调整；调一次不行，就调到可以进行下一步为止。最后，他们终于有了手持身份证进行身份认证和手写签名等想法，并在试验中获得了初步的成功，在创新的轨道上往前迈了一大步。

王浩杰受领任务不久，他的爱人刚好怀了二胎。妻子怀胎的辛苦和全程电子化工作开展的艰难同时摆在了他的面前，每周定期与市局、分局系统开发商的例会，一商量可能就是一整天，加上其他分管工作，他压根没有时间照顾爱人，更别提陪同产检了。

10 月是全程电子化系统上线的最后冲刺阶段，之前的所有需求，都要得到最后确定的实现。而这时，王浩杰的妻子预产期也临近了。那天上班途中，他被叫去了医院，但孩子顺利诞生后，他仅陪产一天，就又回到了工作岗位上。同事们问他："你怎么忍得下心?"

王浩杰无奈地说："我也不落忍啊！可是家里还有我丈母娘帮忙看着，研发工作我没法离开。"

就在王浩杰的儿子诞生不久，"企业登记全程电子化"系统也面临分娩。2016 年 11 月 1 日，北京市工商局企业登记全程电子化试点工作在海淀分局率先启动，海淀区的科技类内资公司可以通过系统申请设立登记，领取电子营业执照。

王浩杰的儿子和"企业登记全程电子化"系统先后诞生，都经历了"怀胎十月"的过程，在这个过程中，王浩杰加班加点，牺牲了大量与家人在一起的时间，付出了大量心血，毫无怨言。这两个"怀胎十月"的过程交织在一起，大家都觉得很神奇。

三

2016 年 11 月 1 日，王浩杰带领他的团队，走进北大科技园，现场宣传企业登记全程电子化工作。

北大科技园的一名海归创业人员听说后，立刻跑来了解情况。

这名"海归"名叫吕孟涛，正想投标一个创业项目，可还没办营业执照，不具备参与资格。他一方面对国内办照流程不熟悉，另一方面创业项目任务紧，没精力去办照，很是着急。

王浩杰告诉他："企业登记全程电子化就是企业登记申请、受理、核准、发照、公示、存档等各环节全程在网上办理，办照实现零见面、无纸化、无介质。企业申报时只需先进行身份认证，然后登录北京工商网上登记申请平台，按照提示一步步填报就可以了……签字盖章材料实现用手机拍照后直接上传，省去了导入电脑再上传的麻烦；股东、法定代表人和申请人可以直接在手机上手写签名，无须下载材料签字后再上传；材料审核环节实现申请数据和材料图片的同屏比对，方便准确……”

听完介绍，吕孟涛迫不及待地取出笔记本电脑，登录了北京工商网上登记申请平台，立即看到了网页中间的“新增全程在线无纸化办理方式”提示。按照提示，他用手机扫了扫网页右上角的二维码，把北京工商登记 APP 下载到了手机上。

打开 APP，吕孟涛通过上传身份证正反面照片和手持身份证照片完成身份确认。随后，他登录北京工商网上登记申请平台，在“我要起名”模块通过企业名称自主预查方式申报企业名称。20 分钟后，系统显示名称预审通过。

随后，吕孟涛进入公司设立登记模块，将公司名称、地址、经营范围等基本信息填报完成后，系统自动生成规范化的申请表格和章程。他按照提示将地址证明材料和签字页的电子版上传。

最后，吕孟涛将系统自动合成的整套申请材料仔细核对了一遍，确认无误后即点击“提交”按钮，电脑屏幕上实时显现出“提交成功”四个字。不到一个小时，他就完成了公司设立登记的全部环节。

“不仅所需材料清单明晰，而且每一步都有智能引导，特别是经营范围填报，非常人性化，不仅可以像点菜一样直接选，还可以根据自己的需要加‘新菜’。这个系统的用户体验太好了。”吕孟涛兴奋地说。

通过北京工商登记 APP，吕孟涛在“我的业务”模块查询，发现申请材料正在审核。这时，企业设立的程序已经在线传给了负责审核的工商干部张楠。

企业登记全程电子化系统不仅可以自动校验身份和地址，还可以智能审核程式化信息，登记人员在审核的时候重点关注个性化的信息就可以了。“我做了十几年企业登记工作，审核的都是纸质材料，现在可以直接在网上核准，真是开启了一个新时代。”张楠说。

半个小时后，张楠和同事完成了对吕孟涛提交的身份认证和申请材料的初审和复审。她用鼠标点击“核准”按钮后，屏幕上出现了一连串正在运行的信息：数据准备、执行规则、生成电子档案、保存档案信息、执行核准，最后，屏幕上出现了一个大大的笑脸，上边写着“核准成功”。

申请材料核准成功后，吕孟涛立即收到了工商部门发来的短信，内容是系统为吕孟涛所创办公司自动生成的电子营业执照账户和密码。他在北京工商登记APP上输入账户和密码，“北京智脉医药科技有限公司”的电子营业执照就出现在了手机屏幕上。他赶紧截屏，迫不及待地将这个好消息与亲朋好友分享。

“别人怎么知道这张电子营业执照是真的呢?”吕孟涛的一个朋友也打算办照，看到电子营业执照截屏后问。

工作人员提示说：“可以上北京市企业信用信息网验证。”

吕孟涛登录北京市企业信用信息网进行验证。他在检索栏输入自己公司的名字，公司的基本信息立即呈现在网上。在网页的左上角，有一个红色的、特别醒目的“电子营业执照认证”按钮。点击这个按钮，系统就往“北京智脉医药科技有限公司”电子营业执照账户发送了验证码。他将收到的验证码填上，网站立即显示出新注册公司的电子营业执照。

“太神奇了。”吕孟涛的朋友一边感叹，一边将截图和屏幕上的电子营业执照进行比较。

北大科技园综合管理部副总经理孙怡全程见证了吕孟涛的办照过程，很是感慨：“现在的‘创客’真是太幸福了，之前我们园区的企业办照至少要跑工商局三四趟，最快也要两周才能拿到营业执照；现在，他们可以随时随地、利用碎片化时间办照了。”

至此，全国第一家通过全程电子化系统设立的内资公司正式宣告核准成立，这是王浩杰和他的团队努力创新实践走在全国前沿的成果。

“想想还是挺激动的!”王浩杰动情地说：“虽然前期工作很费劲，花了不少工夫磨合、试验和调整，但当第一份电子营业执照在海淀诞生时，顿觉这份荣耀弥足珍贵。”

四

“企业登记全程电子化”系统开启了办照新时代，但使用范围还受到较多限制。

为了扩大全程电子化试点范围，让外资企业享受和内资企业同等的政策便利，王浩杰和他的团队又开始挑战“外资企业登记全程电子化”的新任务。外资企业公证及认证材料各式各样、纷繁复杂，为了确保程序严谨，王浩杰开始了每天加班的工作状态。为了测系统，赶进度，起初他加班到晚上9点，后来延长到11点，再后来又延长到凌晨1点，在即将成功的日子里，他甚至加班到凌晨5点，不做到最好誓不罢休。

“五加二、白加黑”连轴转，王浩杰终于扛不住了，得了重感冒。4月的北京春寒料峭，他裹着大棉服坚持坐在办公桌前，吃完退烧药继续工作。办公桌上，除了文件，就是凌乱的几个药盒，抖一抖会发现药都已经吃完了……

正是靠着这种拼搏精神，王浩杰和他的团队终于在规定时限内完成了任务。

随着技术的不断进步，全程电子化业务范围也由最初的科技型内资有限公司设立登记拓展到全类型企业的设立、变更登记。特别是外资企业的设立登记，引入由律师出具法律意见书的新模式，受委托律师作为代理人，在网上代为提交外资企业设立申请，并对股东身份确认和申报材料的真实性、合法性出具法律意见。这种模式有效解决了外籍股东在现有条件下难以完成网上实名认证以及股东资格确认等问题。外籍股东委托境内律师代办，不仅为远程申请提供了操作层面的可行性，还可借助律师的专业性对企业进行合规性审查，防范经营风险。

2017年4月25日，海淀分局发出全国首份外商投资企业电子营业执照。北京创客之舟教育科技有限公司得到这份特别的幸运。该公司法定代表人沈俊说：“我们委托北京市时代九和律师事务所的齐红玲律师作为代理人。齐律师审查申报材料确认无误后，出具了法律意见书，然后将申请材料和法律意见书以电子文件的形式上传登记全程电子化系统，完成了全部申报流程。申报不到一星期，我们就拿到营业执照，真是不敢想象，我们的外籍股东更是不出国门就在中国注册了公司。全程电子化登记让外商投资企业也享受到改革的红利，真是‘足不出户办执照’啊!”

第一家外资企业全程电子化登记注册成功，海淀工商的登记注册团队再次走在了全国前列，让海淀、让北京成为全国工商登记的排头兵。

作为“企业登记全程电子化”系统研发团队中的一员，王榕在宣讲中更详尽地介绍了系统的功能和成效，她说——

其实，我们这套系统最棒的地方不仅是智能便捷，还有一大亮点，就是让您的信息更安全。

以前大家可能听说过或者在电视上看到过这样的事情，谁谁莫名其妙地就成了一个公司的法定代表人，这个公司一旦出了什么事，法院就找上门来。当事人一头雾水不知道怎么回事。调查后才明白，原来自己曾经丢失过身份证，被坏人捡到，拿着他的身份证去开了一家皮包公司，骗了很多人后逃跑了。这样的事真是挺可怕的。我们“全程电子化”实施后，这样的问题几乎都可以避免。因为申报过程中，公司的股东和法定代表人都要进行手持身份证拍照进行身份认证，而且每一次提交关键材料都需要所有股东和法定代表人用自己实名注册的手机回复短信验证码，才能通过。看看，有了这套系统，大家也不用辛苦跑来工商局为避免被别人冒用身份证而要求我们把自己的信息给锁定了。这不但方便了企业登记注册，还使大众信息安全了。

自 2016 年 11 月 1 日我们的“全程电子化”系统正式上线运行到现在，已经有将近一千家企业通过这套系统在线拿到了电子营业执照。可以说，这套系统真是凝结了我们所有海淀工商人的智慧和心血，我们这个团队为了“全程电子化”的实现还加班到过凌晨五点，但是当看到大家对我们工商系统的认可，真实地感受到我们海淀工商分局为大众创业、万众创新做出的努力和贡献时，我们就觉得一切付出都是值得的。

在王榕的铿锵话语中，大家可以真切地体会到，走在创新的前沿，是身为工商红盾卫士最骄傲的梦想与荣光。而王榕本人，从走进工商到爱上工商，却有一段让她难忘的经历。

五

王榕是江西吉安人，她自豪地说她是井冈山人，因为她家所在的吉水县与井冈山市同属吉安市管辖。无疑，红色根据地精神给了她灵魂熏陶，也给了她追求卓越的素养与品质。

王榕在当地上完中学，考入江西师范大学，毕业后又考入北京师范大学攻读硕士学位。她学的是教育经济与管理，归大类的话属经济管理类，这为她日后考入工商系统埋下了伏笔。

在大学里，王榕积极参加社团活动，任过学生会主席团成员、文艺部部长，锻炼了她的组织能力和协调能力。按她自己的说法，“大学的社团活动，让我更自信了”。

2013 年 7 月，王榕从北京师范大学研究生毕业，不久就参加了公务员考试。成绩优异的她顺利考上了公务员，来到北京市工商局海淀分局工作。

刚到工商局时，王榕被分配到温泉工商所工作。温泉工商所是北京市工商行政管理局海淀分局的派出机构，地处海淀区西北部，是正在规划建设中的海淀区北部新区核心地带，涉及温泉、苏家坨两镇，20 多个行政村。

工商所位于温泉镇杨家庄村，是个典型的农村地区，工作生活有诸多不便。第一天去报到，王榕就大哭了一场，觉得来到这么一个偏僻地方，心理上难以接受。好在单位的同事都挺照顾她，她慢慢也就适应了。

在温泉所，王榕住在所里，吃在所里，跟同事们一起在辖区内巡查执法，还负责所里一些投诉举报工作、宣传报道工作等。

2014 年 4 月，一纸调令把王榕调到分局登记科工作，她又舍不得离开温泉所了。临走时，在所长办公室里，她又哭了一场，与同事们难舍难分。

来到分局登记科后，王榕起初负责窗口工作，主要是接待预约以及当场取号办理业务的客户。窗口工作的业务量特别大，一天至少要接待 600 位办理业务的客户。除预约外，一位工作人员平均一天要接待 40 个当天取号的客户，这还不是最忙的时候。因此，一位工作人员同时接待好几位客户是很常见的事。

忙碌是肯定的，高强度的工作让许多人倍感压力，但王榕却说，自己还挺擅长这份工作的。

前台的每天叫号量会有排名，要强的王榕总会不遗余力地去追求好的名次。不久，她就得到了一个小绰号：“叫号小达人”，因为，她每天受理的业务量很大，排名经常保持在前三。

王榕是很热情的一个人，在处理公司业务时，她会解释得很清楚。有一个企业负责人反复来过三回，第一次她忙到中午12点半，第二次又加班到下午6点多，客户很满意，专门给她送来一面锦旗。她觉得自己的工作被认可，也挺开心。

还有一次，中午12点半了，王榕还在为客户服务。有人拍了一张工作现场的照片，发到了网上，受到了众多网友的点赞。

说到这里，王榕解释说："我谈这些，并不是为了突出我个人怎么样。这是我的日常工作，理应真心地对待每一个人，他们觉得挺感动，给了我这样的反馈和回馈。这也让我更耐心更细心。"

在前台工作近一年后，王榕开始负责审核工作，并兼任青年组的组长。登记科50多个人，平均年龄32岁，年轻人占到了一多半，青年组的成员也便占了全科的一多半。年轻人工作干劲大，但情绪上经常有人不稳定，有的嫌累想离开，有的甚至正常的工作都进行不了，她就拉大家一起去爬个山，去吃个火锅，甚至到郊区租个别墅玩一玩，借以做大家的思想工作，缓解大家的焦虑情绪。后来她虽然调任法制组组长，但仍是党支部的青年委员，经常参与青年组的活动。

如今，王榕已经爱上了她的职业和岗位。她说，最开心的时候，就是看到客户拿到营业执照脸上露出满意笑容的时候。她还说，身处海淀这个全国科技创新中心核心区，她也要时刻保持海淀的这种创新能力，从工商的职责出发，沿着这条创新道路，让更多的优秀人才和先进企业在海淀会聚。

木兰花开

李明新

我遇到了一朵木兰花，一朵洁白的木兰花。

木兰花开薛济舟

她是那样纯洁、饱满而恣肆地绽放着。她叫薛济舟，小名叫木兰，今年 12 岁。

小姑娘从滑雪模拟机上走下来，用清澈的眼睛大大方方看着我，向我问“阿姨好”。清脆的声音发自细细高高的、正在“拔节”成长的身体，那两条长腿，让我体会到“玉立”这个词汇的精准度。

济舟这个名字气场很强，是薛爸爸的一个高人朋友在她还在妈妈肚子里时给起的。看着眼前瘦瘦高高的女孩，我替她感觉到莫名的压力。她还有个小名叫“木兰”。这个小名还真有点意思，济舟美丽、知性，毕业于政法大学的妈妈裴慧告诉我，她怀孕的时候，所有孕期反应都呈男孩特点，做了 B 超，也说是男孩，所以所有的备孕品，都准备的是男孩的，结果生下来一看是个女孩，一时有点狼狈！济舟的爸爸是北京大学哲学系的高才生，薛爸爸面对如此“变故”哲学地幽默了一把，他说：谁说女子不如男？济舟遂有了“木兰”的小名。

花木兰，是那个众所周知的、驰骋沙场的巾帼英雄，济舟的这个小名，也是硬朗大气、英气逼人的！这样的名字，注定了这个女孩一生的使命感：匡济天下，奉献社会，而天若降大任于斯人，必先苦其心志，劳其筋骨，饿其体肤，空乏其身，行拂乱其所为，所以动心忍性，曾益其所不能。所以小小木兰从 4 岁就蹒跚着走上了雪道，从此与冰雪运动结缘，开始了心、智、体的磨砺。

8 年过去了，从 4 岁迈上雪道，木兰就没有离开过：滑雪运动从小朋友喜爱的游戏到成为特殊的技能；木兰从海淀区滑雪队队员到北京市正式注册队员。8 年的时间，伴着身体的成长，木兰树已经绽放出洁白的花朵。小小的木兰为她将来驰骋沙场打下了牢固的思想意志和体能技巧基础。

立志高远

2017 年 7 月 31 日上午，北京冬奥会宣讲团首场报告会在北京日报采编中心一层报告厅举行。木兰着一身红色的滑雪服站在讲台上，挺拔的身材像一棵蓬勃成长的小树，稚嫩的声音落地有声：

叔叔阿姨们，我叫薛济舟，请记住我的名字！因为我相信，2022 年当五星红旗升起、当国歌奏起的时候，我一定会站在领奖台上。到时候，你们要为我呐喊，为我助威。所以，请你们记住我，记住那个今天在讲台上宣讲的小姑娘，我的名字叫薛济舟。

木兰像一朵铿锵的玫瑰炫目地绽放在讲台上。稚嫩的声音在整个礼堂轰响，在座的 200 多人先是被这个女孩的话语、气势震惊，之后报以长时间的热烈掌声。

这是一份约定，是一份“冰雪约定”；这更是一份“挑战”，12 岁的小姑娘薛济舟向奥运会挑战；12 岁的她向自己挑战！她的梦想是参加在家门口举行的北京 2022 年冬奥会，并且站到领奖台上为国争光。她稚气却郑重地请报告会现场的叔叔阿姨们到时候为她呐喊助威，共同完成一份“冰雪约定”。难能可贵的是，她把她的决心和梦想在众人面前变成了一种承诺，而且她把这个承诺主动地放在自己正在成长的瘦弱的肩上。

我不知道现场在座的人是怎样的感想，当我第一次在网络上看到这个誓言时，我感到无比的沉重！现在的木兰 12 岁，离 2022 年冬季奥运会还有 5 年。这 5 年，是人生重要的 5 年。作为学生，她将要完成从初中到高中的课程；作为一个女孩子，她将从一个小女孩变成一个 17 岁的大姑娘。而就是这 5 年，为了自己的承诺，她要把自己绑定在那冰天雪地里步步惊险的雪道上！她小小的、正在成长期的身躯能否撑得起这份伟大的理想？滑雪是一项风险性很大的运动，万一出了意外怎么办？这可真是初生牛犊不怕虎啊！她到底是怎么想的？她的爸爸妈妈是怎么想的呢？他们对孩子有着怎样的期许？

那时我还没有见过木兰，没有见到她美丽的妈妈。完成写作任务倒是其次，带着诸多的疑问，我想能尽快看到能说出惊人誓言的孩子和她的家长。

于是，我约到了正在带木兰练习滑雪的妈妈裴慧，地点就在位于西六环边上的腾越滑雪练习场。我到的时候，木兰正好在滑雪道上。哎，那是怎样的一只火红的小鹰啊！只见她两膝弯曲，身体前探，重心向后，头却高昂着注视前方，脚下的雪板在不停向上转动的练习道上左右旋转着，雪板与雪道发出唰唰的摩擦声。看着全神贯注练习的木兰，我脑海里想象着她从雪山上飞驰而下的场景，突然想起在网络上看到的她写的一首诗：

冰雪小将：板刃与雪面摩擦的感觉/令我心生沸腾/我向前的力量/势不可挡/滑行时旁边的景物呼啸而过/使我越发激动/我飞翔的速度/惊鹏万里/艳阳高挂在天空之上/雪面映得闪闪发光/在雪上滑行/其乐无穷

我想象着一匹红色的小“骏马”在白色的雪道上翻飞腾跃着飞速滑下来，人们揪着的心还没有落下，她就笑盈盈地站在了你面前，雪盔下是一张生动的红扑扑的笑脸，热腾腾的汗水随着她雪板的戛然而止，瞬间冻结成晶莹的冰珠。

“阿姨好！”摘掉头盔，小木兰已经轻盈地站在了我面前，汗水浸湿了额头的发际。刚刚我跟妈妈裴慧做了交流，对木兰的生活和学习有了一些了解。

滑雪，为欧美人所热衷，在中国应该算是“精英”运动。木兰的父母都会滑雪，她还是几个月大的小宝宝时，就被抱到滑雪场呼吸雪场凛冽却格外清新的空气，感受那令人兴奋的氛围。也许是天生有缘，小婴儿木兰对雪场的环境格外喜爱，她欢愉地蹬着小腿，似乎要亲近雪道。

4岁，第一次蹬上雪板，木兰没有一点惧怕，而是表现出无比的兴奋，跃跃欲试。教她的动作不用说第二遍，似乎本来就会似的，就是他的父母也为此暗自称奇！

长大的木兰回忆说：有一次妈妈带我去崇礼的一个小溜冰场溜冰，我感受到这项运动的魅力所在之后，便爱上了这项运动，一有空我就让家人带我来滑冰，我也不知道我为什么如此喜欢这项运动，也许是冰刀与冰面摩擦的感觉，又或许是那种飘逸而灵动的美感。我总觉得我与冰雪运动间有一种特殊的缘分，溜冰就像我的新朋友，而滑雪则像我的老朋友，在了解新朋友的同时也在和老朋友叙旧，回忆我们一起经历的那些数不清的冬季，也许这就是我的冰雪奇缘吧。为此，木兰曾赋诗一首：睁开眼看到满目银色/就像一位老友/真想立刻踏上雪板/与他叙旧/有他陪伴/无所畏惧//就像好友给予的温暖/寒冷的冬季/心在燃烧/有他陪伴/使我勇敢//仿佛隐形的肩膀在身旁/使我在哪里跌倒/就要在哪里起来/有他陪伴/使我自由。

木兰跟随父母第一次到万龙滑雪场滑雪，心大的薛爸爸直接把5岁的木兰带上了中级道。在中级道顶端，爸爸在木兰面前做了一个犁式刹车，然后告诉木兰：“你要这样刹车，明白了吗?”爸爸倒着滑在她前面，让她试一下。“哎，木兰表现还不错。”于是爸爸说，“就这样滑，我跟着你。”说完他自己让到一边，让木兰在自己前面滑。可能因为腿部力量太差，也可能中级道一出发有一段坡度对于她来说太陡，她一出发一下就变成了冲坡，“嗖”地飞了下去。“我在后面紧追，还是追不上。”滑雪的人都知道，冲坡的速度比自由落体还快，很难追上。薛爸爸头“嗡”的一下，“孩子撞人怎么办？摔了怎么办?”他一边想一边拼命地追。不到半分钟，木兰已经滑到了底下的大平坡，拐一个大弯后停了下来。爸爸心想坏了，孩子肯定会放声大哭，因为她一定被吓坏了。可是等爸爸追到她身边，木兰回头说了一句让人根本没有想到的话：“爸爸，我长大了肯定可以当运动员!”薛爸爸的眼睛一下子湿润了：孩子的内心一定也十分害怕，但她是个好强的孩子，她不仅战胜了自己内心的恐惧，还善解人意地安慰了爸爸。

就这样从一次无意的冲坡，开始了她不畏艰险的滑雪之旅。还有一次她跟着妈妈滑，初学不久的她，走错了雪道，不知怎么就走到了“银龙道”。银龙道有一段被称作“大奔头”，从这个形容词我们就能感受到它的凶险。滑这条道，需要很好的专业技能，同时也需要过硬的心理素质。业余滑雪的人，直接从“大奔头”而下的，恐怕没有几个。而小小木兰站在雪道的顶端，根本没有想那么多，心里是满满的要战胜这条雪道的信心，她毫无畏惧地直接冲坡而下，潇洒地一个刹车，稳稳地站在了雪道的终端。

木兰滑雪的特点就是勇敢、喜欢挑战。在上山的缆车上，她听到别人说哪个道哪个道特别陡、特别难滑，都会默默记在心里。一下缆车，她就会悄悄对爸爸、妈妈说：“咱去滑这个道。”考虑到她的水平，父母一般都会建议她最好不要去，慢慢来。而每次都是木兰“必须去”的坚决态度获胜。

意外并没有让她害怕，反而让她变得更加坚强、勇敢，她不断挑战自我，就这样，通过滑雪，小小木兰形成了坚强的意志，这样的意志，会让她的人生勇往直前，这是她一生受用不尽的财富！

现在木兰安安静静地坐在我对面，我试探着问了她一个一直在我心里纠结着而又不大好问出口的问题：“木兰，假如，我说假如，你没能参加奥运会，或者说参加了奥运会而没有拿到名次，怎么办?”

小姑娘并没有我担心的那样，表现出尴尬或不好意思，她看着我的眼睛回答说：“我要竭尽全力去向那个目标冲刺，只要我努力了，我就不后悔了。”我突然感到惭愧，在这个小姑娘面前！我们大人想得太多了，我们的担心是多余的，是我们输不起啊！而木兰的父母伟大之处也就在此，他们为孩子选择了滑雪这项挑战性极强的运动，他们鼓励孩子勇敢地面对风险，他们更是没有像一般的父母那样，打磨孩子的锐气，让孩子圆滑地活在社会里，而是尊重孩子这个独立的生命体，顺其自然，让木兰自自然然地、无所畏惧地成长。他们是合格的父母，才会有木兰洁白的盛开！

梅花香自苦寒来

小小木兰，在8年滑雪的征程上，参加了大大小小的比赛不下数十场，也获得了令她自己喜悦的成绩：

2015年，Fischer杯青少年滑雪争霸赛第四名；

2015 年，Epic 第二届青少年滑雪大赛万龙站女子双板第一名；

2015 年，Epic 第二届青少年滑雪大赛总决赛女子双板第三名；

2016 年，乌金山李宁国际滑雪公开赛青少年双板第一名；

2017 年，世界雪日万龙站青少年双板第一名；

2017 年，北京市第一届中小学生冬季运动会单项个人雪地回转第一名；

2017 年，北京市第一届中小学生冬季运动会小学组团体总冠军；

2017 年，北京市青少年滑雪比赛第五名。

7 岁，爸爸妈妈给木兰聘请了退役的国家队队员孙玲玲做专业教练，从此滑雪就不再是一个爱好和游戏。对木兰来说，滑雪成为生活的一部分。

滑雪玩起来是很快乐的，但真正的训练是十分艰苦的。小木兰用李清照诗句“这次第，怎一个愁字了得”来表达复杂的感受。

有一次，木兰的教练从早上开始训练她，一直连续训练到下午两点。五六个小时在零下十几度的环境里，不吃不喝，还要大体能地训练，小姑娘全身都冻透了！木兰又累、又饿、又冷，一进门抱着妈妈就哭了，她哽咽着在妈妈肩头说：“妈妈我好累！”那天，饭量不大的木兰，竟吃了一大盘盖浇饭，吃得狼吞虎咽！妈妈裴慧看在眼里，心里真是痛啊！痛，也不能说啊，她怕孩子打退堂鼓。可是，大人又多想了，第二天木兰精神抖擞地说：“走，咱们滑雪去！”

自从加入了海淀区滑雪队后，木兰便开始了更艰苦的训练。早上天还没亮闹钟就响了，虽然小孩子心里有一万个不愿意，但木兰知道“先苦后甜”的道理。当她从温暖的被窝里爬起，抓紧时间洗漱完毕，匆忙赶到雪场时，她看到长长的雪道上有一个熟悉的身影，原来是教练。木兰是个单纯善良、善解人意的小姑娘，看到教练为了不耽误队员训练，老早就上山插旗门，不禁感动得鼻子一酸。她暗下决心，一定要刻苦训练，用自己的努力回报教练。

木兰迅速穿戴完毕和队友上山帮教练插剩余的旗门和护网，扛起旗门护网孩子们才知道这项工作这么艰难，旗门重如杠铃。插完旗门，体能也快消耗完了。“我们满头大汗地滑到缆车站，坐上缆车，正式的训练也就开始了。在缆车厢里，也没闲着，教练给我们讲解正确的动作；到了山顶我们马上进入了紧张的训练中，从出发台一个一个地下，不能漏掉每一个旗门，等队友们都下来后，教练再滑下来，接着指出我们的不足和需要改进的地方。”

整个过程木兰都聚精会神地看教练讲解动作，认真听教练的点评。“由于以前的动作不正确，现在纠正起来就特别吃力，但我绝不放弃，一定要认真训练，抓紧时间把动作纠正过来。”就这样一趟接一趟地训练。当听到教练说“滑完这趟今天的训练结束”时，木兰和他的小队友如释重负，拖着像灌了铅似的腿缓慢地走进休息大厅，一进门妈妈就给了木兰一个大大的拥抱，妈妈说：“教练把你训练的视频发给我了，宝贝你好棒啊，你通过刻苦训练滑行技术突飞猛进。”木兰连忙打开视频一看，看到自己果然进步很大，她暗自喜悦，事实验证了“先苦后甜”的道理！

参加集训，一般会连续几天做高强度的训练。训练结束，木兰腿疼得几乎不能走路，浑身跟散了架似的。但是坚强的心理素质，让她会调节自己的心情，她用看到自己的进步来冲淡艰苦训练带来的负面情绪，她说“怎一个累字了得”的结果必然是“怎一个喜字了得”！为了记下这深刻的体会，木兰又用小诗抒发了情感：宝剑锋从磨砺出/梅花香自苦寒来/以后你的每一次进步/都会使你快乐/你就会忘掉疲惫/争取下一次做得越来越好！

木兰参加的比赛不算多，屈指可数，但每次比赛都像一个加油站，不仅有满满的收获，更让木兰有了奋进的动力。

“薛济舟准备，ready? go!”木兰身似离弦箭，用力一蹬，冲出了出发台。这个动作太快，太炫目，但就是这个动作，木兰练习了不止百余次。她十分珍惜每次比赛的结果，因为那都是她用汗水换来的。赛场上的木兰，像一头奔腾中的小雪豹，她在旗门间呈S形回环，在雪道上划出一条优美的曲线，倏忽间就站到了终点。

“我站到领奖台上的那一刻觉得一切的付出都值了。都说台上一分钟，台下十年功，当我站在领奖台成为万人的聚焦点，沐浴着荣誉的光辉时，台下的人却不曾想到在奖杯的背后是超越同龄人的坚持与毅力。也许有些比赛我的成绩并不理想，但我依然不泄气。其实，输赢并不重要，重要的是你能从胜利中获取信心，或者从失败中得到磨炼，我想这就是体育精神，是另一种高尚品德的展现吧。”经过几年滑雪磨砺的木兰，淡定从容地说出了自己的感受。

小木兰铿锵有力的话语，似乎又萦绕在我们的耳边，小姑娘用她的努力拼搏，用她的坚强和自信，撑起她伟大的理想；她挥洒汗水朝着自己的理想一步一个脚印地不断前进，成为同龄孩子们的榜样，成为海淀体育人的骄傲！

全面发展

也许，您会跟我一样，以为小木兰的人生理想是做一个滑雪运动员。错了！

木兰的人生理想是在 4 岁的时候立下的。对，就是在她开始学滑雪的时候。她的志向是做一名建筑设计师。

不像别的孩子那样，在各种各样的学习压力下没有时间玩，木兰正相反：她从从容容地写作业，大大方方地玩自己喜欢的乐高，开开心心地读自己喜欢的课外读物。她很少玩手机，有空闲就看书，即便是在滑雪训练休息的短暂空当，也是一本“闲书”在手。我在采访的时候，就看到了她随手放下的英文版的童话故事。

木兰的父母不愧是精英，他们对孩子的教育遵从自然规律，从小除了滑雪，他们没有给木兰报过任何一个课外班。课外的时间，完全由孩子的兴趣决定。他们坚信，孩子不会输在有形的“起跑线”上，而孩子心理、意志的塑造才是真正的“起跑线”。人是天地之精灵，人只有顺应自然、敬畏自然，才能享用自然，对孩子的教育亦是如此。对滑雪的喜爱，是木兰的天性；对建筑师的向往，是木兰自己的志向，做父母的，更多的是顺势引导，顺着她喜爱的方向给她提供更大的发展空间。

木兰 4 岁上幼儿园时立下了当建筑师的志向，至今没有改变。她已经着手为自己的志向学习，积累知识。她用空闲时间读世界上著名建筑师的传记，了解他们的人生和作品，尤其喜欢日本建筑家原研哉。

原研哉作为日本设计界继田中一光后一位新的领军人物，在日本设计界有着举足轻重的地位。他是日本武藏野大学教授，又是日本知名品牌“无印良品”的设计总监。原研哉能在设计的道路上排除世俗的纷扰，始终孜孜以求地探索着，给当今浮躁的社会带来一丝安静醇美。原研哉写过一本名之为

“白”的书，针对“白”以各种角度分析诠释。他觉得白色是一种具有爆炸性亮点的颜色，能从其他颜色之中跳脱出来。代表生命的蛋是白色的，而象征死亡的骨头也是白色的，因此白色可说是一种象征生命起源的存在，也介于生死之间，仔细去探究可以发现许多接近于真理的事情。

也许正是这种小木兰还不能完全理解的设计理念让她着迷，也许是原研哉对“白”的阐述让木兰对雪的理解有了延伸，木兰莫名地喜欢他，喜欢他的作品，喜欢了解他的人生道路，更喜欢他的这句话：“设计应该是一种教养，就像是公德心、礼貌般，是能随时挂在嘴边，是能环绕在日常生活之中，是能无声无息影响着人们的生活的。”原研哉在秦皇岛做展览时，木兰爸爸的朋友有机会请原研哉先生签名，于是木兰原来收藏的原研哉著作《白》《设计中的设计》《请偷走海报》等，均得到了原研哉的亲笔签名。这下可把木兰高兴坏了，她亲吻着这些书，把这几本书抱了好几天！

除了滑雪、滑冰，木兰的爱好还有骑马、架子鼓、舞蹈，而读书、写诗，则是这个女孩静下来的常态。

木兰喜欢写诗，尽管她的诗句过于直白，但真挚淳朴，直抒胸臆。《致冬天》：没有什么比你霸气/你的英姿无人能敌/你在寻求狂风怒号/这是你挑战的目标//你不在乎天塌地陷/只求得一时的激越/你铿锵前行的气势/鲲鹏也将望风披靡//你心中的熊熊烈火/在万里冰霜中燃烧/没有什么比你坚强/飞沙走石恒心不改//总要向全世界宣战/让世界也望而生畏/你就是如此的嚣张/这就是冬天的任性//睁开眼看到满目银色/就像一位老友/真想立刻踏上雪板/与他叙旧/有他陪伴/无所畏惧//就像好友给予的温暖/寒冷的冬季/心在燃烧/有他陪伴/使我勇敢。

阳光、开朗、自信、坚强，脸上洋溢着天真笑容的一朵洁白木兰花，她令人喜悦，令人看到希望，“少年强则中国强”啊！

不必期待未来

每个周末，父母都带木兰去崇礼滑雪。后来为了训练方便，他们周五下午从北京出发，晚上就住在崇礼，这样第二天一早孩子就可以开始训练了。

周六训练一天，周日上午还可以有半天时间，周日下午返京。这只是精力上的付出，还有经济上的付出。不得不说滑雪是个“贵族”运动，滑雪场的门票、教练费、食宿加上交通的费用，去一次崇礼就得三四千元，但是为了孩子，父母也是拼了！不仅木兰，所有爱好滑雪的孩子们的家长，都为孩子“计深远”付出了难以想象的精力和财力。

为什么为孩子选择这项运动？木兰的父母们认为：我们不能跟孩子一辈子。滑雪是所有人类运动里最具挑战性的。它更多的是自我的挑战：心理、技能，意志力、失败、失落等。在零下二三十度的严寒下，要战胜自己。你越怕，越滑不好，越容易出现技术失误。正是这样的锻炼，会让孩子练就一颗无往不胜的心。

2013 年，木兰 9 岁，第一次在万龙滑雪场“霜龙道”，这是万隆最陡的“野雪道”。木兰从一开始下滑就出现了技术失误，她竟从 2 000 多米的高坡上一路磕磕碰碰跌了下来。爸爸看着女儿就这样一直摔下去无能为力，紧张得不敢呼吸。妈妈当时不在现场，父母的后怕是必然的。他们怕木兰摔坏了，更怕她产生心理障碍。一夜难眠后，面对木兰想说又不敢说什么。结果木兰说：“走，我要上昨天的雪道。”这一次，她成功地滑了下来。

事后妈妈问她怕不怕，她说有一点，但是就想战胜它，就想从它上边滑下来。这样性格的孩子我们还用期待未来吗？不用，因为她的未来已经注定：不管人生遇到怎样的困难，她都能战胜！

若济巨川，用汝作舟楫。小小木兰，用她不断地成长，正在实现济舟的使命。她羽翼渐丰的翅膀，正在渴望暴风雨的洗礼。

雪啊/我怀着一年的激情等待/终于等到了你/只要你一来/鸟儿们便欢呼雀跃//雪啊/你光彩夺目/引得多少人驻足痴望/大家依赖于你/你是一年中最飒爽的舞者//雪啊/你犹如一件银装/披覆在万物之上/你经过的地方/必将是最亮眼的一道风景线//理解自己名字的真谛/走遍五湖四海/拥有自在人生/让我们准备好掌声/为她喝彩吧！

不忘初心的小区理发匠

董海霞

一

柏宏，理发行业的国家高级技师；享受北京市政府技师津贴；2003 年获全国发型大赛男、女双项优秀奖；2011 年中华美业第一赛中获得最佳十强选手称号、单项最具绿色环保奖……先后在北京市、全国美发技术大赛中获得奖牌、奖杯、荣誉称号 30 余次。2015 年被海淀区个私协推荐吸收加入共产党；2017 年被海淀区工委评选为优秀共产党员，被甘家口街道评选为“甘佳之星”；2017 年北京榜样大型活动中的海淀榜样。这些金光闪闪的头衔、名目繁多的奖项足以让人惊叹。虽然他的“宏伟创意理发店”有些寒酸，既没有

社区理发师柏宏

想象中的高大上，也不在闹市区，但是生意从没冷清过，正应了“好酒不怕巷子深”那句老话。

位于甘家口街道阜北社区一栋并不起眼的居民楼尽头，一间不知何年何月搭建的平房，面积约有 40 平方米，这 40 平方米就是柏宏的“宏伟创意理发店”。再没有常识的人也知道店开在这里过于隐蔽了，不仅藏身小区，简直就是犄角旮旯。但这不影响每天络绎不绝的客人，甚至还有转乘几趟公交，从东、西城找来的老客户。柏宏手机里一个微信群就有 96 个老客户，还有从本小区、周边公司、医院、企业、行政机关等地方来的人。这些，都源于柏宏的好手艺。

店面不大，也没有学徒小工，理发师只有柏宏一人，哥哥陈磊替他张罗其他琐事。虽然不同姓，却是亲哥俩。柏宏是随了母亲的姓。

出生于 1972 年的柏宏，小时候因药物过敏而双耳高频失聪，听力和语言都有障碍。

为了有门手艺，能挣口饭填饱肚子，青春年少时的柏宏学的是中医按摩和针灸。这个专业是父母帮他量身定制的，听力不好，交流有障碍，有个永远不会失业的手艺比较靠谱。

柏宏说：“那时候的我又瘦又小，没有多少力气，给顾客按摩时自己已累得满头大汗，人家还喊着“用点儿劲，用点儿劲”。我觉得自己不是干这个的料。”

针灸倒不需要力气，对柏宏来说却是一种折磨，看着那些细细长长的针，自己内心先惧了几分。往自己身上扎可以，给患者，他怎么也下不了手。

当时的柏宏是郁闷的，怀疑自己是不是一无是处。人体上林林总总共 409 个穴位：52 个单穴，309 个双穴，48 个经外奇穴。这些理论知识他背得最快，记得最牢，到临床实践，才发现自己吃不了这碗饭。

他的苦恼可想而知。

二

20 世纪 80 年代末期，经过十年改革开放春风的沐浴，各行各业已从百废待兴进入勃勃生机阶段，每一个行业都朝气蓬勃。服装业、餐饮业、旅游业、美发业都如雨后春笋般遍地开花，风生水起。17 岁的少年柏宏，好奇的目光，不由自主被大街小巷美发店门口的广告图片吸引，那些图片上的精美发型，多是港台明星的最新发型，美轮美奂，简直就是一件件顶尖的艺术品。

普通的头发，人人都有的头发，还能设计出如此好看的发型发式？

这是柏宏内心的感叹。

学美发去！

他大声对自己说。

当他把这个想法告诉爸爸，爸爸先是一愣，随即就满口答应了。一愣是因为儿子的按摩针灸学得很辛苦，为了记住一个穴位，经常在自己身上做试验，拿着长长的针往自己身上扎，疼出满头大汗。刚学成了就改行，之前的辛苦、学了几年的中医技术岂不白费？

支持他的选择，是因为出身书香门第的爸爸深知“兴趣是最好的老师”这个理儿，既然不喜欢按摩和针灸，学理发，也许能成为一个出色的理发师呢！况且，理发员还是周总理提出的八大员之一，在社会上，也是受人尊敬的职业。这个儿子虽然听力不好，语言也不流畅，但聪明，有灵气，说不准还真能在这个行业干出一番事业呢！

周总理提出的八大员包括：炊事员、售票员、驾驶员、邮递员、保育员、理发员、服务员、售货员。在父母那辈人眼里，理发员是靠手艺吃饭的人，是备受社会尊崇的技术人员。

三

1989 年年初，柏宏如愿成为一名理发店学徒工，每天骑着自行车，从魏公村去往位于白塔寺的一家国营理发店当学徒。当时的理发店还是老式教育，学徒都要从最边缘的零零碎碎的活儿干起。师傅多，客人有限，学徒工根本没有上手的机会。柏宏只能干点洗毛巾、烧锅炉、扫头发的零活，连给客人洗头的资格都没有。

现实，离他理想中的发型设计简直是天遥地远的距离。

不过，只要手上的活一忙完，柏宏就会凑到师傅身边，主动递个剪刀、梳子、夹子什么的，顺便偷偷看几眼师傅灵巧的手握一把听话的剪刀，游弋在顾客发丝间，怎么分线、怎么打薄、怎么剪出好看的鬓角。

师傅们也都喜欢这个手脚利索、语言不多的小徒弟，对他的“偷艺”也就睁一只眼闭一只眼。

虽然只有看的份儿，柏宏的手也痒痒的，总想试一试。在店里没机会，只能在家里了，可家里没假发，怎么办？柏宏的目光投向哥哥陈磊的脑袋，这不就是最现成的模特？

这一伟大发现令他惊喜不已。当天，他就拿哥哥的脑袋练手了，他剪刀都用不好，理出的发型坑坑洼洼，深一处浅一处的，有时还不小心给划上道血口子。哥哥都没法见人了，出门，就得戴上帽子。

哥哥陈磊，一个20郎当岁的大小伙子，正是爱臭美的年纪，当时北京城正流行港台奶油小生的发型，一边长一边短的三七开；或额前有一绺长长的搭在半拉脸上；或湿漉漉油汪汪的中分；还有飞机头，就是头顶上的头发蓬松起来，猛一看像架飞机停在那里；最保守也是模仿台湾小虎队的发型。

这些流行发式的前提就是必须有一寸以上的“长发”。而陈磊，天天顶着一脑袋凹凸不平，还谈什么美！

哥哥陈磊自小就很有大哥范儿，一直特别照顾弟弟；正在学理发的弟弟，为了练手艺，把哥哥脑袋搞得惨不忍睹，哥哥也毫无怨言，他说：“丑点儿没关系，为了弟弟必须豁出去。”

所以，帅小伙陈磊，一头潇洒的中分，被柏宏毫不手软变成分头，又从分头改寸头，他都笑呵呵地接受。

柏宏天天盯着哥哥的脑袋看，刚长出一层头发茬，他的手就痒了，不由自主就拿起了剃头刀。自那之后，陈磊的头发没有长长的机会了，如今时间过去了近30年，陈磊依然一头精神的短寸。

家里人毕竟少，长头发也需要时间。柏宏就想到了小区里的邻居，楼上楼下左邻右舍的爷爷奶奶他都主动免费给理发。即使辐射到整个小区，也满足不了他的需求。一天，他突然想到魏公村附近有个工地，工地上农民工兄弟人多，何不去给他们义务理发呢？

于是他每天晚上下班后，急匆匆扒拉几口饭就跑到工地，一干就是大半个晚上。那段时间，他成了工地上最受欢迎的人。他一去，大家就排起了队，有时去得晚一会儿，就有人站在路口左顾右盼地张望呢！

柏宏的手艺越来越好，和农民工兄弟们的感情也越来越亲近。有时刚到工地，人家都凉好了水，让他先喝口温乎水再干活。柏宏为此也深受感动，并且越来越喜欢理发这个行当。作为一个身有残疾的人，能为别人提供服务，就是个对社会有用的人，他打心眼里高兴。

四

虽然每天都早出晚归在理发店当学徒，柏宏却有点儿自学成才的味道。作为一名理发师，熟练掌握理发工具是最基本的要求，一定要练到手稳，力轻，节奏轻快，声音又有乐感！

这些秘诀，理发店的师傅从没说过，都是柏宏自己悟出来的。

他相信很多东西都是有灵气的，包括生冷的理发工具。比如说一把剪刀，他一有时间就握在手里把玩，时间久了，用起来就得心应手。用他自己的话说就是磨合好了，工具跟人就有了默契，似乎它们也有了感情，在柏宏手里，都特别乖顺。

上帝给你关上一扇门的同时肯定会打开一扇窗，听力不灵敏的柏宏对发型设计很有灵气，能够针对不同脸型的人设计出最适合的发型，他很讲究“型”。

他说：“发型发型，主要在一个‘型’字上。一个人头发的长短是根据自己的习惯、喜好甚至工作环境来决定的，但这都不影响‘型’的美，头发是自己的，而‘型’是被别人看的。自己只会从前面看到自己的头发，而其他人则会从后面、左侧、右侧多个角度看到。所以好的发型并不是只有本人欣赏，而是无论从哪个角度都无可挑剔，这才称得上完美。”

理发是一门技术，在柏宏这里，却成了艺术，这项赖以生存的手艺，他是当成事业来做的。哪怕一个普通的男士寸头，他也当成艺术品来完成，修修剪剪，每一下都小心翼翼，恰到好处。

“客户花了时间花了钱把脑袋交给你来打理，就是最大的信任。根据客户的脸型、身材、气质设计一个最适合的发型是理所当然的，也是理发师的责任。”柏宏是这么想也是这么做的。

白塔寺理发店里，虽然每天的顾客络绎不绝，能轮到柏宏上手的却没几个，他是新手，又不爱说话，除非客人主动找或师傅安排才有机会。

他不争不抢，却时刻关注师傅们为什么给这个人理这样的发型，给那个人理那样的发型。有的顾客对发型很讲究，对着镜子左看右看，跟理发师不停沟通。他边观察边思考，得出的结论就是：发型是每个人都关注的“头”等大事，无论男女，每个人都想通过发型把自己打扮得美美的，精气神十足。

威震天下的慈禧老佛爷还独创发明了“大拉翅”发型呢！就是现在清宫剧里那种形似扇面，高约一尺，能插花佩戴各种首饰的发型。贵为皇太后，她创造发型的初衷就是为了自己美。

纵观历史，清朝的发型确实美观，比起明朝和元朝好看了好几倍，那是因为有人在这上面动了心思。

柏宏闲来无事的时候，就在图纸上画脸型，根据脸型再配发型。通过跑图书馆他了解到鸭蛋脸、瓜子脸是东方女性的最佳脸型，也是标准脸型，可以配任何发型。圆形脸的发型要尽量向瓜子脸靠拢，额前的头发应该高起来，不要让过长过齐的发帘遮住前额；方形脸的发型必须将额头用头发遮住，才可掩盖方形的缺欠达到椭圆形脸；长脸最好用“刘海”掩盖前额……

研究完脸型他又开始研究身材。高瘦型的人最好留长发、直发或大波浪的卷发；矮小型可剪成超短式；高大型以短直发为好；矮胖型不宜留披肩发……

每个人，尤其女性选择和变换发型的目的是美丽，甚至把变换发型当作美丽的手段，最大愿望就是让自己美一些、再美一些。作为一名理发师，就有责任让每一个顾客在自己的打造下，更美！更帅！

这是柏宏的初衷，并且他一直在努力。

当学徒那会儿，柏宏就不自觉地养成一个习惯，每有顾客进门，他不看人家的服装身材，而是凝视和端详后脑勺、侧影，想象这个女人变换长发、短发、卷发、盘发会是什么样子，这个男人的头发是不是可以再长点，梳个中分也不错吧？

他还发现并不是每个走进理发店的顾客都知道选择什么样的发型更漂亮或帅气，他们将理发视为一种需求，头发长了、乱了、分岔了，来修剪一下而已。但作为一名理发师一定要知道顾客需要什么样的发型，主动帮她（他）设计出来。

“发型设计是一门综合艺术，除考虑顾客的头型、脸型、五官及身材，还要注意顾客的职业特点，根据职业的需要，努力做到最完美的发型效果。”柏宏说他现在的顾客多数都是生活发型，不需要做得太复杂。以简洁、明快、大方、朴素为主。但他还是尽量做到适用性和时代性的完美展现。

尽管顾客要求不高，柏宏却一直精益求精，除专业图书杂志，他还注意通过网络、电视等媒介了解最新流行发型。比如说流行板寸王那会儿，他自己没时间专门去学习，就跑到理发店里去排队理发，边排队边观察，看理发师怎么理，看两个就明白了。

付出总会有收获。不声不响的柏宏为顾客剪出的发型，经常会得到顾客的啧啧称赞，师傅们对他的手艺也是赞不绝口。

1996 年，柏宏在美容美发协会的推荐下，报名参加了第 22 届亚洲发型大赛。凭着扎实的基础，顺利通过区赛、市赛，步步晋级。那时候，家里到处摆满了他用的模特头，光是拿着吹风机吹头发，每天就得练习上百遍。为练习剪发速度，从早到晚剪刀不离手，手上磨得全是血泡，每个手指头都包了创可贴。

再苦再累，他都咬牙坚持，因为他想通过比赛展示自己的技艺，证实自己的实力。身体的残缺让他或多或少有些自卑，他知道，比赛中没有人会因为自己是残疾人而特意照顾，所以他就更想通过技术水平证明自己不比正常人差，甚至更优秀。

付出总会有收获。全国晋级赛中柏宏取得了第 22 届亚洲发型大赛的优秀奖，并获得了代表国家备战国际比赛的资格。

他用实实在在的技术，证明了自己的能力。

五

眉清目秀的柏宏长得很帅气，皮肤细腻，双眉浓黑，一双漂亮的眼睛里透着灵气。那眉眼，相信很多女孩子都很羡慕。

他是安静的、淡然的。

如果不需要交流，任谁都看不出他跟正常人有不一样之处。顾客坐在理发椅上，会告诉他想要个什么样的发型。柏宏总是淡淡地点点头，之所以点头是因为他已读懂了顾客的唇语，至于说的什么他十有八九没听见。如此说来，他的点头就是一种礼貌了。

没听见也没关系，作为一名理发师他有自己的主见，他会根据顾客的脸型、身材、气质设计出一个最适合的发型。这是他最擅长的，即使不是顾客的初衷也没关系，理完了，照镜子看看，好像这才是最适合自己的。

整个理发过程中是安静的，柏宏从不向顾客推荐新式发型及焗油、染发、烫发等利润高的产品。只有剪刀游走在发间窸窸窣窣的声音，以及碎头发飘落到地上的沙沙声。

所以，很多光顾过多次的顾客并不知道柏宏的听力是有缺陷的。只是觉得这个理发师挺傲，不多话，也不回答顾客的话，只管按照自己的心意动剪刀。

20 世纪 90 年代末期，国字头的饭店、百货店等都越来越不景气，私营企业却芝麻开花节节高。此时的柏宏已成为白塔寺理发店的一名年轻理发师，也有了固定客户，还带起了徒弟，只是，单位效益越来越差，后来干脆合并到西单一家理发店了。

魏公村与西单的距离，让柏宏选择了退出。

期间，有某国家部委找到他，许诺是解决编制，主要给首长和退休老干部理发。“老同志的发型几乎千篇一律，技术含量太低，我喜欢挑战，喜欢在顾客的头发上搞创新创意。”

柏宏没考虑铁饭碗问题，毫不犹豫就拒绝了。

六

1996年，柏宏有了自己的理发店，在甘家口地区的增光路上，小店不大，却收拾得清爽又温馨。柏宏是个热爱生活、追求完美的人。

开门第一天就接二连三来了10多个客人，竟然还有白塔寺理发店的老客户也找来了。进门就说终于找到了，对这儿不熟悉，还担心白跑了呢！

那客户，自从柏宏当学徒起就喜欢上了他的手艺，这些年理发，只认柏宏。

白塔寺的老客户陆陆续续都找上门来了，理发好像只是个借口，就是来看看柏宏，看他那么安静地工作、一副陶醉的样子也是一种享受，他们对柏宏嘘寒问暖，还张罗着给他介绍女朋友呢！

如果说老顾客从白塔寺追随而来让柏宏倍感亲切，心里暖乎乎的，后因增光路拆迁，店铺关门后，他们竟然追到家里去找他理发，就让柏宏感动了。

那是2000年，增光路全面改造、搬迁，柏宏的理发店也没能幸免。一时又找不到合适的铺面，他只好回家。

一天突然有位老客户找上门来，说头发该理了。柏宏见到老客户也特别兴奋，端茶倒水洗水果，然后就摆开摊子理发。此后，找上门的老顾客越来越多，柏宏和哥哥陈磊就琢磨着还得找个地儿，把店开起来，要不这些老客户怎么办？总不能把家变成理发店吧？

三个月后，隐藏在小区深处的“宏伟创意理发店”如期开张。新店开张，却没多少改变，柏宏依然是老板店员一肩挑，价格，依然低廉，有时辛辛苦苦忙活一个月，月底一盘点，刚够交房租。

柏宏不着急不抱怨，依然认认真真规规矩矩做头发，踏踏实实干着自己的良心活。

因为在一些较高级别的大赛上获了奖，因为有高超的技艺、良好的口碑，柏宏在业界还是有一些影响的。美发行业出了新产品、有了新动向的推介大会，柏宏都在被邀请之列。比如刚流行染发那会儿，北京城大大小小几百家理发店的老板会聚在一起，了解染发技术、染发原料的用法等。

柏宏是那次推介会上进货最少的，只要了少得可怜的一点点。因为，那里面兑了双氧水、还有……柏宏知道那些东西对身体不好，他崇尚自然美，黄种人就适合黑头发，有个随意简单又好看的发型最重要，冷不丁冒出几绺红色、黄色的还扎眼呢！

虽然染料带回了店里，但他从没向客人推荐过，尽管他知道染一个头发的利润比得上单理七八个男头了，可他觉得那钱赚得不光彩，花着就不踏实。

染发刚流行时，就像一阵狂风掠过，大街小巷，尤其年轻人好像不染几根头发就对不起自己，花花绿绿五颜六色的，像芦花鸡的尾巴顶在头上。

也有顾客主动问柏宏："能染发吗？"

柏宏淡淡地说："染是能染，你的头发不是很好吗？为什么要染？那些染料对身体有伤害。"

他这么一说，顾客就打消了染发的念头。

柏宏说这话时他买回来的染料已经在一个不起眼的角落里沉睡了许久。有一天，柏宏把它们清理出来，随着垃圾篓里的碎头发渣一起倒掉了。

其实那时候，柏宏自己就能勾兑出染发剂，原料并不复杂，鸡蛋清、双氧水、面粉……但他从没想过赚那份昧心钱。

七

随着时代的发展，美发店已经将"理发"这个主业抛到了脚后跟，注重的是拉直、漂染、焗油，以及冷烫、热烫、离子烫、梨花烫等名目繁多的花样，哪一套做下来也得三五百甚至上千，利润也是普通理发的几十倍。

走进任何一家理发店，无论门面大小，如果只是单剪，店员的脸色立马就变，怎么也得再给你推荐个干洗、热吹什么的。

单剪，自己都觉得不好意思进店麻烦人家。

21 年前的 1996 年起，第一家店开业至今，柏宏的店里单剪一直是主打，最初的收费价格老人、儿童 5 元，单剪 10 元，最近两年刚翻了倍，女士发型又洗又吹还加上简单设计也只有 30 元。一些老客户剪完头，掏出 20 元往那一放就走，柏宏也不说涨价了。他是个重感情的人，看重的是自己的手艺、老客户对自己的感情。

街道、社区，每年一次组织的学雷锋日、国际劳动节、拥军等活动，现场总能看到柏宏的身影，他完全尽义务地来给居民免费理发。还有小区里的老人，刚满月的婴儿，只要找上门来，柏宏从来不推辞，乐呵呵上门服务，还免费。

阜北社区理发店开业后，附近小区有个患舞蹈症的居民，就是不由自主地挤眉、眨眼、歪嘴、吐舌、耸肩、伸臂、踢腿等，无时无刻不在动，吃饭都得端到户外边扭动边吃。他的头发一绺一绺下垂着，看着就热。

做什么的就关注什么，理发师柏宏一眼就看到了他的长发，却不知患了这种病的人控制不了自己的大脑。理发，谈何容易？

柏宏主动说："我给你理理头吧，太热了。"

顾客简直是感激不尽，他说自患病后，最难解决的就是理发了，去哪个店人家也不受理，双倍价都不行。因为他坐不住，头发不好理，还担心伤着他。

柏宏让他在理发店门口，虽然他一会儿蹲一会儿坐，还不停抖动，柏宏还是坚持用最快的速度给他理了个短寸。

此后，只要头发长了，他就来。柏宏成了他的御用理发师，两年多了，从没收过一分钱。

一位社区里的高龄老人病重，无法下地，他的儿女就来到店里，用商量的语气说：老人在你们这理发理了十几年，一直特别满意，现在卧病在床，头发长了，行动不方便，想请师傅上门服务，多少钱您说了算。

柏宏二话没说，拿起工具就走。到了老人家里，看到老人虚弱地躺在床上，他小心翼翼地帮老人做好准备工作，然后细心地把头发理好，并且坚持不收取费用。没想到，那次理发成了老人生前的最后一次。后来他的儿女上门对柏宏感谢，说老人走了，临终前让儿女一定把钱给柏宏送来。

"上门服务一次的时间成本，最少是店里的三到四倍。虽然说开店就是在店里等客上门，但我们的店经常是客人等我们来开门。一年里，除了过年休息8天，我们平时从来不关门，顾客都知道。"哥哥陈磊还给笔者介绍了柏宏的作息时间：上午10点开门，中午一顿饭，有时12点、一点，或到了下午三四点，要根据有没有顾客而定。晚上的关门时间原则上是十点，十一、十二点或者凌晨一两点也有，柏宏的晚饭是回家解决的。

他几乎每天来到店里时，就已经有客户在等候了。只要一开门，喝水的时间都没有。柏宏手再快，一个简单的秃瓢或短寸也得十几二十分钟，他讲究，要洗还得吹，这么算下来，一个小时最少为三人服务，上门呢！既然卧床了，老人的要求并不高，能理多短就多短。听起来，应该是好处理的，但问题是这些卧床的老人不能坐，只能躺着，这就麻烦了，柏宏只能哈着腰干活，有时他还没说累呢，老人先累得不行了，得缓一会儿，柏宏就耐心等着。时间一分一秒过去，一个再简单不过的发型理下来，也得一两个小时。柏宏呢，往往是累得腰酸背疼。

即使这样，他也毫无怨言。他觉得这是一名理发师的责任，当初学理发的初心就是为人民服务。

小区斜对过是海军总医院，曾有病人家属跑来请他去给病床上的老人理个发。谁都明白，意思就是送老人清清爽爽上路。多数人不接这活儿，晦气。

柏宏却毫不犹豫就去了，理完了还分文不收。

有时，自己忙不过来，就打发哥哥陈磊代劳。陈磊没学过理发，但在店里看了几十年，用他自己的话说“看都看会了”。讲究的柏宏是不让他动手的，他能去代劳的就是刮个光头，剃个秃瓢，结果是一样的。每次陈磊收拾好“武器”出门，柏宏都不忘叮嘱一句：“别收钱了啊！都是老人。”

柏宏不差钱吗？

否！柏宏的店面一年租金两万，要说不贵，但他收费低，老人孩子 10 元，年轻人 20 元或 25 元，最贵也只有 30 元，这还是翻倍后的价格。我们来回想一下，新世纪以来，北京的物价翻了多少？不说价在天上的房子，就生活用品，一斤[①]猪肉一斤蛋，一袋盐一斤油的价格都翻了好几番儿，一斤大蒜能卖上十几元，一斤排骨几十元，一斤好牛肉接近三位数了。大商场里，过去，几百元能买件不错的衣服，现在，一千元以下的几乎没有，近万元的倒是不少。

---

① 1 斤 = 500 克。

柏宏一天就是理50个顾客，又能赚多少钱？

刚刚过去的10月，就在笔者采访时，哥俩每人分了2 000元，还说这月算高收入了。入不敷出的时候也有。因为是个体经营，养老保险等费用得自己交，一个月就是1 200多元，每人剩手里的不足800元。在北京，这样的收入能干啥？

柏宏45岁，哥哥陈磊年长两岁，两个正当年的大男人，他们是儿子是丈夫还是父亲，柏宏的女儿今年9岁，正读小学三年级，陈磊有两个孩子，一个只有两岁多。

800元钱，给孩子报门课外班还差两三倍，买袋奶粉，不够喝一个月的。

所以，就是个情怀，柏宏干的是事业，是艺术，而不是赚钱的营生。

要在别的店里，就柏宏的手艺和级别，起价就得百元以上，但柏宏不心动，也不眼馋。听力的障碍造就了单纯、快乐、与世无争的柏宏，他的世界很简单，追求也很单一，这个浮躁、追名逐利的大千世界好像与他无关。

尽管近两年价钱略有上涨，收入却没起色，为啥？柏宏主动担起了上门为老人服务，不仅覆盖整个阜北社区，周边社区的老人来了，他都一视同仁。价格还是10元，更多的是免费。小区里有个老太太，子女都不管她，每月微薄的退休金刚够支付保姆的费用和生活费。柏宏听说后，主动上门给她理发，说别的管不了，免费理发没问题。如今已经两年多了，柏宏都定期上门服务，从未收取过费用。

柏宏有个“为老服务便民理发登记表”，清楚地记录着需要服务的对象住在几楼几单元几室，联系电话，服务时间也都记录得清清楚楚，便于下次上门服务。

截至目前，像这样的上门服务，已经做了百余次。

虽然柏宏哥俩的生活是清贫的，却都不看重金钱；尽管他们也想多赚点儿钱，给老婆孩子提供更好的生活，但他们又觉得理个头发就收费大几十甚至上百元，过了。柏宏一贯的宗旨就是发扬工匠精神，为人民服务。

除了免费上门为老人服务，柏宏还义务培训了不少残疾朋友，只要有意向学理发的，他都耐心地手把手教，他希望每个身有残疾的人都能通过自己的劳动维持生计，不要成为家庭和社会的负担。他的学生中，有的半途而废，吃不了这个苦，有的学成后立即就单飞了。

他还无偿给来京参赛的同行提供场地。什么样的技艺都是熟能生巧，百炼成钢。美发业的比赛，时间短、任务重，外地选手到了北京，没有练习的场所，柏宏就大方地让他们到自己店里来，有熟悉的，有不认识的，来了，柏宏都热情接待。自己忙碌了一天，他们练到晚十点，柏宏就陪到十点，练到凌晨，柏宏就陪到凌晨。

八

阜北社区的居民早就把他们哥俩当成了自家人，哥俩进出小区，碰到的居民，没有不打招呼的，尤其一些上了岁数的叔叔阿姨，不仅常年在这里理发，还有事没事就来坐坐。

“宏伟创意理发店”，门面不大，只有三把理发椅，供顾客坐的除一个三人沙发外，高低不同的椅子、板凳还有七八个。除为排队等候的顾客准备，还为来串门聊天的居民也准备了。

顾客理完了发拔腿就走是常事，经常有人落下手机、钥匙、眼镜、帽子等，有位顾客不小心把钱包落在了沙发上，鼓囊囊的，足有几千元。哥俩一点儿也没动心，小心收起来，等着顾客回来找。顾客遗落的物品，最容易解决的是手机，只是拨通某个电话询问机主的朋友，然后通过朋友转告他回来取走问题就解决了。

钱包就有些棘手了，除了现金和几张银行卡，再无其他信息，只能等，等了一天又一天，才终于等来钱包的主人。

车钥匙哥俩并不着急，因为都有备用的，最让人着急的是家门钥匙。有一次，顾客的钥匙拉下了，晚上，送走最后一个顾客，哥俩就开始等，等到 12 点没有人来，接近 1 点了失主才急匆匆跑来找钥匙。

之所以等，是担心丢钥匙的人进不了家门。

除了费尽心思让顾客遗忘的东西尽快物归原主，他们还主动帮社区居民接收快递。近些年，快递业的兴起，带动了一些小门店的经济收入，小区大门口附近的小型超市、物业、洗衣店等都为居民代收快递。费用是一件一元，无论大小。

一元钱，并不起眼，可积少成多，一个月下来，也是笔可观的收入。

有的店面就这份钱，每月能进账一两千元。柏宏的店就在小区一进门的拐角，哥俩又好说话，所以，很多居民接到快递电话直接就说放理发店吧！

柏宏哥俩呢，举手之劳的事儿从不推辞，曾经有段时间，大小不一的快递包裹堆满了半间屋子，进出很不方便。来取包裹的居民有认识的有不认识的。有一次接收了一个奇大的包裹，过了很长时间都没人领，有顾客一进门就嗅嗅鼻子说：“什么味？怪怪的。”

柏宏也闻到了，就开始里里外外寻找异味的来源，东翻西翻，终于锁定了就是那个大包裹，只好把它抬到门外去。

晚上关门前再抬进来，每天，这都成了任务。

后来才知道包裹的主人是对面小区的，让快递员放这儿后就忘了。原来那是三袋猫粮，都发霉了，怪不得有异味呢！

包裹主人满怀歉意地问保管了这么长时间要付多少钱，哥俩都摇头摆手，说不用钱，找到主人了就好，要不真不知道该怎么处理。

至今，柏宏的店每天还是有来自四面八方的快递包裹寄存，当然还是免费。有人提出给钱并建议他们也像其他店一样象征性地收一元钱。柏宏哥俩都拒绝了。说一个小区住着，抬头不见低头见的，谈钱可就见外了。

因包裹太多，不方便顾客出入，当天没取走的包裹，哥俩早上一开门就搬到门外，晚上关门前再搬回来，乐此不疲。

理发店跟快递不扯边的两个行业，因为哥俩的善良、热情，却紧密地联系在了一起。

有句话说的是“钱跟谁也没仇”，意思就是人人都喜欢钱。现实也确实如此，因为有了钱才能生存，才能实现自己的愿望，吃饭穿衣出行，哪样离得开钱呢！所以，各行各业都在创新、创意等色彩艳丽的包装掩盖下，以冠冕堂皇的借口，提高价位，比如美发行业，除了主业，还开拓了养生、排毒、减肥等，涉猎广泛，为的就是一个“钱”字。

最保守的理发店，即使没有挂着羊头卖狗肉地赚着养生的钱，也会推出各式各样的年卡、季卡、会员卡等，把顾客的钱先装到自己腰包里，顾客慢慢来消费。

这样做的好处是一下就“融资”了一大笔资金，可以用于其他方面的投资，最保守买银行理财还能赚点儿利息呢！

柏宏的固定客户有三四百人，保守估计 200 人办卡，每人 500 元，就是 10 万元，这笔钱，可以用来做很多事情，但柏宏没有，他说别人的事儿管不了，自己的店永远不会办卡，现在的状态就很好，每天服务的都是老客户，为他们理发，不赚钱，心里也高兴。

好一个柏宏，真是不忘初心的小工匠、大精神！

祝愿他，永远砥砺奋进，前途光明！

土家族女孩的爱心之旅

王培静

希望社会上的人都奉献出自己的一份爱心，关爱弱势群体，关爱“渐冻症”这个群体。“未来我们打算做渐冻人心理疏导服务、家属护理知识培训等医疗社工的工作。”张培源说。

随着社会的发展和文明素质的提高，愿有更多的爱心人士，加入公益性质的志愿者队伍中来，为社会、大众和弱势群体提供服务。

初识“渐冻症”

“一个人活着的意义，不能以生命长短作为标准，而应该以生命的质量和

中国青年政治学院张培源和她的同事们

厚度来衡量。得了这个病，活着对我是一种折磨和痛苦，我要有尊严地离开。爸爸和妈妈，你们要坚强地、微笑着生活，不要为我难过。我走之后，头部可留给医学做研究。希望医学能早日攻克这个难题，让那些因为‘渐冻症’而饱受折磨的人早日摆脱痛苦……”这是北大女博士娄滔在医院的病床上，趁着还清醒的时候，用微弱的声音向护士口述留下的遗嘱。

你或许对席卷全球的“冰桶挑战”记忆犹新，但是对这背后的渐冻人群体已印象模糊。前些日子，一则关于北大女博士娄滔的报道引发了网友的广泛关注，“渐冻症”这个字眼又一次进入了人们的视野。

在中国青年政治学院采访时，我问张培源和谭伊然：“你们知道娄滔的故事吗?”

张培源说：“当然知道，我们一直关心和牵挂着她的病情，她的情况很不好，我们打算利用寒假的时间去看看她，看能否给她和家属提供些力所能及的帮助。”

谭伊然说：“我们俩和她都是湖北恩施土家族苗族自治州恩施市一中的校友。”

张培源和谭伊然都是中国青年政治学院大三的学生，都是学生社团“中青创行”的成员。

张培源和谭伊然从小在一个幼儿园，初中时没在一个学校上，高中时考到了一个学校但不同班，当时由于考试紧张，谁也没有打听对方报的什么志愿，在亲朋好友的送行会上，俩人才知道报了同一个学校。

张培源把谭伊然拉进了自己所参加的这个社团。

“渐冻症”的发病率为十万分之一，属于世界罕见病，目前还无法根治。由于早期症状轻微，容易与其他疾病混淆。很多初期患者会发现手指越来越不灵活、手臂无力、容易崴脚或者说话含混不清，很多人会以为是颈椎压迫神经造成的上肢不适或者是中风的前兆，很容易就忽视了。但是接下来的病程发展很快，会全身肌肉萎缩，吞咽困难，最后产生呼吸衰竭。有一半人会在 3 年内死亡，90% 的人存活不超过 5 年。专家呼吁，目前我国约有 20 万个“渐冻人”，期望能有更多的力量来关心和帮助“渐冻人”等罕见病患者，用大家的爱心热心去融化“渐冻的心”。

渐冻症又被称为“卢伽雷氏病”、运动神经元病。发病时，人体上运动神经元和下运动神经元损伤，导致延髓支配的肌肉、四肢、躯干、胸部、腹部的肌肉逐渐无力和萎缩。这种病被列为五大绝症之一。因此，早期的确诊和治疗非常关键。

2014年上映的影片《万物理论》，讲述了物理学家史蒂芬·霍金与命运抗争，在疾病中完成自己的学术研究、努力生活的故事。我们往往被伟大物理学家的卓越成就震撼，被他的抗争精神打动，却在不知不觉间忘记，其实他也是一位渐冻症患者。

张培源说自己是社会工作专业的学生，这个学科对她来说比较陌生。“这是个非常圣母玛利亚的专业，主要教人助人自助，”张培源笑着解释。

从帮助别人的过程中得到快乐

2017年2月，张培源来到四川德阳的宝凤村妇女儿童之家进行专业实践。

她在2017年2月16日的一篇题为“岁月可回头，深情共白首”的回忆文章中这样写道：“面对镜头腼腆害羞又期待的表情，每一条笑到了耳根的皱纹、清亮爽朗的笑声和德阳特有而可爱的口音‘噢’，成为我今天美好的回忆。”

时光终究能将岁月谱成诗，只要我们愿意倾听。

大一下学期时，张培源就在四川德阳“妇女儿童之家”做社会实习。她参与了为村子里的金婚老人做纪念活动的项目。村民们开放、质朴，对工作人员非常信任，她们的活动办得很成功。带上服装和设备，走访一条条街道，遇到老夫老妻，就为他们梳妆打扮，补拍结婚照，这样的经历对她来说非常难忘。

但最难忘的还是听他们讲当年的故事，“那些老人大多是经人介绍就在一起了，都没有办婚礼，我们的活动弥补了他们当年的遗憾。”看到老夫妻们风风雨雨走过金婚，张培源心里非常感动。

住在村民家里，走在乡间的小路上，同时也体会着那里的种种不方便，张培源了解到在大都市外，还有这样偏远而质朴的地方，人生存的境遇真是各不相同。

她还去过四川绵竹，参观了当地青红社工服务中心。那是一个由在汶川地震中受伤的人组成的团队。重建家园的信心让他们变得坚强，他们由受人帮助的人变成帮助他人的人。“尽管他们内心有阴影，很多事情不能提，但是他们很乐观，状态很好。”张培源认真地说。

说起同伴，谭伊然说：“她就是我的一面镜子，今年暑假我参加了宋庆龄基金会的国际交流营活动，有世界上 20 多个国家的青少年参加，都是 12 到 17 岁的学生。作为工作人员，也就是志愿者，我们的工作就是为他们当翻译、向导，陪伴和照顾他们的生活。后来我实习去了家乡的恩施市政府。”

奉献，从了解这个独自抗争的群体开始

大二暑假时，张培源在北大国际医院医务社工部做专业实习。她利用所学的心理学知识，加入了为肿瘤患者提供心理疏导的减压放松小组。

真正见到渐冻症患者时，她还是受到了不小的冲击，这是她第一次接触到时刻与死亡做斗争的人。

2016 年 5 月的一天，一个风和日丽的日子，作为大二的学生，张培源和谭伊然带着几位大一的新同学一起来参加社会实践活动。

她们从网上看到一个帮助“渐冻症”的慈善组织北京东方丝雨基金会要招募志愿者的消息，就打电话报了名。

这天她们如约来到奥森公园康复中心，第一次见到了三位患者。

后来她们才知道，北京东方丝雨的创始人理事长王金环（网名：雨珠）的爱人就是个“渐冻症”患者。她们没有孩子，她的爱人叫刘继军，他得病十一年了。

我们去过她家，理事长的爱人躺在床上，戴着呼吸机，眼球能动，食道切开了，做了胃漏，需要人定时给他身体里注入流食。他们夫妻互相用自己的毅力和精神鼓舞着对方。这种情景着实让人感动。

说是来了三个“渐冻症”患者，实际上是来了三个家庭。三个女病人，都还是发病初期的患者，有两个是丈夫陪着来的，有一位是从外地来北京侍

候女儿生孩子，后发现自己说话有气无力，到医院一查发现是这病。当时来了台湾的一个志愿者，他用芳香治疗法稳定患者情绪，让病人和自己的家人拥抱和抚摸，两分钟过后，患者的眼里就有了泪水。看来患病初期，她们的思维都还是正常的，有感知能力。

有些渐冻症患者从喉咙开始发病，很快失去说话的能力。在随后的岁月里，病人会无法吞咽，只能借助胃管维持生命，无法走路，无法抓握，渐渐生活完全不能自理，最后借助呼吸机呼吸，只有眼球可以转动。渐冻症患者面对的痛苦越来越极端。

那次活动时，理事长告诉她们："你们可做我们这个组织的长期志愿者。"

后来，通过中国渐冻人基金会，他们深入接触过各种发病阶段的"渐冻人"，了解得越深入，她们的心情越沉重。

有一段时间，张培源甚至会在潜意识里关闭自己的感官，以应对受到的心理冲击。

"他们以及家庭遭受的痛苦，不是一个家庭可以承担的。但是很多时候，他们处于孤立无援的状态。"张培源第一次流露出沉重的表情。但她随即又说，"渐冻症患者会抱团取暖，他们可以相互鼓劲儿。"

在康复中心，有些渐冻症患者不能说话，相互拥抱、哭泣成为他们很重要的表达方式，他们需要与人交流，不管通过哪种途径。因此，在与"渐冻人"接触中，聊天谈心就成为很重要的环节。

"刚开始，我觉得脑子一片空白，什么安慰的话都说不出来，觉得说什么都没用。"张培源认真地说。是啊，我们站在离悬崖很远的地方，怎么能体会到站在悬崖边的他们是什么感受？

"他们每天都在与死亡抗争，而且谁也不知道这段抗争的日子有多长。"多少个深夜，他们走来走去，辗转反侧，不知道明天的自己，会缺失哪一部分的生活能力。

"但是我们不能被自己看到的场景吓倒，更不能被负面情绪带走，我们必须有接受和消化的能力，才能给他们力量。"张培源坚定地说。她们深切感受到，社会工作是一项非常专业也很复杂的工作。

张培源和谭伊然他们还了解到，2013 年成立的北京东方丝雨基金会也是民间的，共有成员五六个人，都是他们的同学、同事和朋友，是被他们的处境和故事感动来帮助他们的。

为渐冻人研发特制键盘

她们想用她们的创意，去改变渐冻症患者的生活。

项目初期，她们致力于用户的调研。权威的论文数据少，就上外网扒全英文的国际论文。拿不到论文数据支持的板块，就自己联系相关基金会，加入大型的QQ社群，与渐冻人更多交流，用实践得出需要的数据。就是在这一次次与渐冻人的交流中，张培源和小伙伴们发现，渐冻人除了寻求目前没有权威技术的生理健康治疗外，还会寻求内心的慰藉。

中国渐冻人基金会理事长王金环为了方便照顾丈夫，制作了很多写着字母、文字的卡片，即使丈夫只有眼球可以转动，她也能通过这种方式了解丈夫的想法。

敬佩理事长之余，张培源深受启发，决定做点什么。“我们为什么不能做出特制的键盘呢？这样渐冻人就可以方便地打字，减轻不能表达的痛苦了。”

张培源作为队长决定和自己的团队一起，为渐冻症患者研发特制键盘。她的团队，只是大学里众多社团中的一个，他们发挥自己的想象和聪明才智，为社会实践中发现的渐冻症患者，提供了实打实的帮助。

作为一帮文科生，要制作一款特制键盘，困难可想而知。

团队从曾风靡网络的“冰桶挑战”中获得灵感，在了解了“渐冻人”的病症背景后，提出希望通过为渐冻症患者设计制作专用鼠标，方便“渐冻人”上网浏览新闻、和他人互动的项目方案。

“在创业导师李家华老师的指导下，我们一家一家地做入户调查，了解更多‘渐冻人’的情况，上网查键盘制作和改进的有关资料，找计算机方面的专家和同学请教，画图纸，打草稿，推算和研讨可行性方案，还为键盘制作筹集资金。有三四个月时间，这件事情没有任何进展。我在心里对自己说：不能放弃，培源挺住。”培源像讲别人的故事，不紧不慢地述说着。

他们联系了不下三十多位理科生和10个科技公司，却一无所获。大家都说，几个文科生，做什么键盘，这是根本不可能完成的事。尽管特制键盘的研发没有大进展，但她的团队不知不觉间壮大了，最终达到20多人，大家都想参与这个项目，为渐冻症患者提供实实在在的帮助。

功夫不负有心人。经过大家多少个休息日和不眠之夜的辛勤劳作，通过团队的共同努力，由团队成员自主设计项目模型，数易其稿，研究和拿出了可行性方案，最终设计出满意的产品。他们还通过努力众筹筹集到了资金，找到了深圳一家键盘公司。2016年9月，第一批特制键盘面世。

特制键盘只有九个数字、字母键、两个功能键，外加腕枕，患者用三根手指甚至一根手指就可以完成操作。现在已经有三位渐冻症患者使用了这款特制键盘，减轻了他们不能顺畅表达和交流带来的痛苦，给他们和外界及家人的沟通提供了方便和帮助，看到他们眼里流露出的感激眼神，她们付出的一切都值了。

2016年年底，Next Idea（下一个创意）腾讯创新大赛颁奖盛典在北京举行。上千所高校学子提交的数万份作品中，有一个创意让在场者感叹——4名女生自学工科知识，帮助渐冻人与他人交流。

“Next Idea”智能硬件大赛旨在寻找有创意、有想法的高校创客，通过开放的创意、技术、产品交流、课程培训等，支持创客把创新的智能硬件想法落地，极速完成“从0到1”的过程。张培源团队的项目“解冻键盘，奇迹暖暖”从全国多所高校团队中脱颖而出，成功晋级全国决赛。

“在先决条件一定的情况下，我们能做的就是改变渐冻症患者的认知，减轻他们独自承受的痛苦。”张培源说得非常动情。

“让他们能与亲人交流，也能找到有共同经历的人互相砥砺，重新燃起对生活的信心。”张培源希望帮助渐冻人，让他们能对身边照顾自己的人说一声“谢谢”的愿望实现了。

志同道合的一对闺蜜

张培源和谭伊然有相同的成长和生活背景。

张培源和谭伊然从小受家庭的教育和影响，懂得做人要诚实，与人为善，助人为乐。虽然她们在学校就读的不是一个专业，张培源就读的是社会工作专业，谭伊然就读的是财务管理专业，但是她们都是土家族女孩，都是独生子女，都来自同一座山区小城，良好的家风和山里人的质朴和开朗对她们的性格养成都产生了极大的影响。

她们不但一起参加社团做慈善，还一起做项目抢救民族文化。

许多大学生利用假期出国旅游，看天下风景，尝人间美味。按说，她们的家境不是不容许，她们也可以像大多数同学那样去做。但她们没有，今年夏天张培源和谭伊然参加的暑期实践队赴恩施土家族苗族自治州（简称“恩施州”），她们跑遍了恩施州博物馆、恩施州民宗局、百福司镇民族文化中心、百福司中心小学等，完成了《转变土家语消极保护现状——关于土家语双语教学的研究调查》报告（以下简称《调查报告》）。

张培源在《调查报告》中这样说道：通过恩施州的文献查阅和以恩施市为主要据点的问卷，了解到恩施土家族苗族自治州曾听过土家语的人数已不到 25%，70% 的人认为土家语已经消亡。土家语的生存状况已经极其恶劣，公众保护意识和觉察很低，新媒体等传播媒介从未提及过土家语。团队深入来凤县百福司镇——恩施州土家族文化保护相对较好的地区，进行调研，与当地政府和采取双语教学的民族小学校长进行访谈，发现了恩施州土家族文化消极保护的现状和目前双语教学的困境及发展前景。

谭伊然在总结时写道：语言和民族有着十分密切的关系。提起语言，人们总是把它与民族联系在一起，认为语言是组成民族的一个重要特征，其发展变化是受民族的发展变化制约的；而谈到民族，人们也总会想到语言，认为民族是离不开语言的，语言的状况对民族的存在、发展是有密切相关的。我们认为，中华传统文化的发展是一个漫长而复杂的过程，在这个过程中融入了中华各民族的智慧和汗水，弘扬传统文化的前提就是要全面正确了解中华各民族的发展历史，只有这样才能真正弘扬中华的传统文化。

她心里已经放不下渐冻人这个群体

通过与渐冻症患者的种种接触，张培源感到自己在成长。她不仅有了更强大的心理承受能力，也对生命有了更深刻的思考，学会了尊敬。她说，希望通过今后的努力，为他们提供更多更有效的帮助。

她参加了让大众了解“渐冻症”的宣讲活动。她想通过宣讲让更多的人了解渐冻症，了解这批每天都在与死亡抗争的人，也了解更多的弱势群体。

从2016年10月至2017年5月，她利用休息时间入户走访了15个渐冻人家庭，和他们的家庭保持着密切的联系，掌握一切动态的变化，无数次地进行交流。她在写有关“渐冻症”群体生存环境及人文关怀方面的论文。

张培源说，等自己学有所成，希望能切身参与针对渐冻人的互助组织，帮他们实现心理转变，减轻他们承受的痛苦。在她的经历中，“渐冻症”患者与她分享的，只是概括性的困境，比如不相信自己得了这种病，至于他们内心深处的想法、更真实的痛苦，她并不了解。

“每一种罕见病都有病友组织的互助组织，他们需要志愿者。”张培源说道。针对“渐冻症”，也有专业的救助机构，比如东方丝雨渐冻人关爱中心，我们作为普通人，可以做的，就是作为志愿者参与到他们的互助工作中去。了解他们，理解他们的生活，这比捐款等更重要。

她希望社会上的人都奉献出自己的一份爱心，关爱弱势群体，关爱“渐冻症”这个群体。

“未来我们打算做渐冻人心理疏导服务、家属护理知识培训等医疗社工的工作。”张培源说。

随着社会的发展和文明素质的提高，愿有更多的爱心人士，加入公益性质的志愿者队伍中来，为社会、大众和弱势群体提供服务。

听她们的讲述，没有轰轰烈烈的感人故事，或许还有些平淡，但在这个很多同龄人还在父母跟前撒娇的年纪，她们已经迈进了社会，担当起了一份责任，实在难能可贵。我们有理由相信：她们将来对社会的付出会更多，贡献会更大，因为她们都有一颗大爱之心。

百姓身边的图书馆

魏淑文

她常常对人说："我是街道图书馆的小王，做的都是芝麻大点儿的琐碎小事，不值得一提。"

可就是这样一件件小事，关系着千家万户，温暖着辖区老百姓的心，体现了人民至上，架起了党和政府联系社区居民的桥梁。

马连洼街道图书馆位于马连洼北路菊花盛苑 1 号楼，它就像是一颗明珠，镶嵌在马连洼街道社区服务中心小楼内，璀璨耀眼。

马连洼街道图书馆管理员王丽琼

金秋十月的一天，我走进了这座闻名于全市、最贴近百姓生活的街道图书馆，采访图书管理员王丽琼。推开大门，映入眼帘的是宽敞明亮的阅览区，31 组排列整齐的双面书架，像一队队卫兵守护着上面摆放的各类宝贝，蔚为壮观。右侧最前面的是一个半圆形的吧台，那是图书借阅办理区，里面有一位年轻的工作人员正在忙碌着；左侧摆放着沙发与茶几，是图书阅览区，这儿的墙壁及书柜侧面随处可见名人的语录。比如：朱熹的"为学之道，莫先于穷理；穷理之要，必先于读书"，毛泽东的"饭可以一日不吃，觉可以一日不睡，书不可以一日不读"，普希金的"人的影响短暂而微弱，书的影响则广泛而深远”。前来借阅图书的居民静悄悄地坐在那里，专心致志地阅读着自己选择的书。再往里走是少儿阅览区，适宜孩子们就座的课桌椅，醒目地摆放在那里，等待着它们小主人的光临。紧挨着少儿阅览区的是现代化的电子阅览区，里面摆放着11台电脑。浏览四周，发现这个图书馆竟拥有固定和流动座席60多个，是难得一见的社区阅读空间。

您千万别小看马连洼街道图书馆，它与国家图书馆、首都图书馆及各区县图书馆的面积与藏书相比，那么不起眼，只是一个街道级的小型公共图书馆，但它具有了在北京市范围内通借通还的借阅功能。

当儒雅干练的王丽琼出现在我的面前时，我不禁觉得眼前一亮。

王丽琼愉快地接受了我的采访，她说：“2017年年初，马连洼街道图书馆被首都图书馆荣幸地评为2016年‘阅读北京十佳优读空间’。当时，首都图书馆派人来这儿拍宣传片，我们正在开展图书馆‘兰韵朗读会’的朗读活动和手工系列讲座进社区的活动。在拍摄宣传片的过程中，我对首都图书馆的工作人员说：‘我们社区图书馆的阅读活动可比不上你们大型图书馆的高端大气，因为就在居民的身边，所以只能按照居民的喜好和要求，开展一些他们能积极参与、方便参与又贴近他们生活的活动。’真没有想到，他们当中有个小伙子笑着说：‘王老师，我看你们的活动开展得挺好的，这样的活动才是真正接地气的。’当时，听到这个年轻老师一番话，我想到参加活动的居民、他们脸上快乐的笑容，回想起建馆8年来图书馆发生的巨大变化，我作为一名图书管理员，一名推广阅读理念的实践者，真是打心眼里感到自豪和幸福，可以说这么多年的付出和努力值了！”

街道图书馆　旧貌换新颜

2009年，因为单位的搬迁，王丽琼接手了图书馆管理工作。那天，她第一次迈进那间既黑暗又狭小的图书馆时，心中有喜有忧。当看到满屋堆积如山的图书时，她喜出望外。要知道从小就爱读书的她，见到这么多的图书，真不知道说什么好。长久以来，王丽琼的书包里永远会装有一本略显朴素写满密密麻麻汉字的书，虽然仅仅是一本书，可书中所蕴含的力量，那油墨纸张所散发的特有香气，让她无论身处何时何地，都能嗅到它的芬芳，让她有使不完的力量。她深知，一本书就是一种陪伴，就是一段难忘的时光。今天，当她走近它们，看到这些古今中外的书上到处积满了厚厚的灰尘时，她断定这些图书无人问津已经许久，于是一种心痛的感觉突然从心底涌了上来。

第二天清早，王丽琼带领一位大姐，不声不响地来到了图书馆，从打扫卫生开始做起，她就像是一个战士冲上了战场。对一些快要散架的书架，她们找来铁丝将书架绑好固定住；看到灯光太暗，她又向街道领导汇报，旧灯更换的瞬间，一片耀眼的光明照亮了整个房间，原本冷清的图书馆顿时有了生气。望着那些一本本擦拭干净、排列整齐的图书，王丽琼的眼睛格外温柔，她像是见到了久藏深山从未外露的宝藏，对其爱不释手。

书籍从书架上一本本拿下来，被一一清理干净，而落在上面的那些灰尘却顽固地飞到了她们的身上，她们却全然不顾。谁都知道，书是死沉死沉的，她们既像清洁工，又像搬运工，把清理过灰尘的书码放整齐并打成捆，装上汽车，送到海淀区图书馆编码，再将编好码的书全部拉回来，按编码及排序上架。由于当时馆内空间狭小，8 000 余册图书挪来挪去，每一本书至少被她们亲手搬移过 10 次以上。她们加班加点，顾不上喝水，希望尽快清理完毕，让它们早日重见阳光，为辖区居民服务。

马连洼街道服务中心的人们，诧异这个不多言多语的女子，干起活来竟是一个拼命三郎，不容小觑。

俗话说得好，事出有因。

其实，很多人并不知道王丽琼随军进京之前，就是一名驰骋护理战线多年的穆桂英。她 1997 年加入中国共产党，是一名具有 20 年党龄的党员。24 岁那年，她就因人品佳、业务素质高、服务态度好而被组织破格提拔，成为湖南娄底市人民医院急诊科的护士长。一位整天从死神手里抢夺患者生命的人，一位与各种患者及家属打交道的人，一位要管理众多护士、协调与各科医生关系的人，她什么没有见过？不能干，能行吗？王丽琼参加了无数次的抢救，每次与死神赛跑，从死神手里抢回一个个生命。她亲眼看见了车祸、自杀等惨不忍睹的现场。她至今不曾忘记，有个商户全家 5 口人误食亚硝酸钠，全部中毒。120 急救车风驰电掣般将他们拉进医院时，全家人嘴巴乌紫，奄奄一息。王丽琼立即联络医院各方投入紧急抢救，终于让这一家5口脱离生命危险，转危为安，避免了悲剧的发生。这样的事情在王丽琼的工作经历中不胜枚举。

至今，她还记得，自己刚刚被提拔为急诊科护士长不久，在医院遇到一位80多岁的大爷热情地向她打招呼："小王，你还记得我吗？"王丽琼一看，连忙说："我记得，大爷！您不是住在我们心内科的吗？"大爷笑着说："是啊！"旁边的护士对老大爷说："王丽琼现在是我们急诊科的护士长了！"大爷激动地说："太好了，该提！祝贺你！我住院期间多亏你照顾，让我少受了不少罪，我一辈子都忘不了你！"原来，这位大爷患心血管病住院期间，有天晚上突发前列腺炎，正赶上王丽琼值夜班查房，大爷因为尿不出尿来，痛苦不堪。王丽琼见状立刻联系当班医生及外科医生为他实施有效治疗，及时导尿，忙前忙后，终于为大爷解除了难言的痛苦。

如今的王丽琼深知"好汉不提当年勇"，过去的一切早已成为历史。如今面临的街道图书馆工作是陌生的、全新的，自己从未经历过。谁能预测，我们的一生，会经历多少个第一次，它意味着自己的成长，意味着自己是从昨天走到今天。而今天，自己必须付出百分之百的努力，才能完成组织的重托，做好图书馆管理工作，服务辖区居民。

在马连洼街道领导和海淀区图书馆的协调和支持下，王丽琼决心重新装扮这间小小的图书馆，从这里出发，走向美好的未来。就在王丽琼整理图书馆干得热火朝天的时候，来街道服务中心办事的居民看见了难免问："这是图书馆吗？图书能外借吗？"王丽琼脆生生地回答："当然能借啦！这个地方以后就是咱们居民自己的图书馆了。"就这样，这些居民成为图书馆对外开放的第一批读者。后来呢？一传十，十传百，越来越多的居民出现在图书馆里。为了方便在职和在校的读者，图书馆克服人员少的困难（包括王丽琼在内，只有两个人），坚持每个工作日和周六的休息日对外开放。与王丽琼合作的大姐，人非常好，王丽琼说怎么干她就怎么干。她亲眼看着王丽琼为图书馆日夜操劳，也曾苦口婆心劝过王丽琼："干差不多就行了，你别玩命干！"王丽琼笑笑不语。

用王丽琼的话来说："我干工作从来没有想过凑合，做事情不愿意拖拖拉拉，就想嘎嘣利落脆。”

这间图书馆仅有20平方米，其实，管它叫图书馆有点名不副实，其充其量是个图书室，缺少图书馆应有的不少功能和条件。可是王丽琼就是在这小小的图书馆里，创造了令人叹为观止的奇迹。在她的精心管理下，马连洼街道图书馆很快就进入了海淀区街道级图书馆的前列，创造了图书借阅量全区街道级图书馆排名第四的好成绩。这么小的面积，却有这么高的图书借阅流通量，也引起了上级图书管理部门的重视，经过海淀区图书馆、首都图书馆的严格审查，马连洼街道图书馆于2014年2月21日正式升级开通为全市“通借通还”馆，实现了图书全市流转配送，终结了读者外馆借书外馆还的历史，为读者节省了人力、物力、财力及时间，真正满足了就近借还书的借阅需求，缓解了大型图书馆的借阅压力，增加了街道级公共图书馆的利用率和时效性，同时提高了图书馆在地区文化平台的地位和作用。

贴心服务　居民至上

有个作家在美国待过很长时间，有人问他：“如果你可以带一样东西回中国，你会带什么?”这个作家想都不想便脱口而出：“当然是美国的公共图书馆管理系统，借书还书非常便捷，在居住的社区就能解决。”而这个看似天方夜谭的事，在马连洼街道社区已经变成不争的现实了!

从社区到学校，从社区到企业，从日常工作管理到寒暑假的假期管理，王丽琼所在的马连洼街道图书馆想尽各种方法，让宣传走到所有社区，让辖区的居民、学生，甚至在职的员工，人人皆知，马连洼社区有一个为居民贴心服务的图书馆，她们做到一切从居民的需要出发，坚持居民至上，让所有居民受益。她们克服人员少、工作时间长的困难，长期坚持周一至周五从早上到下午包括中午时间，及周六全天不休息的上班时间，满足居民读书还书的需要。居民无论在哪个通借通还馆借的书，在这里都可以还。无论读者家住哪里，只要有借书证，都可以在这里借阅图书。马连洼街道图书馆作为“全市通借通还”的街道公共图书馆，自开放之初就一直坚持规范化、科学化、人性化的管理模式，使小小的图书馆很快就有了长足的进步与发展，吸引了本地区及周边地区的读者前来办卡借阅，得到了读者的认可，图书馆因此连续多年被评为区级先进基层图书馆，市级“千场讲座”活动组织先进单位。

虽然王丽琼是图书战线上的一个新兵，但她信心满满。她憧憬马连洼街道图书馆的未来，所到之处，人们都能听到她为街道图书馆摇旗呐喊的声音。图书馆突出的工作业绩、读者日益增加的需求，与馆舍、馆藏的局限形成了鲜明的对比。功夫不负有心人，就在此时，王丽琼偶然应邀参加了海淀区组织的关于在企业开展图书借阅工作的座谈会，她在会上对街道图书馆的现状与未来走向的独到发言，格外引人注目，同时，引起了马连洼街道领导以及海淀区主管文教的副区长陈双的高度关注。陈双副区长于2014年1月亲临视察，对图书馆的工作给予了高度评价和肯定。街道领导班子研究决定，满足辖区居民精神文化生活的需要，将街道社区服务中心办公楼一层全部改建为图书馆。新馆紧锣密鼓开始筹备，王丽琼带领图书馆的工作人员夜以继日苦战，新馆终于在2014年4月23日“世界图书日”正式开放。经过连续三个多月的拼搏，一身疲惫的王丽琼终于如释重负，在新馆开幕式上露出了灿烂的笑脸。

新馆的建立，极大地解决了辖区及周边地区居民及读者长期以来只能在图书馆借书而没有阅读场所的困扰。

马连洼社区图书馆的工作红红火火开展起来，办卡读者已覆盖到了青龙桥、上地、清河、西北旺、上庄、西三旗、回龙观等周边地区。据海淀区图书馆2014年7月的统计数据显示，马连洼街道图书馆的借阅量位列全区第一，2014年、2016年被评为“海淀区十大阅读示范社区”。

目前，图书馆的馆藏图书达24 851册，藏书的种类繁多，涉及哲学、经济、文学、军事、医药、艺术、生物、交通等22大类，200多个小类，热门报纸期刊12种。

截至2017年10月19日，马连洼街道图书馆共接待读者8 000多人次，办理图书外借20 000多册，还书20 000多册，全市流转配送1 077册，接收377册，办理读者卡217张，马连洼图书馆办卡读者总数已达1 429人次。

记得2009年6月的一天下午临下班的时候，图书馆的电话铃声突然响起。电话那头，传来一个男子焦急的声音：“图书馆几点闭馆呀？我正在赶往你们那儿的路上，您能等我吗？”当得到图书馆肯定的答复后，这个男子匆忙挂断了电话。时间一分一秒地溜走，下班的时间早已过了，王丽琼耐心等候着这位读者。随着“咚”的一声，图书馆的大门被打开后，一位满头大汗的男士，带着刚刚放学的女儿走进了图书馆。他对工作人员说：“今天是我女儿10岁的生日，我想为女儿办一张卡，即‘少儿读者一卡通’，作为特殊的生日礼物送给孩子。”原来，这对父女是马连洼街道竹园小区的居民。这位父亲看到女儿拿到了读书卡开心的样子时，感激地说：“街道办事处真是为我们居民办了一件大好事！以后，女儿在家门口就能借阅图书了。”随后，他又陪着女儿一起精心挑选了三本少儿图书，边挑边嘱咐女儿，一定要爱惜书籍，等放假了，就自己过来借阅图书。王丽琼看着这对父女有说有笑相拥而去的背影，她的心里像吃了蜜一样甜滋滋的，越发觉得自己做了一件非常有意义的事情，正像人们所说：这是造福百姓，培养孩子，功在当代，利在千秋的好事。

如今一到寒暑假，马连洼街道图书馆就成为孩子们的乐园。他们或在家长的带领下，或是和同学朋友一起，或独自前来，静静地查阅图书，图书馆里到处都是阅读的身影，阅读的氛围也越来越浓厚。当读者坐在宽敞明亮的图书馆里，将一本精心选择的图书放在洁净的桌上，坐在窗前时，外面的车水马龙俨然被隔绝，里面是一处静谧的世界。用手轻轻翻开书页，就会与书中的历史人物相会。其实，这不仅是心灵的相会，还可以通过阅读与书中人物心灵相通……

如今的图书馆，早已成为居民心中神圣的殿堂。有的居民把自己珍藏多年的图书捐给图书馆，有的把自己出版或编辑的新书送给图书馆。2017年10月23日下午4点钟左右，辖区的居民温玉祥（原农大附中的老师）与爱人一同来到图书馆，捐献与人合作出版的新书《中苏美空军抗日空战纪实》，进一步丰富了图书馆的馆藏。

队伍建设　从头抓起

2017年4月6日及6月4日图书馆举办了“红色阅读　传承经典”为主

题的朗读剧培训；组织读者参加“心阅书香 共读共享”2017年全市诵读大赛（海淀赛区）的比赛；2017年7月15日还组织了“趣阅读”爱心公益徒步活动。无论什么活动，王丽琼都把它组织得井井有条，每次活动都获得圆满成功。

王丽琼因工作成绩突出，被海淀区委宣传部推选为“我们的价值观”宣讲团成员，于9月8日上午登上讲台进行演讲。她的演讲赢来了热烈的掌声。

2017年仅10个多月的时间，马连洼社区图书馆开展的阅读讲座活动就已达到111次（所有讲座均是免费的）。面对眼前板上钉钉的数字，我都不敢相信自己的眼睛，图书馆仅有3人，还要负责全年图书的借阅工作，他们难道长了三头六臂不成？当然不是，他们在王丽琼的带领下，将自己的爱心献给所有的读者，献给辖区17个社区的居民，把工作做到了极致。

王丽琼既要管理好图书馆的各项工作，又重视读者队伍、朗读队伍的建设。她建立了读者群，与广大读者密切接触，了解他们的需求，及时改进工作，为他们提供最好的服务，自然也与他们结为好友，每逢节假日都会传来群内读者的亲切问候。

王丽琼是一个做事坚持原则、敢于担当的人。记得她第一次组织朗诵队全体队员，还有各社区的部分居民，总计200多人来到百旺山森林公园开展踏青诵读活动。当天，王丽琼因负责拉扩音设备而晚到片刻，事先说好让所有人在大门外等候，没有想到，当时就有一位刚刚从领导岗位退休下来的队员，急于进门，对方不让，便与公园门口的工作人员吵起来。事后，王丽琼知道了这件事情，连忙向公园的负责人道歉。活动总结会上，王丽琼毫不客气地提出活动当天吵架一事，指出：“这种事绝对不能再有第二次。因为这是集体活动，朗诵本身就是高雅的活动，是提高我们自身文化素质的活动，是向所有居民、游客宣传社会主义精神文明的活动，而我们竟然发生了吵架，这是丢了集体的脸。但我相信，这是偶然发生的，我希望这既是第一次也是最后一次。”听起来，她的措辞或许有点严厉，可句句在理。谁也没有想到，就是从那天以后，图书馆无论组织什么活动，再也没有发生过类似的问题。尤其是那位退休干部认识到自己的过错，积极配合图书馆的工作，处处发挥模范带头作用，成为各项活动中不可或缺的骨干。从中，我们也可窥见一斑，在原则问题上，王丽琼丝毫不让步，她要将自己的朗诵团队建设成全区、全市的一流团队。

王丽琼说到这段的时候，望着我笑着说："其实，我比这些朗诵队员的年龄小很多，他们大多是我的爸爸妈妈或爷爷奶奶的岁数，我都应该叫他们叔叔阿姨或爷爷奶奶的。有时候，他们表现出色，我就及时表扬，让他们开开心心的。有时候，他们当中有的人做错了事，我就要批评点拨一下。不过，要注意方式方法，我把他们当中的每一位都看成自己的长辈，为他们服务，我特别高兴，从他们身上我也学到了很多东西。总之，要尽自己的一份爱心、孝心，才不辜负街道领导及社区居民对自己的信任。"

不少居民赞叹地说："有多少年轻人能够像王丽琼那样做人做事？老吾老以及人之老，她发自内心地关心、尊重、理解我们，为我们的文化生活搭建平台。我们只要有愿望，就找王丽琼，她是我们的一颗福星。"

除完成日常工作外，王丽琼也没有真正的休息时间，她的手机 24 小时开着，图书馆有事随时都能找到她。她的爱人见她休息在家也忙个不停，常常笑着说："你什么官都不是，可你比谁都忙！"是啊，她自从当上图书管理员以后，真是捋起袖子干，为了图书馆的发展豁出去了。她整日没有空闲，联系老师，落实场地，购买手工制作的材料，每场讲座之前的登记，每次活动的申请及精心策划等。她就在这样的忙忙碌碌中度过了整整 8 年，她把自己人生最美好的一段时光献给了辖区的居民、学生及职工，图书馆越做越强，影响日益广泛，而王丽琼想的却是下一步的发展……

全民阅读　如火如荼

随着读者人数的不断增多，图书馆的场地也在日益扩大，各方面的环境条件都在改善提升，而王丽琼抓住时机，因势利导，加大了对图书馆的宣传力度，开展了丰富多彩的阅读活动。

从社区到学校，从日常时间段到寒暑假期，王丽琼率领她的团队采用各种方法，推广阅读，扩大图书馆的影响力，营造全民阅读氛围，逐步提高居民的文化素质。王丽琼在保证图书馆完成传统借阅图书的基础上，不断探索新的推广阅读的途径和方法，创新改革思路，积极开展阅读活动，把阅读活动直接开展到社区，送到千家万户，完成了图书馆从单一的借阅模式向阅读延伸模式的转变。

仅以2017年为例，图书馆组织国学课堂8次，非遗剪纸课堂5次。寒暑假组织青少年手工讲座“斜卷结手链”“串珠小鸡”各1次，寒假科普讲座“制作水质探测器”1次。手工系列讲座进社区活动，串珠饰品、绳结饰品制作课合计60次。另外，组织非遗剪纸进梅园社区、化妆知识讲座进农南社区各1次。

2016年，图书馆与北京市文联合作，在中关村软件园区开展曲艺讲座，著名相声演员英宁带徒弟前来。讲座结束后，一位企业的负责人找到王丽琼说：“王老师，这样的活动太好了，以后多把这些活动带到企业，让我们员工的文化生活也丰富起来。”这次活动搭建起了图书馆和企业之间的桥梁。也正是因为这些看起来微不足道的工作，大大提高了图书馆的知名度，使越来越多的读者加入了阅读的队伍中来。2017年，马连洼街道图书馆于2月24日、4月19日、8月17日、8月22日分别组织“职业女性健康知识讲座”“职业女性化妆知识讲座”“手工串珠讲座‘笑脸梨’”“手工串珠讲座‘可爱的小鸡’”走进闻名世界的联想集团。谁又能想到，一个小小的街道图书馆竟有如此大的魔力！直接与高新技术企业挂钩，为建设企业文化、为提高职工素质助力。

更有意思的是，马连洼街道图书馆还将知识讲座引入大学，双方形成互动，一时成为佳话。

由于有良好的合作基础，图书馆与市文联再次合作于2017年4月28日，把“数码摄影知识讲座”开进了中国农业大学，由中国摄影家协会摄影函授学院副院长许喜占老师主讲，深受大学生欢迎。目前，图书馆正在紧锣密鼓地为农大筹备下一次讲座。

随着图书馆的影响力越来越大，一些大学生自愿为图书馆服务，成为图书管理志愿者，以此解决图书馆人手不足的困难。图书馆根据休息日的开放需要，2017年已对大学生志愿者进行图书管理培训6次，使他们掌握图书借阅管理的相关业务技能，更好地服务于社会。

图书馆的朗诵队是2014年建立的，遵循的原则是先培训，后进朗诵队。

朗诵队每周活动一次，有演出再增加活动次数，寒暑假休息两个月。

经过几年的实践，王丽琼于2017年3月9日，召集朗诵队成员开会，正式将朗诵队改为“兰韵朗读会”，旨在以兰花为名，期望队员们拥有兰花的高雅气质，不争名利，注重提高自身的文化素养。过去的朗诵队，偏重于表演，容易使人心情浮躁。而如今的朗读队注重个人的修身养性，提高文化修养，让人静下心来，真正以朗读为目的，用心去朗读文章，体会文章的内涵。她相信，时间越久，“兰韵朗读会”会像兰花一样淡雅幽香。时间不长，在图书馆麾下集聚了一批骨干，“兰韵朗读会”的会长孙玉琴就是其中的一位。图书馆的“兰韵朗读会”，每周二下午为定期活动时间，图书馆外聘专业老师对队员进行朗读培训。我采访的当天下午两点，正好有一个主题为“阅读、快乐、分享”的马连洼街道图书馆朗读培训讲座。原定参加讲座的教室可容纳30人，可报名的却达五六十人。一点半，我随着王丽琼来到了教室，这里的居民早早就到了，30个课桌椅很快坐满。幸亏王丽琼想得周到，把一些简便的折叠椅预备在犄角旮旯备用，后来的居民陆续坐在了这些临时的备用椅上，居民的热情之高，令人刮目相看，作为朗读这种高雅的活动在基层受到如此热捧，非常难得。参加活动的居民大多在五六十岁左右，求知的欲望强烈。其中，有个大爷刚从外地归来，风尘仆仆，拉着行李箱就进了课堂……

王丽琼拿着事先打印好的报名登记表，一一核对，凡是未报上名，特地赶来听课的居民，就让他们登记好自己的名字及电话，并热情地招呼坐下。这些人分外珍惜，因为没有报上名，生怕听不上今天的课。我没有想到，一个街道图书馆的工作开展得如此细致入微！我没有想到，社区的居民对高雅文化的追求竟然如此令人感动！

在讲课老师到来之前，王丽琼走到台上对上课的居民说：“大家好！我是咱们街道社区图书馆的管理员小王，欢迎大家前来听朗读培训，特别热爱朗读的还可以报名参加我们的‘兰韵朗读会’……”她悦耳的声音在教室中回响。当时，台上台下融为一体、亲如家人的场面，那种特别温暖的感觉，瞬间传遍我的全身。

图书馆坚持朗读培训4年了，2015年培训300多人次，2016年培训600多人次，2017年培训400多人次，数量可观。图书馆及时将朗读培训中涌现的骨干吸收到“兰韵朗读会”。为了关爱弱势群体，“兰韵朗读会”与残联温馨家园一起，开展“爱的分贝”文化助残志愿服务活动，每季度1次，现已开展3次。当兰韵朗读会的成员走进温馨家园，来到残疾人当中，朗读自己精心准备的作品，得到残疾朋友们发自内心的微笑时，他们心中也获得了最大的满足。

在采访王丽琼的时候，我见到了孙玉琴会长。她满怀深情地对我说：“王丽琼做人低调，从不张扬，踏踏实实为我们居民办事，我们都很喜欢这个年轻人。王丽琼与我女儿岁数差不多，可她一心一意为我们服务，工作细致，要求高，给我们搭建了特别好的平台。我们居民有什么愿望，王丽琼就尽力帮我们大家实现。我们对王丽琼的认可也是经过一段时间的磨合。起初，有人认为，她是外行领导我们，真没有想到，她亮相三次就征服了我们，她的声音很美，对朗读技巧的把握及处理到位。今年夏天，她带领我们两名队员上台，参加北京市诵读大赛海淀赛区比赛，为我们捧回了二等奖。其实，对王丽琼提出的从朗诵变为朗读，我们也有一个认识过程。现在觉得自从迷上朗读活动后，心态变平和了很多。我组织活动的时候，难免会写错字，有的人就会揪住不放，言辞有点激烈。要搁在过去，我就会生气，要不就要理论理论。现在呢，就觉得人无完人，听了这些话也不生气，还向他们认错、道歉。我觉得，你改变不了别人，就要改变自己。我的心态已经发生了明显变化，原来喜欢跳舞，喜欢展示，现在明白自己要多读文章，理解其中的含义。过去，老伴对自己参加朗读活动不大理解，现在特别支持我的工作，还时不时地将一些朗诵音频转给我，连我家的小孙子都常说，最喜欢听奶奶讲故事了，讲得最好听。”

为了帮助广大诵读爱好者提高诵读水平，王丽琼请来北京人民广播电台、河北人民广播电台的主持人张树全、王明军等老师，为参加培训的居民讲如何科学地发声，如何体会文章丰富的情感，用声音塑造形象等。久而久之，参加培训的居民，特别是朗读会的成员都有了明显变化。当王丽琼知道孙玉琴因写错字被有的队员讽刺的时候，她及时与大家交流，语重心长地说：“孙会长完全是免费为大家服务，牺牲了自己很多时间，没有挣一分钱，我们换位思考一下，要是您，该怎么办?”话说得在情在理，朗读会的成员很快集合在孙玉琴的旗帜下，开展了丰富多彩的活动。就像家庭过日子一样，朗读团队总有些小小的插曲，为他们的生活增添绚丽的色彩。

参加兰韵朗读活动，尤其是为残疾人朗读，每次都会触动“兰韵朗读会”所有队员的心灵深处。一滴水能反射太阳的光辉，一份爱足以体现社会的温暖。他们说：“当你的朗读得到了残疾人的掌声，看到了他们发自内心的微笑，你会觉得特别欣慰。残疾人是一个弱势群体，当我们朗读完毕向他们鞠躬致敬时，他们得到了前所未有的尊重，内心获得了极大的满足。他们的掌声、笑容是对我们最大的褒奖。”

多日来，徜徉在马连洼街道社区的大街小巷，站在社区图书馆书架前浏览图书，与居民一起坐在朗读培训的教室，我被一种久违的东西感动，我的眼睛是湿润的，她的身影总在我的脑海出现，她多像夏天的一片叶子为人们带来凉爽的风，她多像冬天的一缕阳光，温暖着周围的人们！

今后，我只要翻开记忆的这一页，就会想起这段难忘的时光。

采访结束时，王丽琼对我说：“您可能会挺失望的，我做的都是芝麻大点儿的琐碎小事，不值得一提，没有什么能打动人的先进事迹。”我笑着对她说：“您做的这些小事不小啊，就是这一件件小事，温暖着千千万万老百姓的心，体现了人民至上，架起了党和政府联系社区居民的桥梁啊！”

闹市中的静修

胡玉枝

起初拿到采访对象的名字和其“我的义工生活”的演讲题目后，想从网上找到一些人物的影子，但只查到一条，即孙宏作为个体户登记注册的信息。起初从网络和少之又少的资料中得到的感受是，他是一个很有爱心的汽车维修工人。可一见面我所有的感受和想象就被颠覆了。

父母在不远游

当走到孙宏位于公主坟附近柳林路的科技部小区 1 号楼的家时，我发现这是一栋很高的塔楼，紧邻公路；这栋楼的东面，隔马路不远处就是世纪坛和军博。地理位置，应该算市中心，但是这条柳林路却很幽静，没有那么

科技部社区义工孙宏

喧闹。

一进门，孙宏温雅热情地寒暄让座。落座后，我先环视了一下四周：不大的两居室，非常简洁、整齐、温馨，几个书架装满了书，书香气很浓。对着客厅的墙上贴着两句话：由欢喜集则苦集，由欢喜灭则苦灭。外间卧室靠床的墙上贴着的巴利文很禅意。

我不经意地观察了一下，对面的孙宏，一个纯粹的北京大男孩，稳重的邻家哥哥。中等的身材，利索的板寸，透着聪明精干，不大不小的眼睛很有神，看似随意但很可体的着装，让人感觉很舒朗。这和我最初的想象一点都不一样。

孙宏20世纪80年代末，毕业于中国人民大学一分校信息管理专业（孙宏说这个学校，早就没有了）。他谈吐儒雅、博学，很有经历，也很有思想，很有境界。说起他所学的专业，他用了一个词，让我觉得不可思议。他说他所学的专业，当时说出来是让人耻笑的。我很诧异，什么专业会让人耻笑呢？计算机专业，也就是现在的IT，这么先进的学科，应用这么广泛，怎么会被人耻笑呢？

但在当时正是这种过度的先进让人耻笑。20世纪80年代初期，计算机在国内很少有人知道，应用范围更是狭小，就连国内一些前沿单位，一听说是学计算机的，都不知所云。竟然说，什么计算机呀，不就是拿在手里的计算器吗，那还用学？所以他们这届学生很奇怪，毕业后找不到工作，因为很多单位和人，都没听说过，甚至耻笑他们，最终他也没能学有所用。他的那些同学，基本都出国了，剩下的几个，也都是学非所用地干着不对口的专业。其实，他们这个专业，必须是文理兼优的，录取分数线是很高的。

的确，当时在国内，计算机是很奢侈的。在孙宏的学校里，整个学校只有几台286计算机，每次上课都要穿上白大褂，换上拖鞋，才能进计算机室，上课如进手术室。这番描述，现在的学生是很难想象和相信的，但这就是当时的情景。

虽然上计算机课如进手术室，但是整个大学生活还是丰富多彩的。学最原始的计算机编程语言，学计算机的广泛应用，及其发展前景。尤其是C语言，探究它的原理，很有挑战性。虽然没有课本，一切都要手抄、记笔记，但是它的神秘性还是很具吸引力的。

大学里，孙宏博览群书之余，还参加了很多社会活动。他看遍了当时上映的所有国际大片，听遍了所有的流行歌曲，看最时髦的《飞碟探索》，一期不落地看，真是快乐充实，青春无敌。但是在诸多快乐和社会活动中，最令他难忘的和感到最有意义的，就是到敬老院做义工——为那些老人剪剪指甲，讲讲故事，拉拉家常。虽然没有什么大的行为，但是对那些老人来讲，这是很令其安慰的事情，所以老人们很盼着他们去。

大学里，他还遇到了他的爱情，他的同系不同班的同学，文静秀气的刘哲。他们有共同的爱好、共同的价值观、共同的理念和共同的志向。即使特别男性化的《飞碟探索》杂志，她也和他一起看，一起争论；他们对宇宙奥秘的探索和发现、对 UFO 的神秘充满了好奇。俩人还都喜欢易学和玄学。最让孙宏感动的是刘哲的善良与宽厚，俩人经常结伴到敬老院做义工。这么温婉的女孩子，能经常和他去敬老院做义工，而且从来都没有怨言，这在当时很难得。孙宏说现在看来，他的眼光不错，没看走眼，他选对了人。

孙宏和刘哲都是从小就生活在这一带，都是在这附近长大的，两个人都出生在高知干部家庭。孙宏的爸爸妈妈都在医院工作，他上的是公安部幼儿园，在铁三中读的中学；刘哲是在首都师范学院附小附中上的学，即现在的首师大附中附小，妈妈是三〇四医院的护士，爸爸是轻工部高级驻外翻译。

孙宏从小到大都是孩子头，都是大家喜欢的调皮聪明的孩子。有个幼儿园老师，到高中了，见到他还会说，我非常喜欢小宏，每次都弄得孙宏特别不好意思。他从小到大都是班里的尖子生，都是班长、学习委员，或者学生会主席。而刘哲也是家里的乖乖女、全面发展的好学生。相同的经历、相近的家庭背景、相似的家庭教育，使他们的思想非常接近，也很容易产生共鸣，这些为他们日后的生活奠定了基础。

当我问起他们大学毕业后怎么没像其他同学一样出国时，他的回答让人有些意外，却也在意料之中。他说出国，对于当时他在国内尚不被认识的专业，是一个非常好的选择。因为 20 世纪 80 年代的计算机，在很多国家都已经普及了。他的学识和家庭熏陶，使他的思想也非常开放，他也有这样的愿望和需求，但是更深的传统思想的教化让他放弃了这念头。

父母在，不远游。这个理由，对于一个十分孝顺的儿子来说，是十分充分的。因为孙宏的父母，就他姐弟两个孩子。他是家中唯一的男孩，要承担起照顾父母的义务。

虽然没有出国，虽然被有些单位拒绝，但是从小到大都顺风顺水的他，还是顺利地进了国家外贸公司工作。这十年外贸工作的经历，让他深刻体会了什么是少年得志、什么是意气风发。

工作的出色，带来丰厚的收入。然而低调的他，没有像一些年轻人那样张扬而铺张，而是做了一些非常有意义的事。

工作三年后，他和恋人走进了婚姻殿堂。结婚一周年时，他们的纪念礼物是很特别的很有纪念意义的——为边远山区的一个学校捐赠了一个图书馆。孙宏说他的内心一直充满了感激之情，感激父母的养育之恩，感激岳父母对爱人的养育之恩，感激爱人的爱情和付出。为了表达这种感激之情，他和爱人商量，把捐一座图书馆作为结婚周年的纪念礼物，爱人欣然同意了。图书馆的名字取自双方父母名字中的一字——中华淑秀，现在这座图书馆依然还在。

当他赚到人生第一桶金时，第一个想法很奇怪，他只和爱人说过，就是要是大家都能富裕，该多好呀，大家就能一起分享快乐。他有一个很深刻的思想，就是一个人富不叫富，大家富才是真正的富。这不是官腔、大话，他有自己的独特见解。他认为富有是人生的体验，不只是财物的积累。当你一个人财富太多时，必定招来忌恨，而自身的财富，也就含杂了不愉快的元素。当大家都在一个水平上的时候，关注点就会转移，因此就会分享快乐。他说这是内心无法控制的感受，不知道为什么。

这些独特的思想，或许就是他行为的独特注解吧。

失意中的反思与顿悟

交谈正浓时，他向窗外望了一眼，说了一句“请稍等”，便起身走到窗前，推开窗子；几只小鸟飞来，他轻言了几句什么，撒了一把粮食，又加了一些水。原来他去喂鸟，那些鸟和他很亲近，似乎听得懂他的话，它们每天要飞来三四次，吃食饮水，欢快地和孙宏交谈。

孙宏回到座位后，我们又将话题拉回到他的事业上。谈到事业，他说的最深切的一句话是，少年得志，其实不是一件好事。他说他三十岁之前从没经历过坎坷，从小到大几乎都是在赞赏中度过的，工作后，更是得到领导同事的赏识。

但是，对那些风光的过去，他如今只是淡淡地提起，不愿多说，甚至有些回避。因为我觉得那可能是他人生的转折点，在我一再追问下，他才轻描淡写地说了几句。他的事业巅峰，是很多人无法企及的，继而转到对人生的思考上。

正当他的事业如日中天的时候，一个趔趄使他跌入了人生的深渊，让他曾经的梦想、满腔的抱负，不可能再实现了。那个年代的大学生，充满了社会责任感和担当。但是这样的挫折，让他低迷消沉了很久。对于一个一直顺风顺水的青年来说，这个挫折是个致命的打击，整个颠覆了他人生的航标。但聪明智慧的他，在低沉和痛苦中，开始反思，思索人生的意义。

那时，他几乎天天一个人到公园里，不是观花赏景，而是走来走去，反复拷问自己：到底错在哪里了？怎么会走到今天这步田地？人生的意义到底何在？以后的路该怎么走？等等问题，萦绕于心，苦苦思索却不得其解。

他把每一个细节都想得很仔细，似乎每一步都没有错，又似乎每一步都不太稳当。其实他明白，许多事不是他能左右的，也不是以他的意志为转移的，有些瓜葛是纠缠不清的。一切看似偶然，一切又那么必然。

思来想去的，最后还是那些传统的古典文化启发了他，让他重新回到现实中，重新思考和定位过去；让他顿悟，一切皆是因果，一切皆是缘起缘灭的过程规律。命运走到这里，就该这样拐个弯，走向它本来的方向和终极。

今天回过头来，看那些曾经走过的路，他心里充满了感恩之情。感恩那些坎坷和挫折让他有机会深刻地认识自己，反省自己，探求人生的渊源；让他重新走进传统文化，走进更深层的思索，破迷开悟。

在他最消沉的那些日子里，是他的爱人给了他最温暖的安慰和鼓励；他也得到了双方父母和整个家族亲人的抚慰开导；来自家人的体谅和慰藉让他倍觉温暖。

从消沉里走出来后，孙宏开始静心修性。他曾潜心研究佛学。“三年间，我坐在这张桌子前，几乎没动过，把这把椅子都给坐凹了。”他指着身边的桌椅说道。为追究一些问题的答案，他曾经亲自到印度考察，追本溯源，弄清楚了许多曾经很模糊的概念，从而开悟启智，得到了一种境界的升华。

如今，再遇到任何解决不了的问题和烦恼时，他都会用超现实的思维，俯瞰问题的本质，把它放到更广阔的范畴里去思索，一切都会释然。

他回到社会中，开创自己的新事业。很快就做得风生水起。几年间，他再次积累了财富，同时他再次怀着同样的想法，将财富回馈给社会，和大家分享快乐。但没多久，他就淡出了这个事业的圈子。淡出了喧闹，平静生活，专注公益，帮助邻里提高科学知识和文化素养。对生意上的事，因为看透而心生厌恶。

之后，他到北大青鸟电脑培训中心重新学习了最先进的计算机知识，并很快就取得了电脑工程师一级证书。学成后，他到求实英语培训公司，工作了一年多。创始人先进的英语教学理念吸引了他，他怀着帮助他成功创业的想法，加入其中。这是一个全新的环境，让他的身心得到一次彻底的释放，毕竟学有所用，也算圆了他当年的专业梦。这期间，他经常参加社区的义工活动，帮助社区维修电脑，解决一些电脑应用操作上的问题。

大隐于市的静修

生活中的常态

做义工，一直是孙宏的生活常态，他并不觉得有什么特别的。早期，他曾多次参加团中央组织的志愿者活动。比如到西城图书馆，做书籍的电子整理及检索工作，收到很好的成效。他还到龙泉寺藏经馆做义工，整理经书，并为藏经馆捐赠了一套很珍贵的巴利文版本的《大藏经》，作为馆藏；还义务参加了河北涿鹿清凉寺的修缮工作，等等，不一而足。

其实，他在大学期间就经常参加红十字会的慈善活动，并且从来没有间断过。就连他的结婚周年纪念礼物，那座以双方父母名字命名的中华淑秀图书馆也是源自中国红十字会发起的一次慈善活动。

后来，他去居委会做义工，维护电脑、设计社区标识。其间，他了解到社区里的离退休老人都想学电脑，便萌生了用自己所学，为老人开办电脑学习班，满足他们愿望的想法。没想到，他的想法和居委会主任一拍即合。于是，他在居委会的帮助下，克服了没有资金和设备的困难，因陋就简地开办起社区大课堂电脑班。电脑班一开讲，便得到了社区居民的热烈反响，前来参加学习的老人，从普通退休职工到离休老局长、老司长，学习热情都很高涨。

可是，教老人学电脑，可不是一件容易的事。老人们几乎都是从零开始学习的，不仅是什么电脑知识都没有学过，而且学习起来还是边学边忘。往往你讲了后面的，他们把前面的全忘光了，每个知识点都要讲三四次，他们还是记不住。

没办法，为了教会老人，孙宏想了一个简捷的方法。他用截屏的方式把每一个步骤，每一个用鼠标点击的地方，都用非常醒目的图标标注出来，再加上文字注解，制作成课件。这样老人回家以后，就可以按照课件标注的复习这些知识了。

自从2006年电脑班开班起，到今年，已经11个年头了，当初孙宏从最基本的电脑知识教起，一直教到了绘声绘影制作软件的应用。社区的老人把学会的电脑知识应用到生活中。网上挂号、网上购物、网上订餐、QQ聊天、PPT、绘声绘影、优化大师、解压软件、光盘刻录大师、Word等软件，他们都能熟练地使用了，一点都不亚于年轻人，从而极大地方便和丰富了他们的日常生活。

最近老人们又有了新的要求：要学习手机上网、手机QQ和微信的使用。孙宏说，他们社区大课堂的课程是依据老人要求而定的，老人要学什么，他就讲什么。为了在秋天开学时，能给老人们讲解手机上网、手机QQ、手机微信等功能的使用，孙宏特意买了一部三星智能手机，自己先学会了各项功能的使用。

社区里许多年轻人都不和老人一起住，老人家里的电脑一旦出现问题，他们就给孙宏打电话。只要在家，孙宏都会尽快赶过去，帮助他们弄好。因为电脑已成为他们生活中不可或缺的物件，很多老人都离不开电脑了。后来，孙宏在居委会的各项活动中，干脆把自己的手机号告诉给社区的老人，让他们有事直接给他打电话。社区的老人都很喜欢孙宏，把他当知心朋友。

孙宏不仅自己义务为社区老人教电脑，还把自己的岳父请来，义务为社区老人教英语。孙宏在教电脑课时，了解到他们社区的许多离退休老人有学习英语的愿望。他就把他的岳父推荐到社区大课堂来，让他担任英语老师。孙宏的岳父是一位热心的离休英语翻译，他为人开朗，讲课风趣，因此很多人喜欢上他的英语课。孙宏的岳父不在他们社区住，但是80岁高龄的他，仍能坚持每星期上一次课，风雨无阻。这也极大地鼓舞着孙宏继续做义工。

提到在社区义务教电脑，11年以来，最让他感动的和最难忘的事情时，他说是杨连富大爷学制作PPT家谱。

当说起前不久刚去世的杨大爷时，这个很有控制力的男子汉竟然一下子哽咽了。他虽然试图一再控制自己的情绪，但那发自内心的情感和泪水还是不停地流了出来。让我深刻体会到他内心深处的柔软，我不禁随着他流泪了。

杨大爷离休前是科技部生物中心的处长，是一位很有能力的领导干部。离休后，儿女各自事业有成，都很忙碌，平时只和老伴李阿姨两人在家。因为学电脑，他和孙宏成了莫逆之交。平时有什么话，他都愿和孙宏念叨念叨，孙宏和他也是无话不说。

杨大爷的电脑课，是从学开机开始的，到后来，不仅学会了网上收发、阅览电子邮件，还通过网络找到了多年失去联系的留美的老朋友，还学会了网上购物和绘声绘影软件的使用。而最让他感到自豪的是，运用绘声绘影软件，编辑自己的电子家谱。说起这件事，孙宏又为杨大爷的过早离去而遗憾，那些事情的点点滴滴，仍历历在目。

有一天杨大爷把孙宏叫上楼，搬出几大箱子的老照片给他看。这些发黄的照片，都是杨大爷年轻时保存下来的家庭生活照片，非常珍贵。

杨大爷很认真地说他有一个心愿，就是想给儿女后代留下点什么，想利用这些照片制作一张PPT家谱，留给后人做个纪念。他问孙宏是否能行。孙宏肯定地回答说，没问题，有问题的时候，会帮助他的。

就这样，吃了定心丸的杨大爷，一边学习一边开始制作他的PPT家谱。

在制作过程中，他只要遇到了困难，需要帮助，打一个电话，孙宏就会到他楼上的家里，帮他整理分类照片，翻拍和扫描，添加照片注解，增加照片动态效果。经过一年多的反复修改和编辑，终于制作出了一张记载着杨大爷家几代人历史的、含有二百多张照片的PPT播放光盘。

当杨大爷的兄弟姐妹拿到这张光盘，看到一张张曾经熟悉的家庭合影时，一幕幕儿时的画面，又浮现在了眼前。这一刻让他们兄弟姐妹之间许多年的矛盾和隔阂化解了。一家人和睦如初了，实现了杨大爷的愿望。

这下可把杨大爷高兴坏了，一见面就非要请孙宏两口子吃饭。还是用手机的美团订餐软件，在中关村他女儿的住处订的餐，不去都不行。

杨大爷兴奋地说："孙老师，你都不知道，太有成就感了。没想到我这个连电脑都不会开的人，今天也能学会制作PPT光盘、上网购物、网上挂号、微信。没想到，到了我这把年纪还能学会这些高科技的东西，老干部聚会的时候就数我会得最多，他们那些司长局长的都特别佩服我，羡慕我，想一想就太有成就感了。我要好好谢谢你。"

孙宏赶紧说："这都是您老的聪明。"杨大爷听了喜滋滋的。

回想起这些，怎能不让孙宏感慨呢。老人的成就感，也感染着孙宏。当然，不止杨大爷一人这样，电脑班的其他老人也都很有成就感，他们经常和儿女们显摆，那种自豪和快乐真的很感染人。因而就不难理解，孙宏把做义工当作生活的日常了。

生活中的孝道

百善孝为先，是中国传统文化的重要观念。孙宏的孝顺，在社区是出了名的。不是他自己的宣扬，而是他的行为，被很多人看在眼里。尤其那些老人，尤为赞叹，常常作为说教子女的口头禅——看看人家孙宏，多孝顺！

孙宏说，他和爱人自结婚到现在，除了度蜜月，他们俩从来都没有单独出去旅游过，每个节假日，都是和双方父母出去旅游。从南方到北方，游览了许多名胜古迹。后来，随着父母年龄的增长，不能再远游，他们就带着父母到北京周边，游览散心。孙宏的岳父母，最喜欢跟他出去玩，别人谁叫都不爱动活，只要孙宏一说，就高兴得不得了。因为他体贴、周到，还幽默。

而且自结婚之日起，他就与妻子商定下一个约定，就是每个星期的双休日，和每一个节假日都要陪父母度过。一半的时间在他父母家，一半的时间在岳父岳母家。他们一直遵守和践行着这一约定，到如今已经是二十五个年头了，依然如此，他们俩从没单独过过一个节假日。

床前尽孝，在当下，已成为老人的奢望，儿女的惭愧。可是孙宏和他的爱人却做到了，不得不让人钦佩。2009 年，孙宏的母亲被查出帕金森病。这个目前世界性的疑难杂症，把能干的母亲撂倒了。孙宏和爱人，带着他母亲跑遍了北京的医院，四处求医，不见成效。最后终于在宣武医院，经全国有名的帕金森病专家的治疗，控制住了病情，但需要长期服药。因此，拿药便成了两个人的必修课。有时孙宏没时间，他爱人为了不耽误拿药，利用上班午休时间，跑趟医院，回来衣服都湿透了，但她从没抱怨过。这点特别让孙宏感动。

还有更多让孙宏感动的呢。2014 年 6 月，与他们相亲相依的小京巴狗走了。让他们伤心的同时，也让他们从既要照顾母亲，又要伺候小狗的忙碌中解脱出来。他们本以为可以轻松轻松了，但是这时孙宏母亲的帕金森病情加重了，每天晚上要上七八次厕所，她自己又不能自理，只好把她接到孙宏家里来。可他家的厕所太高了，他母亲用着太费劲，因此大小便只能在卧室里。即使这样，他的爱人不但没有嫌弃，还每天早晨一起来，就给老人倒尿盆，刷尿桶。不仅如此，她还每天晚上给老人烧水洗脚。热天，她把老人每天换下的内衣外衣都洗干净。婆婆在她家住的这段时间，老人所用的衣物，她都给买新的。

这些感动得老人直流泪，一个劲儿说："我这是哪辈子修来的福分呀?!"这让孙宏既感动又欣慰，感动爱人的付出，欣慰当初的追求与选择。

的确，在道德缺失、家风日下的当下，别说媳妇了，就是自己的亲闺女，能做到这些的，也不多。孙宏说，这些都得益于他们长期对传统文化的学习。

孙宏和他爱人，不仅对他母亲这样无微不至地照顾，对他父亲，更是如此。

都说，祸不单行，这句话孙宏体会最深刻了。2011 年春节前，他母亲的病情，在他们的精心照料下，基本稳定了下来，一家人欢欢喜喜地置办年货，准备过年。可他父亲却突发肺气肿造成肺大泡破裂，生命垂危，送进医院抢救。一家人的心，一下子被揪了起来，哪还有半点心思过年呀！还好，经过抢救，总算保住了性命，但医生说仍然没有脱离危险。

接下来是漫长的治疗，医院要求必须有家属陪床。一家人白天黑夜地轮流陪床，而守夜班理所当然地由孙宏承担下来。孙宏还清晰记得，那个有生以来最凄清的除夕夜。病房的窗外，不远处是灯火通明，爆竹声声，一片喜庆热闹。而窗内只有他和躺在病床上插满管子的父亲，父亲还在病重中，此景，让他心酸得眼泪都要掉下来了。那天爱人在家陪母亲。

此后的 90 天，每天晚上他都这样守着父亲，有时白天爱人替他半天，他赶紧回家给父亲做点好吃的送过了。终于父亲转危为安，出院回家了。当时复兴医院还将父亲的危重病康复病例作为特例刊登在医院报刊上。

父亲出院回家后，病情总是反复。为了方便父母看病，孙宏和爱人决定买车，这是 2012 年。其实早在 20 世纪 90 年代，他们就能买车了，可是他们并没有为自己享受而张扬显摆。这次是为了父母。有了车后，只要父母身体允许，他就带着父母，到北京周边景点游玩。现在孙宏的父亲已经安详地驾鹤西游了，只有母亲安在，他依旧带母亲出去散心。

孙宏不仅以自己的言行宣传传统文化，还以板报宣传栏的形式，传播传统文化。每天上下楼，他发现电梯和楼门口是个很好的宣传地方。他在社区居委会的支持帮助下，找来了工具和材料，自己动手做了一块宣传栏，放在 1 号楼电梯门口的显眼处，使所有等电梯的人，一眼就能看到。

之后，他先后将《弟子规》《三字经》的全部内容，剪辑粘贴在上面。每期二句，上边一句是原文，下边一句是译文及注解。宣传栏的内容，每期两周更换一次，从 2007 年开始到现在，已经 10 年了，办了 230 多期了。

这种简单易学的宣传形式，得到社区居民们的赞扬。许多大爷大妈都说，利用等电梯的工夫，学习学习这些传统文化挺好的，又不占时间，又不占地方，真是一举两得的好事。就连一些家长和孩子，也都说挺受益的，有时进了电梯，嘴里还会念叨着宣传栏的内容。正是这些传统文化潜移默化的影响使他们社区涌现出越来越多的和谐家庭。

勿以善小而不为，勿以恶小而为之。如果社会中的每个人都能以此为戒，约束自己的言行，那么整个社会，就会和谐美好。孙宏，用十年的时间，教会了家里的小时工阿姨识字，现在阿姨都可以读书看报了。邻居张大哥，在他的影响下，也成了社区的义务英语教师，义务教外来务工子弟英语。

生活中的素养

虽然孙宏受传统文化影响很深，但他至今没要小孩，有些人不理解：他是怎么超越这种文化思想的呢？毕竟生活在中国。对于这个问题，孙宏有自己的看法。

孙宏的丁克家庭的想法，不是一时的冲动，也不是追求时尚，而是有很深的思想意识和人生思考的。这种想法或观念产生在大学期间，那时他就和女友谈论这件事情，达成共识后，才谈婚论嫁，而且得到了双方父母家庭的理解。这或许多少也受到了当时西方文化思潮的影响。

他从三点论说了他的观点：第一，传统的养儿防老，床前尽孝，在当下快速发展的时代，几乎成为不可能，已被现实证明了，是不争的事实。第二，无后为大的孝顺观，在他看来很多人是曲解的，它不只是孩子的一代一代的续延，更多的应该是思想文化的传承。第三，投入与产出的倾斜。对于一个孩子所付出的，能否达到预期的愿望，答案肯定是否定的。在这样的深思之后，觉得丁克家庭是很好的选择。

说到这，他转到他墙上的两句禅语上，由欢喜集则苦集，由欢喜灭则苦灭。他特意解释了，苦，非痛苦和苦难之苦，而是指过患。由欢喜而生之过患，过患生，则障碍生，所以无欢喜则无欢喜过患。这番难解的禅意，只有身在其中而不得其解。

当问及，没有小孩，如何调节夫妻日常生活中的矛盾时，他说避开气头，他们会静下心来，相互交流，把问题说开了。结婚这么多年，他们一直以这样的方式解决生活中出现的矛盾。从来没有像大多数夫妻那样吵闹、骂人，甚至动手。在孙宏看来，那是极为没有素养的表现。他说虽然他从小就很调皮，是孩子头，但从来没骂过人，打过架，从来没有过。都是文化人，什么问题不能静下来沟通解决呢？因为相互间的坦诚、恩爱，没有隐私，所以任何问题都可以拿出来，摆在桌面上，敞开心扉地说，一切问题都会解决的。

他说这一切，也源自传统文化的熏陶。这一点让我非常敬佩，一个男人的胸怀与担当、呵护与包容，才会让他们如此琴瑟和谐。

他们曾经养过两只乖巧聪明的小京巴，这两个小东西给他们的生活带来了无尽的快乐。不知道在护养这两只小狗时，他们是否体会了呵护孩子般的快乐。现在想来，或许这场体验正是“由欢喜集则苦集”的注解吧。

在儒释道众多的传统文化中，他最崇尚道教的大道自然，天人合一，无为而无不为，以及易经的无极与四相，并且深受其影响，应用在生活之中。

在利欲熏心、物欲横流的当下，能不为其所动，静静地守在小小的社区里，为一群垂垂衰老的前辈们讲解最先进最前沿的电脑知识，让他们融入时代里，重现当年的风采，以此为己任且感觉快乐，并作为生活的常态。这种超然的人格和品性，这种寡淡名利，隐于闹市的修为，也正是大道自然，无为而为的注解。

从书生到“工匠”

曾金胜

乍看这个题目，读者难免会生发出一些联想。从书生到“工匠”，是多么“跨界”:

2017 年 5 月播出的央视《中国大能手》节目中，一位年轻的选手以一手“穿针引线”的功夫，在让人捏把汗的同时，展示了他作为数控界“裁缝”的“拿手好戏”，获得了“满堂彩”。

他，就是刘朝辉。

刘朝辉，来自航天科工二院 699 厂，是王保森技能大师工作室的一员。

“大国工匠”刘朝辉

2014年，参加了全国技能大赛，获得车工组全国第二名，还获得了全国技术能手称号。

然而，假如时光能倒流的话，11年前，刘朝辉还只是一个涉世不深的大学生。

一位阅世不深的书生，如何嬗变为承载着“工匠精神”的“工匠”？带着这个疑问，我走近了刘朝辉。

车间来了位“书生”

2017年9月12日23时58分，天舟一号货运飞船顺利完成了与天宫二号空间实验室的自主快速交会对接试验。这是我国载人航天工程空间实验室飞行任务圆满成功后组织实施的系列拓展试验项目之一，为我国空间站工程后续研制建设奠定了更加坚实的技术基础。近年来，“长征”“神舟”“嫦娥”“天宫”等字眼频频出现于公众视野，见证了中国航天一次次的跨越，也不断标注着中国太空探索的新高度，中国航天，迈向“诗和远方”。

在这诗意画卷后面，是“大国工匠”们的默默付出。众多“航天艺匠”为中国梦的“寰宇”之旅泼墨挥毫，刘朝辉便是其中浓墨重彩的一笔。

无独有偶，新世纪以来的两次大阅兵，2009年共和国成立60周年阅兵，2015年纪念中国人民抗日战争暨世界反法西斯战争胜利70周年阅兵式暨“9·3”阅兵，导弹方阵成为瞩目的焦点，极大激发了国人的爱国豪情。在捍卫国家、维护世界和平的疆场上，保家卫国的人们，除了人民军队，幕后还有军工企业，还有千千万万的装备制造者。

中国航天科工集团第二研究院（简称“航天二院”），创建于1957年11月16日，是中国最大的空天防御导弹研制生产单位，是中国导弹工业的摇篮。二院先后承担并圆满完成了我国第一代、第二代、第三代地（舰）空导弹武器系统以及我国第一个固体潜地战略导弹、固体陆基机动战略导弹等型号的研制并定型装备部队，为我军装备现代化建设和我国综合国力的提高均做出了重大贡献。

2006年，刘朝辉作为第一个被分配到车间的大学生，来到了著名的航天二院下属的699厂。这无疑是个“大新闻”。面对车间里的“老师傅”，刘朝辉可以说，确实“书生”气十足。

说起刚入厂那会，刘朝辉仍然记忆犹新：“2006年我大学毕业进入699厂，那会儿意气风发，感觉自己在学校学到了很多专业知识，肯定能在工作岗位上做出一番成就来。但培训完之后，厂里把我分配到一线的工人岗位，被分配到工人岗的大学生，我是我们单位头一个。”

也正是因为第一个，刘朝辉面临的考验也就上演了“异乎寻常”的故事。

书生的“龙场”：在事上磨

对于699厂来说，那时车间工人的整体教育水平普遍不高，技校生占大多数，正巧缺少一个能够举一反三的大学生。但是，对于刚涉世不久的“书生”来说，投到实战中，缺少的恰恰是经验，需要重塑的还有心态。

首先是书生“理想化”、意气风发的心态。作为车间里来的第一个大学生，刘朝辉有着“创下一番事业”的意气风发。刘朝辉说：“我抱着试试看的态度参加了实习，车间里的老师傅都替我抱不平，担心我一个大学生受不了生产一线的苦。但当我在车间里亲眼看到老师傅们用课本上的各种各样的机器，把一些黑乎乎的毛坯料变成了光闪闪的零件时，我觉得这个过程特别奇妙，特别让我着迷！”

其次是书生踌躇满志、小菜一碟的心态。如果说书生理想化的心态是一种朝气的话，那么，“踌躇满志”的另一面，也许就是没有实践经验，不接地气。用师傅们的话来说，书生上战场，还嫩着呢。用哲学家王阳明的话来说，还须在事上磨。

中国明代著名的哲学家王阳明有一句名言：“人须在事上磨，方立得住；方能静亦定，动亦定。”王阳明认为，历事才能练心，在事上磨炼，内心才会拥有强大力量，个人才能真正成长。这句话可谓意味深长。而且王阳明自身，也正是从一贬再贬的人生磨难中悟道的。谪贬至贵州龙场当龙场驿栈驿丞的王阳明，认识到“圣人之道，吾性自足，向之求理于事物者误也”，史称“龙场悟道”。对于年轻人来说：“在事上磨炼”，就是要学会在实践中而不是口头上、在战场上而不是舞台上摔打和进步。人生的转折，恰恰也是在经历大事的历练，方能“经风雨见彩虹”。刘朝辉正是在事上磨炼，经历了从校门到车间的转折，从“一介书生”，逐步实现到“大国工匠”身份的转变。

如何克服实际操作与书本知识的不匹配，成了横在他面前的巨大问号。

有一件事至今仍让刘朝辉印象深刻。刚开始实习的时候，他跟的是当时航天二院699厂里唯一的特级技师——车间里名副其实的“大师”。

有一天，师傅给他留了个编写程序的作业，那时的刘朝辉“踌躇满志”，正愁一身的劲头没地方使呢，觉得这作业对于他这个正儿八经的“大学生”来说，简直小菜一碟。于是他用自己在学校学会的理论知识，对着参考书很快就做出了程序。

“程序做出来了，请师傅验收。”刘朝辉满心认为自己会得到称赞。但师傅看过后，却亲手把他的参考书扔了。

在实战面前，照猫画虎的程序怎么可能用得上?!

回忆起当时的情景，刘朝辉至今记忆犹新。刘朝辉说，尽管我师傅看完我写的程序之后扔掉了我的书，说我是个“书生”，我虽然有点委屈，但还是下定决心要从“书生”跨界做工人。

“书生梦醒一朝事”：体悟“工匠精神”

如果说，师傅的扔书使刘朝辉逐渐明白，车工这活可不是比比画画、靠着书本知识就能学会、干好的。那么，接下来的一件更大的事，则彻底惊醒了梦中人。

那是一场虽有惊无险，但让人心跳的、差点酿成的“安全事故”：

实习那会儿，车间分配给刘朝辉一台普通机床练手。对于刘朝辉来说，大学里学的数控理论完全派不上用场，为此，刚出校门，还多少有书生意气的他，有劲儿没处使，心里有点郁闷，工作也没动力。

刘朝辉回忆说：“一次，我操作车床打孔，钻头突然烧得通红。我停下机器，想把钻头停下来。一不小心烫伤了胳膊，还没顾上疼，钻头溅出的火星还引燃了擦机器的棉纱，火一下子烧了起来。就在我慌神的时候，师傅眼疾手快，把起火的棉纱拽了出来，这才避免了事故。”

经历“扔书”这一茬，“一不小心惹祸”的刘朝辉以为师傅会骂他。谁知，这一次，师傅不仅给他处理好伤口，还耐心帮他分析起引发意外的原因：之所以会钻头过热冒火星，根本原因是没考虑加工的材质，车刀磨得不到位。

末了，师傅仿佛看透了刘朝辉心里想的是什么，为此，还特意语重心长地说：

“朝辉，车工不磨刀，手艺没学到，普通车床是入门基础，不要总想着操作数控机床。”

面对刚才“差点惹出大祸”，胳膊上还有刺骨的疼，师傅这句话可谓“一语点醒梦中人”。刘朝辉从此再也不敢大意。师傅的话点醒了他。“还没学会走，怎么就老想着跑呢？开始以为有一肚子理论就能操作车床了，其实还差得远呢！”

也就是这时，刘朝辉才真正明白当初师傅扔他的书，就是想让他褪去“书生气”。

师傅还讲起，连他刚入行时，也是埋头整整磨了六个月的刀，对几百根车刀做无数次修整。随后，师傅语重心长地告诉他，车工刚入行，主要的工作就是磨刀，这就是基本功的练习。所谓“车工一把刀”，就是要时时刻刻都在打磨，直到把长条的车刀磨到手里拿不住为止，周而复始。

就这样，刘朝辉沉下心来，踏踏实实地从磨刀学起，从摇车床做起。

书生的“蜕变”：匠心营造三年蝶变

有一个故事家喻户晓：李白“铁杵磨成针”的故事。南宋祝穆《方舆胜览》：“世传李太白读书山中，未成，弃去。过小溪，逢老媪方磨铁杵，问之，曰：‘欲作针。’太白感其意，还卒业。”说的是大诗人李白小时候读书不顺，弃学途中偶遇一老妇人用铁杵磨针，对自己的触动很大，终于发奋读书，最终学有大成。“只要功夫深，铁杵磨成针”就出自这个故事，这句话也成为激励后人持之以恒求学的名言警句。

对于悟到“万事还需从基本功练起”的刘朝辉来说，悟“道”和力行却不像想象中那么简单。

试想一下，一位刚出校门、意气风发的大学生，日复一日在磨刀，对心性是何等的考验。但对于刘朝辉来说，却逐渐成为每天的基本功课和寻常事。刘朝辉刚入行做学徒的几个月，都是在磨刀中度过的。工匠所有的记忆和感觉，都在手上。能不能通过这几个月枯燥工作的挑战，是判断一个人能否入行的重要“考核标准”。起初有些彷徨的他，随着工作内容的逐步深入，逐渐爱上了这个岗位。“譬如一个零件，刚开始我每天只能加工 10 个，但随着技术水平的不断提高，现在每天能够加工 100 个。”每天都能看得到的进步让他享受其中。

在刘朝辉工作桌面上，磨炼技艺的工件通身闪烁着宝石般的光泽。刘朝辉这么形容自己的心态：“从开始的不适应，到现在的心如止水。自己非常享受这个加工过程，亲手将杂乱甚至有些脏兮兮的毛坯，加工成目前光滑亮丽的样子，有如将这些铁疙瘩变成一件件工业艺术品，倍感幸福。”

伴随着刘朝辉这种心态的，还有价值感、成就感。刘朝辉说：普通零件经过一套加工工艺，价值能够提高几十倍，物品的耐热性、力学性能等都能得到质的提高。

正是这样的幸福感、价值感与成就感，支撑着刘朝辉克服了从大学生到车间工人的心理落差。随着实习与学徒期结束，刘朝辉认定自己热爱车工这个行业，热爱这个需要技艺、更需要动手，永远需要精益求精的行业。

三年后，刘朝辉的努力有了结果，在北京市数控技能大赛中，他杀入了决赛。比赛回来后，车间进了一台新的数控车床。刘朝辉惊喜地发现，这台车床就分给了他用。经历三年“一千多个”日夜的基本功实践，刘朝辉的心态悄然间从书生逐渐蜕变成为稳重成熟的“车工”。崭新的数控机床，对于数控理论专业出身的刘朝辉来说，这无异于手上添了“称手的武器”。

刘朝辉说：“当时那种如虎添翼的感觉让我憋足了劲儿，我相信自己一定能在数控车床领域干出彩来。”

十年磨一剑：终成“大国工匠”

如今，十多年过来，刘朝辉已经对自己手上的工作轻车熟路了，但对于他来说，伴随着轻车熟路，还有更大的追求，那就是极致、“精益求精”。刘朝辉如是说：“我们的工作对于生产周期和产品的精度质量要求得都特别严格，说明天要交的产品，哪怕干到天亮也一定要交出去，产品的精度往往要求在几道，‘道’是什么概念？一道就是10微米，0.01毫米，是一根头发丝直径的1/10左右，我承担的任务难度就相当于在头发丝上打孔。”

随着时间、经验的积累，刘朝辉还享受起这个过程来：“加班加点对于我来说在所难免，我特别喜欢在夜里加班，夜里人少，我可以聚精会神地编写程序，观察车床的每一个细微的变化，甚至能听出来机器在不同转速下声音的区别。”

当问起他何以取得那么惊人精细的成就时，刘朝辉说：“我并非天分过人，只是把别人休息娱乐的时间，都用在了钻研生产上，有人问我苦吗，我说不苦，就像追女朋友一样，真心喜欢才会死缠烂打。我操作着精密的机器，把一个个图纸上的设计方案从不可能变成可能，就像是在创造一件件精美的艺术品，这个创造的过程总是让我无比兴奋。”之前加工某个航天零件可能需要整整一天的时间，如今的刘朝辉20分钟就可以加工完成。刘朝辉深有感触地说：“对我来说，能够把自己手头的事情做到极致，这本身就是一个莫大的乐趣。”

初入行时被“大师”扔书的事情，如今也变成一份难得的体验。说起当时的情景，刘朝辉至今都很感谢这位老师傅，这是他进入行业的领路人。手艺，就是这样代代传承、完善下来的，没有捷径。如今的他执着钻研，因为真心热爱。休息时间也在画图，有时甚至做梦都在研究零件加工。

正是这份执着和追求极致，使得刘朝辉也创造了一些创造极致的故事：

某个航天零件的行业标准的极限加工精度为0.2 mm，许多人都断言这已经到达极限了。但刘朝辉不肯放弃，他通过大量地查阅论文和实操视频，最终打造了一套属于自己的特别工装，将这个零件的行业极限精度记录推进到了 0.06 mm，相当于半根头发丝的直径！

在日复一日的钻研中，刘朝辉发现，掌握好实践与理论之间的平衡是非常困难的事，这曾经是他最大的困惑。如今这对于他已经是“山重水复疑无路，柳暗花明又一村”。“无论怎样都要做，为什么不快乐地去做?”“相比于干一行爱一行，我觉得应该是爱一行干一行。只有真正喜欢手头的工作，才能做出更多成绩。”

经过多年的风雨历程，刘朝辉终于“守得花开见明月”，感到“拨云见日”的酣畅淋漓，从当年的“书生”变成了一名拥有高级技师职称的“工匠”，成为人们交口称赞的“大国工匠”。

传承“工匠精神”的代言人：“大国工匠”的中国梦

中国梦汇聚了每一个中国人的梦想。面对未来，刘朝辉有着自己的“中国梦。”

“技术的磨炼没有止境，我坚持将我制作的每一个零件做到最好，同一个批次中，我车出的零件一定是最亮的那个。”刘朝辉说，“中国要发展航天事业，要制造国产大飞机和先进的武器装备，都需要用数控机床制作出精密零件。然而我国现有的机床设备并不是最先进的，但技术的提升能够弥补设备的不足，我不断磨炼技术，就是要用顶尖的操作技术生产出最精密的零件，用最精密的零件制造世界一流的航天设备。”

如今，刘朝辉已成为北京“工匠精神”的一位代言人。

这得从刘朝辉参加央视《中国大能手》说起：

2014 年刘朝辉参加了北京市技能大赛，夺得北京市第一名、全国赛亚军。2017 年 4 月，他跨界参加中央电视台和人社部联合举办的《中国大能手》，以铣工的身份在节目中成功杀入全国“四强”。而他一直在航天系统内部是以车工的身份工作的，赛前从车工到铣工的准备时间也不过三天左右。

怎么办?

刘朝辉说起此事还记忆犹新：“央视《中国大能手》即将拉开序幕。我接到通知，通过前期海选，我荣幸地成了十名总决赛人员中的其中一员。不过当我知道赛事要过四关时，我十分没有底气，因为前三关都是考的铣工，而我做了十一年的车工，如何在短短几天的时间让自己来胜任角色？自己也曾经打退堂鼓，但又一想，退赛就对不起单位对我的培养，对不起亲人朋友对我的期望。于是，我赶紧抛开退赛的念头，考虑怎样过这四关。”

面对挑战，刘朝辉充分发挥了他善于学习的一面，放下身段，向身边的铣工学习，认真领会工作要领。等“师父们”都干了一天回家休息的时候，刘朝辉没有走，而是再熟悉熟悉一天学到的东西，即使不进行实际加工，也要再去机床上演练操作一遍。这样不到三天的工夫，他已经做到了从零开始，熟悉铣床操作，还学到了铣床独有的编程方法。

即使这样，他也没有太大的把握能在赛场上闯过第一关，因为他面临的是全国九名顶尖高手。刘朝辉心里明白，短短几天的时间不可能变成一个强大的无所畏惧的全面手，只能通过自己多年来的加工经验，通过自己的智慧，去克服心里的恐惧，去战胜高手。就这样，在做好了充分的心理准备的时候，刘朝辉自信地步入了赛场。

刘朝辉这么回忆他的参赛过程：第一关是用铣床开啤酒瓶盖子，主要考选手们对机床的把控能力、能否熟练操作机床、能否做到手眼配合的精准。幸好他经历了很多的数控大赛，练就了临场不乱的心理素质，能很好地把控比赛的节奏。为此，他故意放慢了速度，很稳地开了第一个，又开了一个。后面越开越快，越开越快。“快到最后的时候，有人在赛场上大喊一声‘完成’，我想，一定要稳住，时间还很长，千万不能让别人的呐喊影响我的节奏。”就这样，质量第一的念头让他坚持开完了所有的瓶盖。时间上也仅仅比第一个开完的多了五六秒。当比赛时间到了以后，所有人都焦急地等着结果。结果出来，所有人都很意外，虽然第一个喊完成的人开了十个瓶盖，但是他损坏了两个瓶口，成绩仍然算 8 个。这样刘朝辉顺利以第一的成绩拿到了晋级卡。

第二关是用铣床配钥匙。在比赛场地 50 米外放着四个宝箱，宝箱旁边有四个透明饮料瓶，饮料瓶里装着四把开启宝箱的钥匙，只有选手通过观察记忆，回到机床上凭借记忆来加工这把钥匙，开启了宝箱才可以拿到晋级卡。

宝箱设置在了50米开外，给闯关增加了莫大困难。为此，刘朝辉采取了独特的办法：一遍接一遍地睁眼闭眼，每闭眼一次就往自己脑海里覆盖一张照片，每一张照片只照钥匙中的一个或者两个齿，全部覆盖完了，钥匙的形状和尺寸就牢牢记在自己脑子里，然后一次性完成加工。这样稳扎稳打，第二关也取得了胜利。

刘朝辉回忆说，最惊险的是第三关——用铣床加工棋子，在提前做好的特殊棋盘上三子连珠才算晋级。选手们只有完成高精度的加工才可以把棋子落到棋盘上，只有保证足够快的速度才可以三子连珠，这期间还要防止别人用他们的棋子堵住自己连珠的去路，就像下五子棋一样。“一开始我用自己的土办法率先完成一子。当我往棋盘上插棋子的时候发现自己做出来的两个台阶圆并不同轴，这样就插不到棋盘上的台阶孔。回到机床上，我又换一个方法去继续加工完成一个棋子。当我再次去插棋子的时候我发现仍然不对。不能气馁，我继续换方法去加工，直到五个棋子完成了以后，我才发现，原来机床设置不对。我给自己加油打气，告诉自己，不能慌，不能慌。第六个棋子干完了，我信心满满地去插上棋子，这时候，我发现，前面的选手都已经插上了两个，我足足落后了一个棋子。这时主持人在旁边讲解：朝辉这个棋子是放在哪里好呢？如果放在左边，他会挡住第一名选手的去路，第一名选手将再也没有出线的机会；如果他把这颗棋子放在一旁，他不去堵住第一名的去路，速度够快的话，他自己也会有出线的机会……”

面对抉择，刘朝辉选择了把这个棋子落在左边，给队友开路！最终，队友出线，刘朝辉出局。最终，九名高手，他打败了六名。赛后，刘朝辉谈起此事表示：“虽然有些遗憾，但是我一点都不觉得后悔。多年来的经历告诉我，后面肯定有更大的舞台在等着我，不气馁不退缩才是真正的自己。”

播下了种子，才有理由期待参天大树长成。“失之东隅，收之桑榆。”正是在《中国大能手》电视节目采访中，有记者发现了刘朝辉所特有的匠心和钻研精神，便将他推荐到了海淀区百姓宣讲团。随后他又参加了北京市宣讲。就这样，也许因为前缘铸就，或许因为机缘巧合，但更重要的是，他十年磨一剑在“数控裁缝界”的潜心坚持，使他成了传承“工匠精神”的代言人。

关于“工匠精神”，刘朝辉有着自己的理解与体验：一是精益求精，不断将手头的工作做到极致；二是触类旁通。经过十余年来的操作实践，刘朝辉已经能够做到不看车床进行零件加工了，年复一年的训练，已让他养成了肌肉记忆。正是在其中，他收获了属于自己的精神沃土。

虽已华丽转身为“神奇工匠”
但骨子里还是“一书生”

回首过往，刘朝辉用自己的亲身经历，完成了从校园到航天车间，从意气书生到“大国工匠”的嬗变。谈起其中的故事，如人饮水冷暖自知。

回顾起十多年来的历程，刘朝辉已然是个身手娴熟、技术高超的“工匠”，然而骨子里，你仍然能感受到他的“书生气”。前文说过，书生有两种语境的阐述。毋庸置疑，刘朝辉现在的这个“书生气”可以用“腹有诗书气自华”来诠释，而且是历经沧桑的担当之精气神。感慨之余，刘朝辉不禁赋诗一首：

甲子忆征程，弹指一挥间。
新立永不老，我却入中年。
永不忘初心，遇难心更坚。
盼厂成王者，荣耀五百年。

他感慨地说：“我与699的发展是一部王者荣耀。十多年过去了，直到有那么一天，突然你发现了，周围的人都在玩‘王者荣耀’！这时候我也突然发现，原来我的成长伴随699的成长，也是一部王者荣耀。”

在一篇笔记里，他感慨地说：“我们在岁月的匆忙流失中回眸观望，静心反思时才发现，沮丧叹惋已消耗了太多的心情和精力，犹豫和懒散飘逝了过往的匆匆岁月和旅程。”

刘朝辉拿身边的例子说：“最近有一个小伙伴私信我，说上班两年多了，一切还是老样子，还以为自己在一个行业里多沉淀两年、累积些经验就能做得好一点，但是为什么没有进步？”对此，刘朝辉认为：“不能期待所有起色都靠时间来推进，因为不是所有量变都有质变的资格。”

众所周知，理论界有个“一万小时定律”，像作家格拉德威尔在《异类》

里说的那样："人们眼中的天才之所以卓越非凡，并非天资超人一等，而是付出了持续不断的努力。1 万小时的锤炼是任何人从平凡变成超凡的必要条件。"就是说，如果想成为某个领域的专家，需要 1 万个小时才可以。刘朝辉曾经认真地算过，如果想脱离平凡成为超凡，每天工作 8 个小时，一周工作 5 天，那么成为一个领域的行家至少需要 5 年。"可是为什么我们大部分普通人还是普通人，5 年后也没有摇身一变成为大拿？"刘朝辉深有感悟地说："究其原因，有一部分就是只在混时间而已，并没有在自己正在做的事情上多下什么功夫。"

刘朝辉诙谐地说："之前朋友圈有段子说，为什么我的王者荣耀玩得好？还不是我用别人看书、背单词、逛街买衣服的时间来玩游戏？即使玩王者荣耀，也可以从中看出，同样的时间，要想把一件事情做好，就要想办法让一点时间变成两点时间。这样在同一起跑线的你就会跑得比别人快，跑得比别人远。"

结合自己的成长路径，刘朝辉感慨地回忆说："原先六四车间只是一个模具车间，经常没有活干。上班谈论最多的就是昨晚上打到了什么装备，在网络游戏中'杀了几个人'。随着厂里的发展，六四车间定位为大型液压结构件生产车间。我们引进了一些专业性强的设备，做出了一系列改革举措。但是面对不太熟悉的设备和产品，我们并没有气馁，相反别人用好几年的时间在研究如何利用特种设备、特种工艺的时候，我们一门心思攻坚克难，解决了一系列的生产和装配难题。短短一年的时间，我们从无到有，从简到难，逐步转变成立大型液压结构件生产车间。这里有厂里精准的定位和整个车间人的不懈努力的功劳。"

时代呼唤"工匠精神"汇聚"中国梦"

当今社会心浮气躁，追求投资少、周期短、见效快、"短、平、快"带来的即时利益，从而忽略了产品的品质灵魂，已经成为"通病"，甚至成为社会的阵痛，诸如三聚氰胺等食品安全事件，触目惊心，也让人们反思，快速发展的中国更需要"匠心精神"。在年轻的时候，寻得一份能够持之以恒的事业，然后乐在其中做一辈子，收获“大成”，需要社会环境的营造，更需要个人的坚持与体悟。我想，刘朝辉就是这样一个人。

处于“人到中年”的坎，刘朝辉深有体会地说：“我们已经没有时间去犹豫和销蚀那仅存的一份热情。我不想在年老的时候，满满的都是被悔恨和沧桑包裹的遗憾。带着这份痴念，捋一捋过去十多年的时光，畅想一下剩下三十年的时光，别让太多的阴云遮挡了阳光。”

笔者曾与著名作家王宏甲论说“孔子与中国文化”。王宏甲说，孔子的精神，可以用以下七个字概括：“好学、勤思、力行、仁”。好学，乐在其中，而非“学海无涯苦作舟”。我想，“工匠精神”其实也非“苦”，而是乐在其中。也祈愿每一个期待实现自己的“中国梦”的国人，也能找到自己一生的志趣与孜孜以求、“乐在其中的事业”。

由此，不难提炼出工匠精神的内涵：“仰望星空、脚踏实地；精心打磨、精益求精；专注精确、追求极致；孜孜以求、乐在其中。”拿身边的例子说，哪怕就是一幅画一幅书法作品，需要多少“志于道、游于艺”的专、精；一篇文章，需要多少构思打磨，挥洒多少汗水，融汇多少智慧。正如老子的《道德经》，区区五千言，熔铸了多少“不言之言”，却成为世界的传奇。

大道堂里修大道

叶宏奇

三件事得出的结论

2013 年 12 月中旬的一天晚上，北京城华灯初上，寒意正浓。在位于海淀区玲珑路上的大道堂美术馆内，暖意融融，茶香袅袅。著名书画家陈仕彬正在跟几位朋友谈天说地，喝茶论道。此时，一个来自杭州的电话让说话声戛然而止。一个陌生的声音告诉他，在刚刚结束的、由中国美术学院和《美术报》代表美术界联合举办的“美术年度人物”评选中，他高票入选。

著名书画家陈仕彬

短暂的沉寂之后，朋友们起身向他祝贺，于是，茶换成了酒，茶桌换成了酒桌。

这是一个值得庆祝的时刻！因为在入选的十位画家中，他不但综合排名前三，而且是唯一的体制外画家！

对于陈仕彬的成功，大家并不意外，但当这一刻真正到来时，蕴藏在内心的喜悦仍然需要喷发。那晚，玲珑路上大道堂内，情绪爆棚，杯觥交错，朋友们一改平时的温文尔雅，能写的、会画的、善唱的，能喝的、不能喝的，都端起了酒杯。酒发酵着情绪，酒燃烧着艺术的光芒，陈仕彬和朋友们都喝多了。

同样是在这年的 12 月，一位成都朋友托我推荐几位画家。刚装了新居，希望购得一幅心仪的作品做装饰。我在认识的画家中选了五位，除陈仕彬外，其他都是美术院系的老师或画院的专业画家。我把五位的名字发给他，告诉他在百度搜索词条中，都能搜到他们的艺术简历、艺术成就和作品展示。

时隔半月，朋友来电话，要陈仕彬的。问他为什么，他说喜欢。喜欢是一个简单而复杂的情感变化过程，就像恋爱，一个月牙儿般的美人站在面前，可你的心就不会为她怦然而跳，眼眸就不会为她迸发火花。陈仕彬的作品，一定在哪个地方打动了他，跟他的审美、跟他的精神需求产生了呼应。

今年 10 月 28 日，党的十九大刚刚落下帷幕，陈仕彬就随中国文联文艺志愿者服务团来到革命老区山东泰安，参加“送文化下基层”活动。这已是近年来陈仕彬第六次参加这样的活动了。之所以选择泰安，是缘于他跟这片土地，这片山水的深厚情感。他曾多次到泰安写生体验生活，五岳之首的泰山，承载着丰厚的历史文脉和文化意象。这与热爱传统文化，对传统文化有着执着追求的陈仕彬产生了心灵的契合。就在今年 1 月 1 日《人民日报》的贺岁作品中，还刊发了陈仕彬的国画作品《泰山日出》。

三件事毫不相干，诠释的却是同一个因果：饱满真挚的艺术情怀和人文情怀，成就了陈仕彬艺术世界的博大与深邃，艺术作品的舒缓与灵透。就如他本人，一个小个子四川人，一身儒雅气息，说话不急不慢，话锋犀利，口含珠玑，两眼始终闪烁着睿智的灵光。

封官与喝奶的关系

时间回到 20 世纪 60 年代末，地点回到隐藏在川南叙永的天池镇，这里是陈仕彬出生的地方。青水倚靠绿水环绕的底色和花红叶落四季的轮回，激发了他表达诉说的渴望……父亲是一所小学的负责人，母亲是老师。学校非常简陋，孩子们拥挤在两间土屋里，未到上学年龄的陈仕彬每天要么坐在风车上，要么坐在磨盘里，看哥哥姐姐读书，然后用粉笔在墙上、门上、地上写写画画，把自己在恍兮惚兮中得来的知识写下来，并加以想象发挥。

一来二去，就像一个拾稻穗的小孩，无意中倒也拾得了不少见识。

有一天，他突发奇想，用粉笔在自家门上写了“毛主席万岁”五个宋体美术字，每个字约三十公分①见方。邻居一位在县城工作的叔叔见了，惊讶不已，完全不相信这是出自一个五岁孩子之手。

叔叔端详了半天字，又端详了半天眼前这个长得精精瘦瘦的孩子说：“这个娃儿将来必有造化。”

陈仕彬懵懵懂懂地回家问父亲“造化”是啥意思，父亲斟酌良久说：“意思是只要努力学习，努力工作，就会创造出美好生活。”多年以后，他依然觉得父亲的解释非常确切，非常意味深长，为他指明了通向美好、获取幸福必须经历的路径。

爷爷曾经饱读诗书，旧学新学都颇有心得，虽身在山野，仍不忘诵读书写，闲暇之余，常常研墨临帖，一抒胸臆。陈仕彬绕膝观看，问这问那，觉得煞是有趣。偶尔，也偷偷在报纸上涂抹一阵，被发现了，以为要挨批，没承想，爷爷却握住他的小手，教他握笔运笔。字是写不了，横撇竖捺钩倒是很快写出了模样。看到孙子聪颖过人，爷爷便给他讲了许多治学典故，历史人物，小小年纪的陈仕彬听得津津有味。其中关于爷爷当年送弟弟进云南讲武堂、黄埔军校学习，最后参加红军走上革命道路的故事，对他产生了深远的影响，在他心中埋下了浓厚的家国情怀。

1981 年初中毕业，15 岁的陈仕彬考上了山里人趋之若鹜的四川省叙永师范学校。学校始建于 1904 年，后迁至西南联大叙永分校旧址，教师队伍藏龙卧虎，有抗战时期南渡的知识分子，有被打成“右派”、从大城市发配边地的文化教育界人士，是川南地区培养教师的摇篮。与王朝闻同窗的钟佛履，著名学者李其津，“一代大隐”、“中国铁线狂草第一人”倪为公，抗战期间与徐悲鸿比肩的牟于天，因画虎而闻名的“彭老虎”彭正明等专家学者，组成了学校强大的教学阵容。

第一次美术课是钟佛履老师的水彩，作业是画一个苹果。没有接受过任何专业训练的陈仕彬左看右看，三下五除二就把苹果画得层次分明，宛如新摘。第二次美术课，这个苹果竟成了范本，钟老师让谈创作心得，并当即给

---

① 1 公分 = 1 厘米。

他封了个官：美术课代表。谁都知道这个官有点寒碜，就是老师的小跟班，但对陈仕彬却意义非凡，因为从此，他拥有了美术教研室的钥匙，拥有了观察临摹教学作品的机会，拥有了随时随地向钟老师请教的可能。一得空闲，他就钻进教研室，系统练习素描，练习速写。

真正让他大开眼界并受到强烈震撼的是李其津老师。他毕业于川大中文系，是位深藏不露的收藏大家。抗战期间，其伯父李铁夫曾任成都市市长，李其津从小跟随伯父生活，耳濡目染了齐白石、张大千、徐悲鸿、于右任等来蓉文化艺术界大家的风采，看他们吟诗作画，听他们唱和应答。因有伯父的渊源，藏有大量名家书画作品，陈仕彬可能是学生中为数不多经常受邀请，到家里欣赏这些珍贵藏品的。不但欣赏，李老师还一幅幅给他讲解，讲作品蕴含的美学意象、承载的学术思想，使他对书法美术的认识有了巨大的飞越。同时，李老师还将自己珍藏多年的明代《石门颂》拓本借他临摹，一临就是四年。

李老师及诸多名师三年的谆谆教诲，犹如空谷余音，至今还在陈仕彬耳畔回旋。悟性极强的他，常把这三年近乎苛刻的训练比着喝奶，让他获取了充足的营养，给他提供和拓展了艺术的新视野。

以画老虎著称的国画老师彭正明，则从介子园画传取“梅兰竹菊”开始训练，使他一开始便对中国传统画有了深刻的认识，并打下了良好的基础。当他以优异的成绩毕业时，对美术书法的热情，已经远远超越了希望继承父母衣钵，做一名教师的初心。

之后，陈仕彬经人介绍认识了已年届八旬的国画家牟于天。牟先生是当年曾与徐悲鸿、张大千等一起活跃在成都的丹青高手，在川内声望极高。后因多种原因，下放叙永，从此吟诗作赋，泼墨写意，对酒当歌。牟先生识才惜才，见了陈仕彬的习作，眼前不觉一亮，心里暗自高兴，当即答应收他为徒。

或许是牟先生感觉去日不多，急于要把一生的感悟传递给他，每次见面，一番品茶论道之后，都要一边给陈仕彬讲解，一边铺纸示范。水墨关情，讲完画完，墨干水净，满纸烟云，酣畅淋漓，让陈仕彬感觉浑身热气奔腾，豁然开朗，弥漫在眼前的雾瘴渐次散去。

在跟牟先生学习交往期间，陈仕彬还先后拜了川内水彩名家殷弗康先生和广东书协主席王楚材先生为师，虚心求教。

20岁的年纪，很多人还在懵懂之时，陈仕彬却已明白了一个道理：要成大器，必须转益多师，遍访名家，或登门请教，或书信往来，采撷众家之长。这期间陈仕彬不单技法技艺大进，而且对传统书画的理解认识又有了一次重大突破，及至形成了后来个人美术馆“大道堂”名称的雏形。

经过多年的内修外炼，1986年，陈仕彬与当时活跃在叙永的另外四位青年书画家一道，在原西南联大叙永分校的春秋祠举办了“五青年画展”。都是二十出头的年轻人，激情饱满，思想前卫，敢于创造，虽然笔力稍显稚嫩，但仍不失一股久旱的清流，一股炎夏的凉风，在川南卷起了阵阵涟漪。

初尝成功滋味的陈仕彬，不甘心把自己禁锢在狭窄的县城，开始把目光投向川南以外更广阔的天空。

第一站，重庆，原西南师范大学美术系，他要继续锻造。

“PHE”及其他

1997年3月，陈仕彬接到教育部艺教委的借调函。

这颗从川南密林深处冉冉升起的艺术之星，带着大山的厚重和森林的清爽，走进了城市的视野，走进了深藏在高楼大厦间的美术馆，别具一格的书画风格，让许多被扑朔迷离分裂得支离破碎的目光陡然为之一亮。几番博弈沉浮之后，城市接纳了他。

年底，他参与组织策划的“全国优秀艺术教师表彰活动”在人民大会堂隆重举行。这是中华人民共和国成立以来，首次以国家的名义表彰长期耕耘在基层的艺术教师，是他们将艺术的火种点燃，照亮和温暖着一棵棵干涸的幼苗。500多名来自全国各地的艺术教师受到表彰。当他们激动地从时任中共中央政治局常委李岚清、全国人大常委会副委员长王光英等领导手中接过证书时，纷纷流下了滚烫的泪水。

由于参与组织这次活动，陈仕彬深深感到了基层艺术教育的缺失和任重道远，一颗推进美育教育的种子在他心里悄悄种下，挥之不去。

然而，接踵而至的国家机构改革让陈仕彬猝不及防：不要说调入教育部，部里本身还要缩编减员。那段时间，是他人生最难熬的一个时期。是为了实现梦想去做一个追梦人，还是保持公职过一种安稳的生活？陈仕彬心里有两个声音在喊叫撕扯，有两种力量在博弈较量。

最终，他带着简单的行囊，走进了成立才两年的中国艺术教育促进会，开始了自己的“打工”生涯。

1998 年，由陈仕彬独立策划执行的“泸州老窖国宝杯”画展在国家画院美术馆举行。接下来的 1999 年、2000 年，他又分别策划组织了两次规模宏大的活动。在经过三年的实践和反复调研论证基础上，2001 年，陈仕彬终于向促进会端出了一份大餐：PHE 国际青少年书画大会。主题：和平、健康、环保，简称“PHE”。从期待、祝福，到愿景，为全世界青少年成长勾画了一幅共同的理想蓝图。和平，是指国家与国家间的关系；健康，是指个人身体与心灵的关系；环保，是指人与自然的关系。

活动一经推出，立即在国际国内引起强烈反响，联合国原秘书长加利、安南，联合国教科文组织、儿童基金会、粮食计划署、欧盟，以及 168 个国家驻华大使纷纷以致辞或签名的方式表示祝贺。这次活动被誉为“导向正确、运作规范、规模宏大、意义深远”的大型国际艺术教育活动。

正当活动如火如荼开展的时候，因为经费和政策原因，“PHE”面临关门歇业。从最初的酝酿到如今风生水起，一幕幕往事在陈仕彬脑海里依次回放：全国已有几百万孩子参与其中，海外也有近十万儿童参与。曾经，发往全国各地的信函一次就达三十多万封，邮政车装了满满两大车！每年暑假，当孩子们在家长的陪护下，齐聚相同的地方，接受国内顶级艺术家个性化点评辅导的时候，那些点亮心灵的艺术光芒，让怀揣艺术梦想的孩子们如遇春风甘露。曾经，他把数十个国家和地区优秀儿童美术作品带到美丽的海滨山东蓬莱，举办了万人万米儿童美术展，创下了美术展览的吉尼斯世界纪录。曾经，他为每一位参与活动的孩子制作了一本封面为自己作品的画册，践行着他“关怀到每一个人，滋润到每一颗心”的美育理念……

不能让这样的活动半途而废。

他四处奔波，寻求那些志同道合、一样有美育情怀、一样有文化使命、一样有社会担当的组织和企业支持，组建了一个 20 人的工作团队，开启了

“PHE”新的起航。

2015年夏天，跟往常一样，一年一度的PHE国际青少年儿童美育盛典在全国政协礼堂如期举行。不同的是，这次盛典多了一项内容——由陈仕彬及其团队倡导的“全民美育振兴计划”也同时启动。十项具体内容和指标，将由他领导的团队逐一实施。

2017年8月17日，经过四年的筹备、设计和建设，由陈仕彬奔走倡导的世界首座国际青少年儿童美术博览馆在甘肃白银市开馆。一个肩负着亿万青少年儿童的大美梦想终于变成现实。开馆当天，举办了首届“青少年儿童美育高峰论坛”。当论坛开幕的彩带迎风飘起，五色的气球缓缓升向天空时，陈仕彬悄悄走出会场，找了个僻静的地方，痛痛快快地流了一回眼泪：幸福、心酸、委屈、艰涩……一齐奔涌。

17年倏忽而过，一年一届的“PHE”大会不但从未间断，而且越办越红火，影响力越来越大，受益的孩子越来越多。“PHE”大会成为世界青少年以文化艺术为纽带，相互学习交流、关注现实、共建信任、思考未来的重要平台，成为推动和普及美育教育的重要形式。

一个人的奥运

跟所有人一样，陈仕彬对第二十九届奥运会在北京举办充满热情和期待。作为艺术家，他一直在琢磨用怎样的方式表达传递这种情感。

从2007年起，他陆续撰写了《劲笔壮声威》《大美颂》《人文奥运颂》《奥林匹克宣言颂》等赋文，对奥林匹克运动历史、奥运精神、中国人民赋予奥运会的新思想新理念新期盼，进行了文化和哲学意义上的诠释，并用书法的形式呈现出来。

2008年8月，当中国人民以一场“无与伦比”的奥运盛会感动着全世界的时候，同样也感动着达马侯爵。这位奥运会创始人顾拜旦的后裔当即宣布，将1892年顾拜旦先生发表的《奥林匹克宣言》手稿传播权授予中国！

带着一百多年的尘埃，带着一百多年的悲欢，跨越两个文明的距离，古老的中华向来自古希腊的体育精神张开了厚实而温暖的双臂。国家奥组委、中央宣传部、中央统战部、外交部等11个部委和人民团体，成立了《奥林匹克宣言》传播委员会，让这份镌刻着人类文明和进步标志的手稿，融入中国元素，走向世界。

承担出版任务的是人民出版社。

就在社长黄书元为寻找一个中国方案传播《奥林匹克宣言》思索时，无意中从《美术报》上读到了陈仕彬的《人文奥运颂》。他眼前一亮，真是踏破铁鞋无觅处，得来全不费工夫啊：飞扬的文采，饱满的激情，深厚的文化底蕴，特立独行的书法风格……他当即派人联系陈仕彬。

一个月后，一篇800余字，含英咀华、飘逸隽秀、激情洋溢的赋文诞生了："悠悠万世，日月递炤，人间正道，沧桑所躔……竞而不争，和而不同，世界和谐，天下归心。"这既是中华古代哲学思想的现代表达，又是作者磅礴情绪的自然喷发。

作品呈到奥林匹克传播委员会，各位委员给予了充分肯定和高度赞赏，黄书元社长等传播委员会的领导专程来到陈仕彬工作室商议出版传播事宜，计划创作成29米书法长卷进行展览传播。

2009年5月，人民出版社所属东方出版社决定，以原作出版的形式限量29卷出版陈仕彬《〈奥林匹克宣言〉赋》手书长卷，为中国书法原作出版开了先河。

同年6月，编号为9号的《〈奥林匹克宣言〉赋》，由两岸中国画名家采风团团长刘大为带往台湾，赠送给马英九先生。之后，长卷先后在北京、澳门等地展出，产生了热烈反响。北京大学书法研究所所长、博士生导师王岳川先生用"缀翰成诵，熠耀焜煌"来评价《〈奥林匹克宣言〉赋》之文化境界。著名文艺理论家严昭柱先生则用"激越豪迈，时代颂歌"来评价长卷的艺术精神。

回望那段艰苦的创作历程，陈仕彬仍然沉浸在兴奋之中。用一句流行话说就是"痛并快乐着"。三个多月时间，他推掉一切社会活动，闭门谢客，足不出户，一气呵成。

大道无门也无相

2006年的一天，陈仕彬接到一个陌生电话，电话那端问他是否曾经送过冰心老人一幅画作。突如其来的询问让他有点懵。对方解释说，他们在整理出版《现代文学馆馆藏书画名家作品集》时，发现了一幅由冰心老人捐献的六尺梅花中堂，署名陈仕彬，不知此陈仕彬是否彼陈仕彬？

作画的陈仕彬就一个。

那是1988年，一位在冰心文学奖做评委的朋友找到他，说冰心奶奶非常关心年青一代的成长，希望他能代表青年，为她作一幅画。陈仕彬爽快答应了。经过几天思考后，一幅蕴含着他对老人无限敬仰的《梅花傲霜》图一挥而就。

在得到确认后，负责这项工作的中国文联领导召见了他，对他能在23岁的年纪创作出如此清新脱俗的作品大加赞赏。

之后的所有年份，尽管陈仕彬需要为自己、为团队的生存发展打拼，但对艺术的追求和虔诚却不敢有丝毫懈怠。他苦修画理，广泛阅读古今文论诗词骈赋，潜心研习国学精髓，在强化传统文化、传统精神、传统品质、传统操守的同时，不断求新求变，把水墨语言对思想、意象、文化的表现力发挥到极致。

2008年5月12日下午2时许，陈仕彬为呕心沥血两月有余、以九寨沟海螺沟大山巨川为题材创作的、尺寸为620 cm×260 cm的山水巨作画完了最后一笔。正当他准备题款时，传来了汶川地震的噩耗。

是偶然还是神遇？天崩地裂的凄惨画面让陈仕彬顿时陷入巨大的悲痛，翻滚的泪水随即模糊了双眼。那是他多次踏足采风写生的土地，秀美的山川、大自然的鬼斧神工、淳朴的乡情令他流连忘返。

来不及擦拭眼泪，他重新提笔，奋笔疾书，为新作题名“众山皆响”，并一路狂奔，写下了长长的题跋：“吾正挥毫画至尾声，惊闻家乡发生强烈地震，且震中正好在此图所绘之地，万分震惊。‘心中激荡千愁涌，笔底苍茫派九生’。痛感生命的渺小，自然界的神圣与威仪。遂以六朝画家宗炳‘众山皆响’为题谨记此事，并祈天下太平！山川安宁！人民吉祥！”三个感叹号，足见陈仕彬心之痛、情之切！

5 月 25 日，“大道无门——陈仕彬书画展”在国家画院美术馆隆重开幕，集中展出了陈仕彬先生 16～42 岁的一百五十余件作品，在美术界引起极大轰动。当天的研讨会上，著名画家马振声、朱理存等先后发言，称汶川发生了大地震，这个展览是“画坛小地震”。龙瑞先生还专门撰文赞誉“为画坛吹进了一股清新的春风”。《人民日报》《美术报》等数十家媒体竞相报道。

2013 年 10 月 30 日，由法国国家美协、法中文化交流中心等单位主办的“大道无门·陈仕彬书画世界巡展”在法国卢浮宫成功举办。法国中国画研究会会长、著名旅法画家、评论家吕高专门撰文《卢浮宫里的惊喜》，盛赞陈仕彬的艺术造诣。

2015 年，陈仕彬再次惊艳亮相，以长 12 米、高 0.8 米的山水长卷《驼峰航线》吸引了世人的目光。5 月，应联合国教科文组织邀请，前往纽约联合国总部展出，成为联合国纪念世界反法西斯战争胜利 70 周年活动的重要组成部分。作品以抒情流畅的写意手法，再现了 70 年前那条波澜壮阔、悲壮惨烈的生命通道，以艺术家特有的方式，向那些为捍卫人类正义和平牺牲的英雄致敬。有西方媒体评论“作品在联合国的成功展出，成为中美文化交流中的一个美妙乐章，具有重要的文化外交意义”。

2013 年，陈仕彬为自己的个人美术馆取名“大道堂”：“大道无门，千差有路；透得此关，乾坤独步”——以此告诫和激励自己，艺术，永远在路上。

大道无门，修无止境。

春 之 先

卫汉青

一

1978年的早春3月，正是万物复苏的时节，全国科学大会在北京隆重召开，标志着科学春天的到来。

中关村的先行者陈春先

在此之前，1978年1月《人民文学》发表了轰动全国的《哥德巴赫猜想》报告文学。著名作家徐迟生动地描绘了中国科学院一位"臭老九"、数学家陈景润的传奇经历，展现了"文化大革命"给知识分子带来的心灵创伤，呼唤对科学和科学家的尊重。2月17日《人民日报》加以转载，迅速在科学界和广大读者中引起强烈反响。

于是，在选拔对科学有突出贡献的人出席这次科学大会时，中国科学院推荐了10人，年仅44岁的陈景润在万众瞩目中走进了人民大会堂。坐在陈景润身边的，是一位比他还要年轻几个月、来自中科院物理所的研究员陈春先。

陈春先何许人也？他1934年生于四川成都，1952年在四川大学加入中国共产党，同年被选派赴苏联留学，开始在乌拉尔矿业学院学地质，后因国家需要培养研制原子弹的人才，转到了莫斯科大学物理系专攻核物理。学成归国后被分配到国防科委搞原子弹试验。后来科学院领导通过多番交涉，把他挖过来到中科院物理所搞核聚变研究。

1971 年年底，陈春先结束三年干校“改造”返回中国科学院。从一个国外资料中，他了解到苏联核聚变研究取得重大突破——苏联原子能研究所搞成功了一种超高温核试验装置，叫“托卡马克”，其试验已达到几千万度的高温。开始英国人和美国人不信，陆续来到苏联试验，这才心服口服。

这是一项很了不起的高端技术科研成果，在国际上引起了很大轰动。

利用核能源有两种方法，一种是搞核裂变。我们现在办的核电站就是核裂变，裂变和聚变的能量都是一样的，都是和平利用原子能，但裂变所产生的核废料比较难处理。核聚变就没有这个问题，它是在超高温条件下，使氢元素聚合起来慢慢燃烧，使核能缓慢地释放，没有什么废料，所以它是一种含有巨大能量而又最清洁最安全的能源。但问题是，全世界还没有理想的办法达到近亿度的超高温。显然，“托卡马克”的问世和升级，将会为核聚变铺平道路。

陈春先主动请缨领衔“托卡马克”项目。

当时中国还处于“文化大革命”混乱中，有关部门对立项迟迟不给答复。陈春先性格执着，认定的事必须干到底。在有关负责人家中游说立项时，他情绪失控地说：“苏联都做出不同型号的“托卡马克”，中国什么都没有，你为什么不着急？”

1974 年，陈春先带领课题组研制出我国首台“托卡马克 6 号”，打破了西方发达国家对核聚变的垄断。

1978 年全国科学大会前夕，陈春先和陈景润被中国科学院破格提拔为正研究员。他们也是中国最年轻的正研究员。

坐在庄严的人民大会堂，陈春先心潮翻滚，激情难抑。1977 年 8 月 6 日科学座谈会上，他已经听到邓小平同志温暖人心的“我愿意给你们当总后勤部长”。这次，面对全国科学大会 6 000 位听众，邓小平同志又用陈春先熟悉的乡音宣布“知识分子是工人阶级的一部分”，“科学技术是第一生产力”，一举打开了长期禁锢知识分子的桎梏。陈春先默默下定决心，一定要为中国的科技发展做出卓越贡献。

在这次科学大会上，陈春先主导的北京“托卡马克 6 号”被评为全国科技一等奖。

二

“竹外桃花三两枝，春江水暖鸭先知。”这是宋代苏轼脍炙人口的著名诗句。“春先”的名字，大概就是从此而来的吧？它很符合陈春先一生追求新生事物的性格。

1978 年 12 月底，中国共产党十一届三中全会在北京召开，会议提出今后中国将实行“改革开放”，由“以阶级斗争为中心”转移到“以经济建设为中心”，从而拉开了一个注定进入世界历史的新时代序幕。

会议结束几天后的 1979 年初春，中国改革开放的总设计师邓小平打开封闭几十年的国门，大步来到大洋彼岸的美国，签订了多项经济、科技、教育、文化合作协议。其中，有一项是加强中美科学家的互访交流。

于是，陈春先得以跟着他那位四川老乡——小个子巨人的脚步，先后 3 次到美国访问。

美国旧金山的硅谷和波士顿的 128 号公路区，坐落着斯坦福、哈佛、麻省理工等多所著名学府。在这些学府周边，诞生云集了谷歌、苹果、英特尔等上千家高新技术企业，科技成果被迅速转化为产品，每天都在创造着巨大的财富。走在这片高科技产业的圣地，陈春先思绪无法平静：“我们已经落后了一个时代!”

3 次访问之后，美国硅谷、128 号公路技术扩散区许多产学研结合创造科技奇迹的生动例证，给他留下了深刻印象，“技术扩散”的思路逐渐在陈春先的头脑中形成。中关村聚集了中国科学院几十个研究所和北京大学、清华大学等几十所著名学府，为什么不能像美国硅谷和波士顿 128 号公路区一样，成为中国的一个高科技扩散的辐射源呢?

翌年，在中国科学院的座谈会上，这位 46 岁的中国科学院物理所一室主任、核聚变等离子研究所副所长、中国最年轻的博士生导师大声疾呼：“经济要发展，就要搞技术扩散。应该把科学技术和人才从高密度区域向低密度区域扩散，像把墨水滴入水杯一样，扩散开，把水染蓝！”“要把中关村建成‘中国硅谷’！”

陈春先的呼声，犹如一声春雷，在中国科学院激起了层层波澜。

陈春先在大小场合算起了账：“60年代初，我国第一台激光器研制成功，与美国仅相差半年，20年过去了，美国已经形成了强大的激光工业，而我们呢？科研成果还只是停留在纸上、实验室里，被禁锢在科研单位的深墙大院里，远离生产实践。一年三百六十五天，每天物理所的大门一开，国家就要投入三万元，可是却没有人计算一下，物理所每天的产出是多少！”

恰好陈春先最后一次访美回来，突然得知国家由于经济困难，将合肥核聚变项目“托卡马克8号”取消了。这更坚定了他移植硅谷经验、搞技术扩散的想法。

春雷之后就是播种。

1980年10月23日，陈春先带着纪世瀛、崔文栋、曹永仙、吴德顺、刘春城、罗承沐、潘英等7位同仁，来到中国科学院物理所一间十几平方米、俗称“鸡窝”的后平房仓库。打开门一看，里面结满了蜘蛛网，尘土有几公分厚。他们打扫了半天卫生，把杂物堆到里边，拉上一道塑料布隔开，占用了大约5平方米，小半间房子。然后摆上一张抽屉桌子，找来四把破椅子，没有放一粒鞭炮，更没有剪彩，悄无声响地成立了“北京等离子体学会先进技术发展服务部”。市科协咨询部部长赵绮秋还代表田夫书记前来讲话，表示充分支持，并借给200元启动费。经过大家热烈讨论，决定今后服务部经营项目包括搞技术咨询、办技术培训、为企业与科研机构牵线搭桥。

一些具有历史意义的事件，往往是在不经意间诞生的。我们无法揣测当时陈春先是否意识到，他带头创办的这个民办科技开发机构，是北京甚至全国第一个民营科技公司的雏形，更是日后引领中国、影响世界的中关村的第一粒种子！

三

第一个吃螃蟹的人是有风险的。陈春先此后的创业道路充满了坎坷：议论、责难、诽谤、告状、查账、亏损、立案、被拘、绑架、破产，一个个接踵而至。

几个月来，服务部的活动非常活跃。原来科学城一到晚上下班，大家都窝在家里不出门。如今吃饭后人来人往，上百人开展各种科技活动，穿梭于物理所、电子所、力学所、清华大学、北京大学，其中不乏一些知名教授。

这种“反常”现象引起了一些人的注意和议论。

有人把状告到物理所管惟炎所长，管惟炎一拍桌子：“简直无法无天，占用仓库也不向领导汇报，这样下去会把科学秩序搞乱了！”

从此以后，服务部的窝也没了。只能到处打游击，项目在哪里开发，就在哪里办公，有时拿到陈春先的办公室，有时到纪世瀛的设计室，有时上曹永仙的试验室，除了财务上的保险柜放在刘春城的屋子里，其余都是流动的，有人把服务部叫作“科技游击队”。

一年多以后，服务部不但没有被摧垮，反而一天天壮大，服务项目越来越多，找上门来的企业和老百姓络绎不绝。

陈春先想，业务发展很快，没个固定办公地方不合适。他找到潘英问：“我们挣了多少钱？可以盖几间木板房吗？”

潘英满口答应说：“搞几间简易木板房没问题，我们自己搭建。”

没几天，服务部在实验大楼后的一块空地上搭建了几间木板房，其中两间作为待业青年的技术培训教室，其余供办公和接待顾客洽谈项目用。服务部总算有了自己的办公场地了！

木板房建好后，陈春先又找到潘英问：“大家现在不分昼夜地拼命干，眼睛都熬红了，能不能给大家发点补贴？”

“发点补贴钱还是有的，问题是多少。另外没发钱有人还造谣议论我们，如果再发补贴，说怪话的就更多了。”

“大家这样辛苦，发点补贴钱也是正常的，我们就是要打破大锅饭，这样也符合中央政策。”

“从目前情况看，每月发七八元不成问题，业务量大时可以发 15 元。”

“好，我和几个副主任开个会就执行。”

到 1982 年上半年，服务部共承担了 27 个开发、咨询、研制项目。其中有几十万元的高压长脉冲电源的研制、有高速数据采集器的研制、有等离子冶金项目的研制、有高压大电流火花间隙开关的研制、有锅炉检测的改造等，收入已达两万多元。

看着服务部越来越红火，又听说发津贴，有人打小报告四处散布说："陈春先办服务部就是为了捞钱，不贪污才怪呢！"

物理所政工组"积极分子"到处调查陈春先的活动，关照门卫注意老陈、老纪、老崔等几个人出门带了什么东西，叮嘱财务特别注意陈春先的报销单据。

一时间阴风四起，到处流传着"陈春先带头破坏中科院的科研秩序"，"陈春先是中关村的科技二道贩子"。

陈春先的妻子毕蔚萱流着眼泪说："老陈，咱别搞这服务部算了，还是踏踏实实地搞科研吧！"老毕是中国科技大学毕业的，在中科院计算机所工作，也加入了服务部的活动。

陈春先说："那怎么行！现在是三中全会以后，不是'四人帮'时代了，我们就是要坚持真理，打破旧的科技体制！"

更大的风暴终于来了。

物理所的例会上，管惟炎所长一脸严肃，公开点名批评了陈春先。他说："陈春先办服务部说什么移植硅谷经验，扩散新技术，实际上跟卖菜、卖肉的'二道贩子'差不多，是不务正业，歪门邪道，腐蚀干部。希望这些人悬崖勒马，把问题交代清楚。"

"文化大革命"刚结束，阶级斗争的凛冽寒气人们记忆犹新。物理所的气氛骤然紧张起来。

有些原来参加服务部活动的人，一看形势不妙，反悔到服务部干活，今后涨工资、评职称、分房子等着领导穿小鞋吧！当天晚上就有人到陈春先家，放下从服务部拿到的几十元上百元津贴不说话就走了。有的人退还津贴后，还忐忑不安地问："这种非法所得，算不算贪污？会不会治罪？"

过几天，管惟炎又找陈春先谈话。他说："老陈，你是所里的业务骨干，服务部的事写个检查，以后别干就算了，特别想干就离开物理所做买卖怎么样？"

陈春先生气地说："物理所过去以服务部队科研为主，只花钱没收入是没有办法的事。改革开放的今天不同了，要认真想想国家的难处，怎样为国分忧为四化做贡献，不能当一天和尚敲一天钟。我刚刚办起服务部为改革开放添砖加瓦，所里不支持也罢，还逼我离开物理所，这是要彻底弄垮服务部，这办不到！"

管惟炎大怒，告诉陈春先要查服务部的账，服务部不让查也要查。

管惟炎强硬地坚持己见，并上报中科院，要求立案查清陈春先服务部的全部经济问题。

1982年5月，物理所一位副所长带队进驻服务部，一笔笔审查和复印所有账目。

管惟炎利用账目记载的情况，派人到北京和外地与服务部有合作关系的单位进行调查，理由是追查陈春先的经济问题，凡是物理所在服务部拿津贴的人，他个个面谈。

管惟炎在物理所开会，他说："今年国家开展的重要活动是打击经济领域严重犯罪活动。物理所已经把陈春先列为审查对象，谁在服务部工作过，要主动向组织讲清楚。"

陈春先的儿子陈新宇清楚地记得，父亲经常夜里与一位"所长叔叔"在电话里争吵，有时吵得很凶，哽咽着说不成话。

花开花落。从五月一直到年底，查账一直查了半年多，服务部的财务并没有什么大的问题，就连两年来的每月15元津贴，陈春先都分文未取。

这期间还发生了一件事，一位美籍华人物理学家孙良方来京，陈春先让其在家中住了几天，按照有关规定违反了外事纪律。管惟炎两事并举，要求中科院有关部门立案审查陈春先。

服务部的工作近乎停滞。陈春先为宣泄心中的苦闷，经常晚上到服务部的办公室独自坐到深夜。一天晚上，他又来到服务部时，皎洁的月光下，突然看到市科协咨询部部长赵绮秋女士在门前来回踱步。两人手紧紧握在一起，老陈的眼睛湿润了。

赵绮秋安慰老陈要挺住。陈春先说："我们搞科研的人都有执着精神，不怕失败和冷落。再说，现在已经是改革开放后了，不是当年"文化大革命"

时代了！”

赵绮秋说：“搞改革开放是党中央的号召，服务部没有错。我不仅要支持到底，还要到中科院纪委反映情况。”

第二天早晨，赵绮秋来到中科院纪委，详细介绍了服务部。她说：“市科协对服务部账目进行审查，没有什么问题。服务部白条多，用物理所的工具，陈春先违反外事纪律在家接待外宾等问题，我认为要从改革开放探索的角度看，不能像过去一样乱扣帽子。”

她说：“陈春先是搞基础研究的高级知识分子，利用业余时间搞技术咨询，移植美国硅谷经验，扩散新技术为国民经济为四化服务，是利国利民的好事，我们应该放弃旧理念大胆支持。”

赵绮秋说到这里突然感到头昏，她撑着墙说：“对不起，我头昏要坐在沙发上休息一会儿。”说完两眼发黑晕倒在地。

赵绮秋到中科院纪委为陈春先和服务部鸣冤喊屈，状告管惟炎打击刁难改革开放新事物晕倒在地这件事，很快传遍物理所和整个科学院。

许多人曾经跃跃欲试的心头火苗，都怕随着这只出头鸟被枪打就此熄灭。

赵绮秋怎么也想不通，像陈春先这样为国家未来着想的知识分子，为什么会受到百般刁难？旧的科技壁垒怎么就这样难以突破？她向丈夫周鸿书倾诉了心中的苦恼，周鸿书听完爽朗地笑着说：“咱们把陈春先和服务部的事写篇《国内动态清样》，让中央领导看，听领导怎么说。”

赵绮秋的丈夫周鸿书，当年任新华社北京分社副社长。

1982 年年底，周鸿书跟记者潘善棠两次采访陈春先，他亲自对采访文章进行审阅修改，最后把文章题目定为“研究生陈春先搞技术扩散试验初见成效”，发往新华社《国内动态清样》。新华社《国内动态清样》也叫《内参》，写些简明快捷的稿子，专供党中央、国务院领导阅读。

这篇文章有 1 500 多字，讲述陈春先创办服务部意义和取得的成绩，还介绍了中关村地区拥有的科技成果和人才优势，指出这些科学成果大多数停留在论文、样品、展品阶段，处于“潜在财富”状态，不能迅速产生经济利益；对物理所所长管惟炎刁难打击陈春先的事，文章在结尾用 110 多字叙述，“陈春先搞科研成果、新技术试验，却受到本部门一些领导人的反对，如科学院物理所个别领导人认为，陈春先他们是搞歪门邪道，不务正业，并进行阻挠，使该所进行这项实验的人员思想负担很重，严重地影响了他们继续实验的积极性。”

陈春先对两次采访并没抱什么希望，赵绮秋和周鸿书夫妇也只是想让中央领导人知道有这件事。

1983 年 1 月 7 日，国务委员方毅，在《国内动态清样》有关陈春先报道上批示：“陈春先同志的做法是完全对头的，应予鼓励。”方毅还打电话给中科院，要求停止对陈春先的立案审查，还邀请陈春先到办公室长谈两个多小时。

1983 年 1 月 8 日，中央政治局委员胡启立，也在该报道上批示：“陈春先同志带头开创新局面，可能走出一条新路子，一方面较快地把科研成果转化为直接生产力；另一方面多了一条渠道，使科技人员为四化做贡献。一些确有贡献的科技人员可以先富起来，打破铁饭碗、大锅饭。当然，还要研究必要的管理办法及制定政策，此事可委托科协大力支持。如何定，请耀邦酌示。”

1983 年 1 月 8 日，中共中央总书记胡耀邦批示：“可请科技小组研究出方针政策来。”

1983 年 1 月 25 日早晨，陈春先像往常一样正在洗漱，突然停了下来。刚才打开的收音机里，中央人民广播电台的播音员声音高亢，《新闻和报纸摘要》节目的头条新闻就是关于潘善棠的文章和中央领导的批示。

陈春先颤抖着手拿起电话，打给纪世瀛：“老纪，你听到广播没有？中央有批示了，肯定了我们的做法。”

老纪的嗓门大得吓人：“这是真的吗？怎么事前一点不知道，赶快通知大家听广播，这真是一场及时雨呀！”

大家很快跑到服务部，相互抱在一起，泪水扑簌簌流了满脸。有的呼喊：“共产党万岁！”“服务部万岁！”

服务部沸腾了！

物理所沸腾了！

整个中科院沸腾了！

查账组赶紧收拾东西要离开木板房。临行前，他们要把复制的账目全部带走。

纪世瀛说："你们这是干什么？财务上的东西怎么可以随便往外带呢？我坚决不同意！"

"这是上面定的，我们只是奉命行事。"

"哪个上面？"

"不说你也会知道，我看带回去，对你们服务部没啥坏处，只能证明你们的清白，做了大量有益的工作，比那些光拿钱白吃饭不干活的强多了！"

陈春先和服务部的同仁会心地笑了。

1983 年 1 月 29 日，《经济日报》以"研究生陈春先扩散新技术竟遭到阻挠"为题，在一版显要位置报道了陈春先和服务部的事迹。

到 2 月 16 日，《经济日报》又连续采访发表了 5 篇系列文章，充分肯定了陈春先和服务部的探索道路。

党中央领导人对陈春先的批示和《经济日报》系列报道，在中关村各大研究所引起很大震动，科技人员争相传阅。许多人称："这些报道搅动了科学城的一潭死水。"

20 多年后，中国民营科技企业领军者、联想老总柳传志坦言，就是那时萌生了从中科院计算机所下海创业的念头。他说："憋得太久了，机会来了，特别想干事！"

四

自从中央批示传达后，到服务部来咨询、联系的络绎不绝，陈春先的家里几乎从早到晚排队来人找。陈春先想，看来必须把服务部扩大为公司，才能让新技术在更大范围里扩散。

1983 年，中关村还没有办自营公司的先例，也没有注册办这类公司的机构，当然更无处去领经营执照，陈春先只好采取"瓜李代"的办法，搞个民办研究所。

研究所和服务部一样，还是民办民营，自由组合，自主经营，自负盈亏，自担风险。

不久，北京市和海淀区政府出台了中关村办公司的政策。在这种背景下，陈春先和他的团队租下了中关村大街上的大雅餐厅，成立了技工贸三位一体的民营科技公司，“华夏新技术开发研究所”下设华夏电器公司和华夏电器厂。

随后，一大批中科院、北大、清华的知识分子纷纷“下海”创业，京海、四通、信通、科海、联想等民营科技公司雨后春笋般破土而出，陆续在北起燕园、南到白石桥这条几公里①长的大街上安营扎寨。1985年，闻名中外的“中关村电子一条街”粗具雏形。1988年，国务院在“中关村电子一条街”的基础上，建立了“北京新技术产业开发试验区”。

遗憾的是，陈春先领导的“华夏新技术开发研究所”和他1986年彻底辞职下海创办的“华夏硅谷创业集团”，并没有顺风借势，获得长足发展，仍然屡战屡败，屡败屡战，终于在1996年偃旗息鼓。

与此同时，中关村却以震惊世界的步伐前进！

2002年1月，中关村被美国《新闻周刊》评选为全球八大新兴文化圣地之一。

是年，68岁的陈春先又成立了自己的新公司“陈春先工作室”，一家服务于中关村创业者的中介机构。

2004年8月9日，陈春先在贫困中因病逝世，告别了他恋恋难舍的中关村。他还临终遗嘱，向社会贡献出自己的眼角膜。

陈春先逝世前几个月，我曾到其804楼家中拜访。这还是中科院1981年分配给他的老式居民楼房子，4间小房子，没有客厅，80多平方米。为了解决生活的困窘，租出去了一间。陈老身患糖尿病后期综合征等多种疾病，身体看上去非常虚弱。由于下海失去了科学院员工的福利待遇，他看病的医药费用都成问题。不久前，我曾经和报告文学作家王宏甲老师在海淀区政协会上起草过反映陈春先生活困境的提案。

我鼻子酸酸地说：“陈老，中关村和国家发展得这么好了，没想到您生活得这么困苦。”

---

① 1公里=1 000米。

陈春先笑着说："挺好的！挺好的！能看到中关村和国家发展到今天这样子，是我这辈子最高兴的事。"

话题一转，又神采飞扬地聊到了他的创业服务。

谈话中了解到，市、区领导知悉陈春先的生活困境后，特别解决了陈春先的医保问题。

陈春先创业以来共创办过 20 多个公司，包括最后一个工作室，804 楼的家始终是唯一注册地。他也常自嘲说："我的公司全都没做大。经历了企业家的各种磨难，但是没有聚集起财富。"

没人深入研究过陈春先这位大勇气、浓激情、高智商的创业家，何以总是做不大、做不强、做不长的深层次原因。

陈春先的创业历程中，曾经推出许多超前科技项目，有过多次做大做强的机会，都因自身、外部和其他难以道明的因素中途折戟。比如 1983 年，陈春先就做出了"华夏 IPS8888 桌面出版系统"，这个系统类似于后来走红的方正出版系统，但最后在激烈的市场角逐中败北。1984 年，还有一个涉及 300 多万元的几年商业合作，对方中途变卦。海淀区工商局、北京市中级人民法院前三次都判陈春先方胜诉，但没想到官司整整打了 6 年，最后却又不开庭莫名其妙地变成了陈春先败诉。

纪世瀛深知陈春先的创业坎坷历程。他说陈春先"老陈性子太急，又太善良。不断开发科技项目，与外地企业合作，没赚多少钱，倒惹了不少麻烦"。项目成了，陈春先只收点技术转让费。项目失败了，有的合作方说是诈骗，陈春先曾几次被拘和遭遇绑架。可能觉得陈春先太好说话，又是名人，容易榨出油来，成了"唐僧肉"。

1994 年，陈春先的公司卷入了一场联营协议的经济纠纷，被济南公安机关非法诱骗拘押，闹到了济南。经各级领导和多方营救，才无条件解除拘押。

1996 年夏天，陈春先 60 周岁生日前，又遭遇了江苏溧阳一家民营公司的经济纠纷。对方动用黑道人员，把他哄骗下楼，用拳头打晕后，塞进面包车，千里颠簸拉到了溧阳。绑架者把他铐在床上，用特大的电灯泡日夜照着。明明知道他有严重的糖尿病，却断了他的药。不给饮食，不让休息，受尽百般折磨。

经过海淀区的刑警大队和武警亲临现场解救，陈春先才脱险回京。这两次非法绑架事件，对陈春先的健康造成了很大伤害。

显然，陈春先在商战中不能算是胜利者。可是，谁能说、谁敢说陈春先不是英雄呢？他是冲破中国传统科技体制的闯将，他是中国民营科技创业的先行者，他是中国知识经济的战略家，他是中关村第一人！

王选的选择

王宏甲

远大的前程从哪里起步

北大方正的“精神领袖”王选

“我一生中第一次大的抉择，是选择专业。”王选说。

那是大学二年级下学期，要选专业了。同届有二百多名同学，都是来自全国各地的数学尖子，大家最热门的是选择纯数学。

纯数学，真的很迷人。

老师说，西方有人讲：“上帝是按照数学语言来创世的。”恩格斯则写道：“数学在一门科学中应用的程度，标志着这门科学的成熟程度。”总之，纯数学的光芒可以照耀到一切科技领域。计算数学，是一个分支学科，北大刚有这门专业，连教材都缺乏，可称冷清而荒凉。王选却选了这个“冷门”。

为什么这样选呢？

多年后，王选看到一位美国心理学家写的一个公式：

$$I+we=fully$$

眼前忽然一亮，他觉得这个美国人把我多年来抉择前程的一种方式“抽象”出来了。在这个式子里，I 代表我，we 代表我们，相加之和就等于“完整的我”。

他说他选择计算数学是看了我国 1956 年 1 月刚刚制定的十二年科学发展远景规划，看到规划中把原子能、自动控制、计算技术列为重点发展学科。周恩来总理也说，计算技术是我国迫切需要的重点科研……19 岁的抉择就这样选定，看起来没有多少他的“个人意志”，只是听从了“国家需要”。

其实，这次选择真正的收获是，知道把“我”去与时代、与国家的迫切需要相结合，这将使他在“天时”、“地利”上都得到好处。此外，还可以注意到，在社会公众的需要中，永远蕴藏着人生的大好前程。

多年后，王选还深切地体会到：“市场的需求”，以及现有技术的“不足”，都是科技创新的源泉。至于“冷清与荒凉”，那才是更容易出彩的地方，没有那么多高大建筑，阳光会更直接地照耀到你的身上。

没有什么比跨领域研究更能为前途开辟道路

就在他选择“计算数学”的第二年，苏联于 1957 年把人类第一颗人造卫星送入太空，北大校园的歌声也飞翔着自豪……然而也在这一年，王选的父亲在上海戴上了“右派”帽子。

1958 年王选大学毕业，时值我国掀起研制计算机热潮，由于计算机人才奇缺，王选当初选择的正是这个专业，学校正需要用人，这使王选未受“父亲问题”株连而被留校当助教，并成为设计硬件的主力之一。这大约是王选首次从自己的人生选择中收获到好处。

为研制中型电子计算机“红旗机”，北大成立了“红旗营”。曾担任王选计算机课的张世龙老师还不到 30 岁，已算得上是我国研制计算机的先驱之一，他被任命为红旗营营长。1959 年夏，王选刚刚完成红旗机的逻辑设计，张世龙老师却被定为“右倾分子”，下放农村。

老师要走了。老师把一只手放在他的肩上，说不出什么。王选感到一个重担已经压在肩上。这个秋天，秋风吹动未名湖畔的树叶，吹起王选的白衬衫，他比任何时候都更加感到了自己的渺小，非常渺小。

这使他拼命地想把“我”融化到“我们”中去。他似乎成功地钻进“红旗机”里去了。1961 年他作出了成年后的第二次抉择：“从硬件转向软件，但不放弃硬件，而是从事软硬件相结合的研究。”

24 岁的王选很快看到了这次抉择所带来的好处。“我已经搞了三年计算机，如果谁说我不懂计算机，我能同意吗？可是现在，我忽然发现，只有了解了软件，才真正懂得计算机。”

这其实是选择了“跨领域”研究。

广义地说，如同阴阳结合分娩出生命，没有“跨领域”就没有创新。电子计算机就是数学和电子技术相结合的产物。当二百多年的工业经济使世界朝能源危机、资源耗竭的方向发展时，20 世纪后半期一批低耗高效的高技术，都是从跨领域的研究中诞生，从而为人类的前途开辟道路。没有“跨领域”研究，王选就不会是今天的王选，所以他把这次抉择看作：“这是我一生中最重要的抉择。”

他还说自己当时有种“茅塞顿开”之感，这时他还作出了人生中的第三次重要选择：每天半小时收听英国 BBC 广播的英语。王选上大学时学的是俄语，现在隐约感到，计算机是在美国最先问世的，自己搞的这项研究恐怕还是要从美国学东西，因此有必要学英语。

这是王选如饥似渴、如琢如磨地吸收新知和深入研究的时期，人生处在这样的时刻，就是将要萌生发明创造的前夜了，没想到就在这年夏天，连续的劳累把他击倒。

虽为“右派”子弟，为了证明自己爱祖国爱人民，他算得上把青春和生命都投入了“红旗机”的研究，不管身体有怎样的不舒服，他都挺着、熬着，没想到生命比想象的脆弱……他的病经辗转首都几家医院久治不愈，生命一天天微弱，他不断地想起母亲……1962 年王选才 25 岁，6 月，同事和朋友把他从医院护送上列车。列车长鸣着把王选带走了，不少人感到好像经历了一场诀别。

在生命最微弱的日子里

母亲在上海站见到儿子，泪水掉下来。

但母亲马上说：“没事，会好的！”

母亲姓周名邈清，生于1901年。外祖父曾留学日本，归国后在晚清的学堂里教过化学。外祖父在清政府尚存时就为她取的“邈清”这名，似乎真赋予她某种东西，母亲一生都坚强而凛然。现在母亲开始竭尽全力拯救儿子。

王选在上海治疗，仍然未见寸功。

母亲从未失去半寸信心。

母亲从小没有裹脚，62岁的母亲脚步匆匆，出门请医、寻药，回来煎药，一碗碗送到儿子唇边……王选躺在床上，体验着母亲夏去秋来的努力，感到生命力在很深很深的地方被一丝一毫地召唤回来。每个人都有母亲，世上还有什么比母亲更无私更让人感动的呢！在母亲的身上，实际上还有留洋归来的外祖父的理想，白发皤然的母亲，把顽强、坚韧不拔的毅力和爱，一点一点地喂给儿子……在王选生命最微弱的日子里，母亲不啻是他真正的保护神，这样的哺育，是会造就出伟大的生命的！

隆冬过后是春天，王选的生命出现转机，他可以下床走动了。在母亲身边十个月，王选犹如再次体验了诞生。

未名湖畔的绿树，现在又生机盎然地回到记忆，生命如同一只重新长出羽毛的鸟，渴望飞翔……一个念头冒出来：他想搞一个计算机高级语言编辑系统。这是一个近乎妄想的念头。可供研究的资料在国内少得有如晨星。纵然想飞，一只病中的孤雁……可思议吗？但是，这是坚定地朝他选定的“跨领域研究”挺进！

他开始四处托人收集资料。有人理解他这个近乎“飞天”之想吗？一天，有人给他带来了一本《ALGOL60修改报告》。王选翻进去，“像看天书”，但是，他已经知道，这是当时极其珍贵、极其难得的国外计算机高级语言。

“谁托你带来的？”

“陈堃銶老师。”

陈堃銶是北大计算数学专业的青年女教师。王选不是一只孤雁。此后几年，他就在上海家中，以惊人的毅力、卓越的总体设计，与北大许卓群、陈堃銶、朱万森等人一起向这个难题进军。

1965 年夏，母亲为王选整理行装的情景，让我再一次想起保尔·柯察金要归队时母亲为他整理行装那一幕……孩子长大，一个个都飞走了，只有负伤或生病时才会回到母亲身边，刚好点儿，又要走了……“妈妈，学校把我们搞的‘系统’列入了北大的科研计划，我该回校了。”

65 岁的母亲再一次把他送上火车，母亲怎么也不会想到，儿子这一去，还将经历另一次劫难……

王选回来了。就像一尾鱼回到大海，有了更多同仁的合作和帮助，这个项目终于开花结果，为我国推广计算机高级语言做出了宝贵的贡献。这一贡献被载入了中国电子计算机发展史。

知识像理想的那样增长，前途像抉择的那样光明，突然，一夜之间……王选看到自己的名字被涂写到墙上，踩到地下。他不是因言获罪，是因“听”获罪。他曾每天收听英国 BBC 的英语广播。他的罪名是“收听敌台”，他在下乡劳动的途中病倒，1961 年的病症全部卷土重来。

北大变得令他不认识了。再回上海养病？上海的家被抄了，父亲又多了一顶“反革命”帽子，他甚至不敢把自己旧病复发的消息告诉母亲……而且，列车上，连行李架上下都挤满了大串联的红卫兵，他的病躯哪里经得起折腾？

回家的路断了。

他搬到京郊十三陵分校。这儿根本没有医疗条件，失去医疗，王选就如同被抛到岸上的一尾鱼。病情日趋恶化……此时，北大还会来看他的人只有陈堃銶。

“王选，你不能在这里等死。”陈堃銶说。

王选不知道有什么办法。

陈堃銶说：“回北京，我照顾你。”

王选想了想说，说：“不行。”

陈堃銶说：“我和你结婚，谁还能说什么！”

阳光洒落肩头，有一支歌向前途轻轻飞去

“文化大革命”10年，是王选在病中顽强地活下来的10年。

1975年，他38岁了，仍病休在家。人生还能做些什么？就在这年，他作出了一生中第四次重要抉择。

中国是印刷术的故乡。印刷，在我国出现的时间比西方许多人以为的都要早。印章，在春秋战国已广泛使用。秦始皇焚书388年后，东汉灵帝于175年下令把儒家经典刻在46块石碑上，供世代抄录，后人为了免除抄写的辛劳和错漏，就发明了从碑石上拓字的办法。这拓字与盖印相结合，便诞生出雕版印刷术。世界上现存最早的印刷品是868年我国印刷的《金刚经》。毕昇约在11世纪40年代发明了活字印刷术，第一代产品是用细胶泥刻烧成的泥字，后人又搞了木字、铜字、铅字，活字印刷已有近千年的历史。

如今，随着电子计算机和光学技术的发展，西方结束了活字印刷术，采用了“照排技术”。当代印刷技术发生的革命性变化，将比过去一千年里产生过的作用更加显著，我国仍停留在铅印阶段，怎能跟上世界步伐？

1974年8月，经周恩来总理批准，我国开始了一项“748工程”科研。王选听到这个消息已是1975年，他最感兴趣的“汉字精密照排”，国内已经有5家在研制。王选正病休在家，能做什么？

他动员起自己还很虚弱的身体，日复一日地挤公共汽车去中国科技情报所查阅外文杂志。从北大到地处和平街的情报所车费3角，少坐一站可节省5分，王选总是选择少坐一站。病休，连续10年只拿每月40多元的劳保工资。现在的奔波不是组织派的，是他“自选”的，没有任何经费……此时，王选生活贫困已经到了节省5分就非常有意义的地步。

但是，没有关系。

1975年的春天在首都街头的树枝上发芽，王选在和平西街下了车。阳光洒落肩头，你可听见，有一支歌正穿过街市，向前途轻轻飞去……走到情报所，王选就该使劲喘气了，但资料上的海外消息，像氧气那样可供他呼吸……“我常常发现，我是那些杂志的第一个借阅者。”

他看到，世界上第一台照排机是“手动式”的，1946 年在美国问世。50 年代，美国发展了“光学机械式”二代机。1965 年德国推出“阴极射线管”三代机。1975 年英国正在研制的“激光照排”四代机即将问世。

再看我国，正在研制照排系统的 5 家，分别选择了二代机和三代机。“我怎么选择?”王选选择了越过二代机和三代机，直接研制西方还没有产品的第四代激光照排系统。

他的选择似有凌云气概。

可是，这有可能做成吗?

多年后，王选得知这样一个故事：钱学森回国时，苏联和美国的洲际导弹都还没有过关，钱学森建议，我国应该先搞导弹，“搞导弹容易，搞飞机难”，因为飞机上天要保证安全，材料的难题非常尖锐，中国的基础工业不过关，我们需要一个很长的周期来解决；而搞导弹，材料上是一次性的损耗。国外感到搞导弹最难的是制导技术。“制导”主要靠计算通过“电子”来实现，在钱学森看来，这些从大脑里产生的计算办法，中国人有办法……结果证明钱学森是对的。王选听这故事，立刻领会其中奥妙，因为当年自己选择“激光精密照排”，也是基于相似的原因。

由于我国基础工业落后，搞二代机，将有一系列的精密机械动作严重限制我们。三代机的模拟存储方式也很难过关。西方搞照排，英文只有 26 个字母，汉字多达数万个，常用字也有三千个，汉字字形存储量就是一个尖锐问题。如果不另选道路，即使搞出二代机、三代机也是落后的。

新的道路在哪儿?

王选，其实是以别无选择的方式向自己的大脑要出路。

难，非常难。如果走四代机激光照排的道路，“汉字存储问题”将更尖锐，因为三代机的阴极射线管可以瞬间改变光点直径和焦距，激光却不能。如果把印刷所需的汉字全部变成能适应激光照排的点阵信息，则需要几百亿字节的存储量，简直不可想象……怎么办?

能不能直接搞四代机，不是你气魄大就能实现的，有一系列的数学问题需要解决，需要通过计算来求解。王选以数月苦算，总算提出了一套方案，这套“数学方案”可以使机械部分变得简单，并能肯定，性能将是最优越的。

这已经是个璀璨的“阶段性成果”。只是，有没有人能识别呢？

王选毕竟是在北大。数学系首先辨认出了“王选方案”的价值，把当时隶属无线电系的“王选方案”打印上报。

不久，该方案被列为北大的科研项目。王选随后参加了当年11月在北京“北纬旅馆”召开的汉字照排系统论证会。

这是一次群英会，国内那五家和北大，都将在会上介绍各自的方案。轮到王选，他身体虚弱得连说话的气力都不够，只好由陈堃銶介绍。

北大方案因新颖曾让大家为之一振，但最后被认为是“数学游戏”，“梦想一步登天”，被淘汰了。

被淘汰，就不可能得到国家的科研经费。像这样的高科技项目，北大本身没有经费来支撑，连节省“5分钱”都很有意义的王选，还能搞下去吗？这个冬天，王选怎么过来的呢？

王选依然每天趴在冰凉的桌面上算啊算……此时的王选，除了尚可绞尽脑汁，没有别的办法。就在1975年12月，王选终于开创性地以“轮廓加参数”的描述方法和一系列新算法，研究出一整套高倍率汉字信息压缩、还原、变倍技术，从而使进取“激光精密照排”成为可能。

西方在20世纪80年代中期才开始采用“轮廓加参数”的描述法，王选是世界上用这种办法的第一人。此项发明的先进性使王选于1982年在欧洲取得了这项发明的专利，成为中国大陆第一个获得欧洲专利的人。但是，1976年，王选的方案仍处在被淘汰的境遇。曲高和寡。他依然在期待知音，期待扶助。

所幸的是，“748工程”办公室的张淞芝没有轻易放过王选的“数学游戏”，主持“748工程”的电子工业部计算机局局长郭平欣是个电脑专家，他听了张淞芝的报告后，立刻决定对王选方案进行深入考察。这个项目终于在1976年9月8日被正式认可。

由于王选的选择曾被认为“梦想一步登天”，这使他想起“顶天立地”一词，后来的实践则使他越来越看到，当代科研开发，就应该尽可能选择“顶天”的技术。欲顶天，就得选择技术上的跨越。因此，王选人生中“第四次选择”最宝贵的地方，不在于选择了“第四代激光照排系统”，而是选择了

“技术上的跨越”。

然而，当时绝大多数人要理解“选择技术上的跨越”对中国发展所具有的巨大意义，还要再过十年二十年。即使今天，许多人要真正看见这“选择跨越”对今日中国发展仍然存在的巨大意义，也很可能还要继续读下去。

1976年唐山大地震后，王选在抗震棚里继续把他的研究推向前进。接踵而至的难题是，要把“顶天”的技术变成产品，尤其是到世界上去占有一席之地，就难乎其难了。多年后钱学森曾说：“使中国高科技产业在世界上有一席之地，其难度不亚于当年搞两弹一星。”

九死一生的历程

国门初开，西方人来了。最早到来的就是世界上最先发明了第四代激光照排机的英国蒙纳公司，他们定于1979年夏天在北京、上海展示英国制造的“汉字激光照排系统”。不久，日本人、美国人搞的汉字照排系统也接踵而至。

早先，王选一心只想努力研制出好设备，就能为祖国做贡献……现在看到，国门一开，世界突然就顶到你的鼻子前面来了。就像一觉醒来，发现英国人、日本人都端着先进武器堵在你的房门口了。如果你的技术不能尽快变成产品，就会变成废物，根本无法进入应用。

“1979年，我一下子被打晕了。”王选说。

他渴望有更多的才华卓越者来相助。可是，出国潮开始了……没走的当然是多数，但是，此时国内热门的是著书、写论文。1978年年底开始恢复职称评定，评职称主要看论文。王选说：“我们搞的实际上是科研和开发一体的项目，需要耗费很多精力解决十分具体和烦琐的技术问题，没有时间写论文。”

在北大，人说评上教授不算啥，但评不上，就啥都不算。职称联系着晋升、调资、住房……王选努力多年争取来这个项目，似乎只是争取来一个干活的资格。没时间去写论文，评职称排不上号，这个项目组就变得没有吸引力了。王选怎么也没有想到，在“科学的春天”到来之日，他要维持住一支攻关队伍竟遇到未曾料到的困难。

但是，还是有一批业务能力很强的中年教师留下来与王选并肩战斗。也在这时，王选作出了他一生中第五次重要抉择：与有关厂家、公司及用户密切合作，走与西方进口产品决战市场的道路。

此时王选尚存的优势，就是他发明的高倍率汉字信息压缩技术。王选的“数学方法”可以使浩浩荡荡的汉字大军自由地进入电脑，自由地变倍。英国人用他们的办法可以灵巧地对付26个英文字母，但要驾驭浩大的汉字方阵，还很难做到快捷轻便。祖先发明的汉字，在这时似乎成为我们抵挡英国人、美国人的最后一道天然屏障、一道汉字组成的万里长城。

但是，我们可以利用这道屏障的时间已经不多了。

春天在未名湖畔茂盛地生长，夏天就要追着脚后跟来了。我们似乎一分钟都没法歇息了。留下来的人每天都是上午、下午、晚上三段满负荷上班。英国“蒙纳系统”用的是大规模集成电路……王选攻关组还在搞的是小规模集成电路，软、硬件开发条件都非常差，由于所用的国产集成电路质量很差，每次关机、开机都会损坏一些芯片，严重影响进度，这使他们不得不采取不关机通宵值班的办法……这样的现实条件，即使日夜不停地干下去，能赢吗？

1979年8月11日，《光明日报》头版头条以通栏大标题赫然登出《汉字信息处理技术的研究和应用获重大突破》，并加副题：我国自行设计的计算机——激光汉字编辑排版系统主体工程研制成功。同时发表评论员文章，还配发了一幅该系统排出的“报纸样张”照片。

这张“样报”是7月27日在北大输出来的，第二天上午，方毅副总理亲自到北大来参观。但这张样报，是出了几十次，才得到一次可供参观的。由于整个系统尚未完成，原理性样机硬件刚调出，还很不稳定，当时新闻界认为这一成果还很不成熟，不宜报道。只有《光明日报》在总编辑的支持下，由记者朱军写了上述热情洋溢的文章。这篇文章对研制者起了很大的鼓舞作用，也在一定程度上为我国的照排系统与外国“系统”争夺中国市场争取了一些宝贵时间。

这时，王选的心里很清醒：“我们决定见好就收，不再致力于这种样机的试制和生产，而只是对付鉴定会。”

这不啻是惊世骇俗的决定。“从1979年9月起，我把主要精力放在Ⅱ型机上。”这是他迈向市场的一大步，他把这称作“内外交困中启动的Ⅱ型机”，把通往市场的道路称为“九死一生的历程”。

1979年秋天的阳光正从窗外照进来，照在那张《光明日报》和王选决定放弃的样机上，宛如一种仪式，一种告别，王选对大家说：“我们要对得起这篇报道，要用今后的事实证明这确实是重大突破，证明这报道是及时和完全如实的。”

正当梨花开遍了天涯

英国蒙纳公司延至10月，到底在京沪两地召开了展示会。我国政府有关部门把是否引进“蒙纳系统”的问题摆上议事日程，有关会议一个接一个召开。

1980年9月，北大748攻关组用自己研制的招牌设备排出了第一本书。1981年7月，他们研制的样机通过了部级鉴定，大家都很高兴，但王选对大家说：“我们的成果是零。”

这年初夏，陈堃銶发现自己便血，以为是痔疮，继续忙于软件调试而没去医院。鉴定会后是暑假，她本该有时间休息的，可是……至少六年来，她都放弃了节假日休息，这个暑假她又忙于Ⅱ型机整个软件的换代工作，直到10月5日才抽空去医院看病。6日，陈堃銶被确诊为：直肠癌！

手术前夕大家去看她，还没走进病房，听到她与同室病友一起在唱50年代的苏联歌曲：

正当梨花开遍了天涯
河上飘着柔曼的轻纱
喀秋莎站在峻峭的岸上
歌声好像明媚的春光

为自己的优秀下泪

这似乎注定是一项悲壮的事业。中国人与西方人争夺中国市场的故事，其实已有一百多年。

1984 年，松下电器、奔驰汽车、IBM 电脑等大量舶来品潮水般涌来中国。美、英、日等国研制的汉字照排系统，形成“联军”似的战斗力，向中国的报社、出版社、印刷厂发起进攻。

此时“748 工程”十年了，该是到了与多国公司决战的时日，王选研制组却几乎没有招架之力。最前沿的实践在帮他开阔眼界……他看见那些“集团”了，他面对的是一个个外国集团，自己这一方算什么呢？

虽然协作单位有潍坊计算机厂、杭州通讯设备厂、长春光机研究所，等等，但这是科研部门和生产厂家组成的松散的研制组。一个松散的研制组，要同多国企业集团鏖战市场，这仗怎么打，能不败吗？

时间分秒前进的声音已有如大军开进的脚步……转眼间，我国有几十家出版社、报社、印刷厂购进了五种不同品牌的美、英、日照排系统。其中，人民日报社引进了美国 HTS 公司的产品……国内照排系统似乎大势已去，参加北大“748 工程”的协作单位也有提出撤走协作人员的，王选的硬件组从最初热热闹闹的 9 人，走得只剩下王选和吕之敏俩人……

华光，华光，在最艰难的日子里，他们为自己的产品命名“华光”，意为中华之光。

1985 年，随着春节的爆竹燃响，华光系统经千淘万漉，终于在新华社正常运行。5 月，通过国家级技术鉴定。此后，华光系统被评为 1985 年中国十大科技成就之一，1986 年获日内瓦国际发明展览金牌，1987 年获国家科技进步一等奖。但是，王选心中仍不踏实，他说自己有一种“负债心理”，感觉不到有什么成就。

“我经常反问自己，我们到底对国家是有功还是有过？我们得了这么多奖，如果将来市场都被外国产品占领了，那么你的功劳在哪儿呢？国家投资到哪儿去了呢？”

1987 年华光Ⅲ型机问世，《经济日报》因首先采用而成为全国最漂亮、出版速度最快的报纸。第二年，经济日报社印刷厂卖掉了全部铅字，并因装备了华光系统，厂房面积减少了三分之二，耗电量减少了三分之二强，成本下降了四分之一以上。

增加知识含量，减少能源消耗，提高效益，这就是人类正在努力的知识经济的典型特征。1987 年我国首次设立印刷业个人最高荣誉奖——毕昇奖，王选获得了这一最高荣誉奖。此时可以松一口气了吗?

没有。他们在此之前就向研制Ⅳ型机出发了。

再说人民日报社买的两套美国 HTS 照排系统，到 1989 年，经该公司长期调试仍故障频频，效率太低，无法使用，最终成为“死机”。

美国 HTS 系统的价格是当时华光系统的 15 倍，如此昂贵的设备竟是这样一个结果，谁也没料到。王选带领若干技术骨干到人民日报社，对美国 HTS 系统进行改造，将“死机”救活。此后，美国 HTS 公司不仅退出中国市场，而且破产。

从 1988 年开始，北大新技术公司经营“748 工程”研制的照排系统迅速发展为北大方正集团。1989 年，华光Ⅳ型机开始在国内新闻、出版、印刷业波澜壮阔地前进。这年底，所有来华的研制照排系统的外国公司全部退出中国大陆市场。

胜利的到来，仿佛是一夜之间，体验胜利，欣赏胜利，是不是很愉快呢?一天，吕之敏告诉王选:“我要走了。”

“去哪儿?”

“澳大利亚。”

吕之敏是在 1978 年——王选组织队伍最困难的时候——来到这个项目组的，她在这儿笑声朗朗地奋斗了 12 年，在看到华光系统进入香港市场的 1990 年才说要随丈夫去澳大利亚。

临走之前，吕之敏突然泪不能禁，大哭一场……因为这项工程太难太难，因为过去的十多年太珍贵。那就哭吧，为我们曾经义无反顾地为祖国效力下泪，为我们自己的优秀下泪，这是深深地被自己感动、被互相感动的眼泪，这是高贵的眼泪!

让年轻人的思想开出鲜花

此时，西方电子彩色印刷技术仍占领着中国香港和台湾的市场，技术和市场的竞争仍然非常激烈。

1993 年春节前夕，像往年一样，王选闭门搞设计。年后，他的一位硕士研究生回来时，王选把设计拿给他看。

“王老师，您设计的这些都没用。”学生刘志红 25 岁，看过后对导师说，“IBM 的 PC 机主线上有一条线，您可以检测这个信号。”

王选愣住。因为他明白了，自己苦苦钻研了两个星期的设计，被学生的一句话否定了。这是王选一生中极其重要的一个事件。

“本来，我以为自己做一线的工作可以做到 60 岁。”现在，犹如看见一个海边的黄昏，往事潮水般在夕照中涌来……从投身这项科研至今，18 年了，他奉献了所有的寒暑假，所有的节假日，“18 年来可以说一口气都没有歇过。”他为自己始终能站在这个领域的最前沿感到自豪。可是，“今天，我看到，在我自己最熟悉的领域，我已经不如年轻人了。在我不那么熟悉的领域，岂不是更差!”

这似乎是一件残酷的事情，“我已经是黄昏的太阳了。”但是，就在这年，王选 56 岁获得了一个“觉悟”，他作出了一生中第六次重要抉择：让年轻人来挑重担!

他表扬了刘志红：“你这个主意非常好。”接着也批评他，“你这好主意，为什么自己出不来，非要我花两个星期，用一个馊主意才把你的好主意逼出来呢?”

这是非常有力的一问，这更像是一句对自己的追问。这是由于你还没有把他放到一个担负重任的位置上去，你自己还在扛着，他的大脑中就不容易产生出新思想新方案。

王选的抉择在这一问之后发生了裂变! 一个特别宝贵的亮光出现，这亮光——不在于发现自己做一线的工作已不如年轻人，今后可以由自己出思想，年轻人出干劲……不，不是这样，而是应该创造一种氛围、一种气候，这种气候要能让年轻人自己的思想里不断开出鲜花来，才会硕果累累。

是的，恐怕没有什么比这更重要了。一个人，只有当他的主体意识，他的心愿与心情，他的精神与体力都活跃起来时，他才是一个完整的人、一个生机勃勃的富有创造力的人、一个主人。能这样让学生去实现自己，这就是教授所应该做的。

就在这一年，王选把几位不同年龄段的年轻人同时推上研究室主任的位子。比如36岁任彩色系统研究室主任的肖建国，27岁任栅格图像研究室主任的阳振坤……培养学生是王选教授的又一项大工程。

肖建国28岁就读于北大计算机系研究生班，王选发现了他的创造力，留下了他，并竭力扶持他，使他先后主持完成了大屏幕中文报纸组版系统和彩色照排系统的软件设计。被任命为彩色系统研究室主任后，肖建国又主持完成了彩色调频挂网算法并实现高保真彩色印刷，从而实现了彩色技术的又一重大突破。再后来，肖建国成为博士生导师，方正技术研究院院长。

阳振坤生于湖北一个被称为雷场的农村，18岁考入北大数学系，24岁成为王选的博士生，王选把一个研制新一代栅格图像处理器的博士论文题目交给了他。这使阳振坤很惊讶，栅格图像处理器的英文缩写是RIP，前五代RIP都是王选老师亲自主持研制的，作为照排系统的“心脏”，那是我国照排系统取得辉煌成功的关键，现在，阳振坤是个刚刚进门的博士生，王选为他选择的课题是要他来超越王选……这可能吗?

阳振坤成功了。

1994年，阳振坤的大脑里突然萌生出一个新的奇想：能不能开发纯软件RIP呢？他忍不住去对导师说：“王老师，我还没有足够的理由来说服您同意，但我有一个直觉，纯软件RIP将会成为未来的主流。”

彻底抛弃RIP里的硬件，完全由软件来支撑，这不啻是个非常大胆的奇想，如果成功，就是对王选“欧洲专利”的彻底超越。

是惊，是喜？王选曾期望年轻人思想开花，现在他终于看到了奇景，听到了花开的声音，自己所该做的就是：支持。

王选曾在《如何使研究生作出一流成果》的文章中写道：“研究生大多希望自己的研究工作有好的结果：从事基础理论或应用基础研究的，追求文章发表在权威刊物上，并得到别人引用；从事应用方向的则渴望最终得到广泛推广，真正在国民经济中发挥作用。达不到上述目标，被称为‘不上不下’。”

这种“不上不下”，正是科教同企业相脱节在我国高校内的一种反映，结果常常是培育出“盆景”似的成果，无法真正“成才”。为了避免这种“不上不下”，王选身体力行，做出的努力和取得的成就都是十分显著的。

1997年7月18日，在北京中国大饭店，王选向新闻界、学术界报告了他的学生阳振坤主持完成的这一重大发明：“23年来我们研制了七代RIP，每一代差不多全部重新设计。前五代是在我主持下研制的，后两代是在年轻的阳振坤博士主持下完成的。其中第七代是纯软件RIP，代码几乎没有任何继承。”又说，“今天，我们可以宣布，新一代RIP的高技术水平，已经进入世界最先进行列，所以我们郑重地把它命名为：方正世纪RIP。”

全场报以热烈的掌声。

1995年6月，一个叫邹维的年轻人来投奔王选。他曾获国家科技进步二等奖，因无法转化为社会化的产品，他从中国科学院辞职去“外企”从事美国产品的汉化工作。换句话说，他是替美国产品搞“转化”，由此将美国产品打入中国市场，并将中国的同类产品打垮。不久，他感到这样的工作虽然工资很高，但心里不舒服。王选收下了他。

王选交给他一个开发“卡通动画制作系统”的选题，还交给他一个小组由他领导。历时一年半，邹维小组开发成功了，中央电视台、上海东方台、北京电影学院等影视部门率先使用这套系统，并开始为西班牙的动画片制作所用。这是邹维第一次看到自己主持的科研直接变成了中国自主品牌的社会产品，中间没有“转化”一说。

此后，邹维担任过方正技术研究院副院长，负责数字视频的科研开发。这是一个有如革新传统印刷业那样，将对传统广电业进行革命性改造的重大领域。1997年香港回归祖国，邹维领导的科研队伍开始首先在香港亚洲电视台承担“数字视频”项目。

王选说：“一般电视台都是从模拟代到数字代，从数字代再到视频服务器、电脑系统……我们走跨越式的发展道路，跳过了初级阶段，一下子就跨越到了第三代。”

作为教授，王选已是中国科学院院士（1991年，当时称为“中国科学院学部委员”）、第三世界科学院院士（1993年）、中国工程院院士（1994年）。他说：“我忽然成为计算机界的权威。一年戴一顶院士桂冠，一下子成了三院士。这时我57岁了。可惜，在我年轻最需要的时候，没有得到承认。在高新技术领域，年轻人有明显的优势，55 岁以上的专家，创造的高峰期绝对已经过去了，哪里有 57 岁的权威呢?”

我们能感觉到，王选是在用心地为年轻人的成长制造舆论，创造条件。他还说：“要找 60 岁左右，像我这种年龄犯错误的可以找出一批来。”然后举了计算机领域“三位赫赫有名的伟大的发明家”为例：第一位是美籍华裔电脑巨匠王安，另两位是被誉为“巨型计算机之父”的克雷和创办了“小型机王国”的奥尔森，他们都在 60 岁左右因自己曾有巨大的成就而犯了同样大的错误，使公司从辉煌跌入困境。

他也想到了曹操五十多岁作《龟虽寿》，那“烈士暮年，壮心不已”的诗句曾激励不少老骥，使人总想在晚年继续作出重要贡献。他说这种心态是好的，是可以理解的，但是，“我以为，伏枥老骥最好用‘扶植新秀，甘为人梯’实现自己志在千里的雄心壮志”。

王选与年轻人的共同语言越来越多，生命就在自己的身心依然绿油油地生长，而不是变成那种人称的“泰斗”。从前苏东坡说：“谁道人生无再少，门前流水尚能西。”我发现 56 岁以后的王选在往年轻的方向活，这是一种让时光倒流的活法，非常高妙。

王选的学生们陆续开发出的产品，为方正系统进取我国香港和台湾，乃至日本市场作出重要贡献。一系列创新成就，均得益于年轻人在第一线能随时随地积极地思想。王选在感到自己不如年轻人的时候做出的第六次抉择是他人生中最智慧的抉择。

不要忽略这知识资本

1994 年是“748 工程”二十周年。4 月 22 日，《西藏日报》由方正系统印出，至此，所有省级报纸均“告别铅与火”，北大开创的这项高技术产品拥有了全国内地 99% 的报业市场。

这样我们看到，我国内地的报业、印刷厂，没有经历过第二代、第三代照排机的历程，从当今最落后的铅排，一下子跳到具世界先进水平的激光照排，真的实现了“一步登天”。

现在，我们可以来看看，王选20年前选择“技术上的跨越”意义究竟有多大。你知道，王选曾说，从科研走向市场的过程堪称“九死一生”，我看这“九死一生”还可以读作，我国大部分科技成果没有成活。比如，过去20年，我国彩色出版领域一直是由外国彩色电子分色机垄断，我国花了近20年时间仿制，仿制出一代，马上被国外的新一代所淘汰，始终未能进入市场。再比如，比王选更早开始研制照排系统的5个单位，哪一家都不是技术力量差，也不是不努力，只是由于选择了重复研究国外已有的技术，最后不得不全军覆没。

类似的情况发生在科研各领域。许多科技成果，尽管鉴定会上可以得到诸如“国内首创”“填补了国内空白”之类的好评价，但是，中国的市场已经国际化了，在我国的柜台里分明陈列着国外先进的同类产品——柜台内不空白，成果鉴定书上写着“填补了国内空白”有什么意义呢？所以，有人把成果鉴定书称为成果的“死亡判决书”。看到这些也就能够理解，为什么我国多年来有90%以上的科技成果未能转化。这确实是严酷的“九死一生”。

其实，有着数千年报国传统的中国知识分子谁不希望为国家作出大贡献呢？遗憾的是，我们许许多多的科研，并非研究多年之后终于失败，而是败于兵马未动之先，是一开始就注定了永无转化之日。

我国原本不富裕，许多科研投入大量经费而没有丝毫回报，所谓“交学费”。更大的浪费是科研人才的浪费。但如果不被浪费，则中国的潜力巨大。我们能怎样挖潜呢？

至此，我们已能看到，王选及其同仁艰苦卓绝的创业历程，对我国千千万万的科研人员、几亿学生，乃至许多领导者来说，已不仅仅是一笔“精神财富”，而是一种“知识资源”；去读解，去认识，你就在拥有一种极宝贵的知识资本。

我国的优秀人才是很多的，以王选的学生为例，在搞彩色出版系统时，王选指导学生再次选择了“跨越”——跨过国外彩色电子分色机的技术路线，直接研制开放的彩色系统——他的学生同样获得成功，从而把垄断我国彩印市场20多年的外国电子分色机全部淘汰。

这样，我国出版系统不但“一步登天”跨入激光照排，也以相同的方式，直接过渡到先进的图文合一编排彩报；电子“远程传版”技术，则使我国各大报在没有广泛采用传真机远传“报版”的情况下，得以直接使用“照排系统”及时远传到各大城市的印刷点同时出报……所有这些，都因为选择了“顶天的技术”，或说“技术上的跨越”，从而使整个民族的新闻出版业、印刷业全面实现了划时代的跨越。

请想想，印刷厂是我国最多的工厂之一，课本、文件、广告、佛经、钞票、发票……人们生活的一切领域每天都离不开对印刷品的使用。当告别了“铅与火”时，印刷厂所需的能源消耗均可下降2/3以上；远程传版，可极大地减少各大报每天远程运载报纸的能耗物耗。

何谓知识经济？由于以物质资源的高消耗为代价的传统工业经济正在导致全球能源等短缺资源枯竭，是不可持续发展的经济，所以人们才寻找可持续发展经济。

以“低耗高效”为特征的高技术，是在传统工业模式把世界推向穷途末路的时代，使人类在悬崖上开始拯救自己。

这种“低耗高效”，是以智力资源为主要资本的，开发技术不是开掘矿山，是开发人脑的智力，建立在知识密集的高技术基础之上的经济就是知识经济。

“可持续发展”是联合国教科文组织最早提出来的。1995年11月6日晚18时30分，联合国教科文组织在巴黎把本年度“科学奖”授予中国王选，以表彰他在中文出版印刷领域做出的具人类意义的卓越贡献。

王选在信息技术领域，为我国从传统工业经济向知识经济迈进做出的“初步贡献”，在中国恐怕还没有第二人比他更典型。人类为拯救自己，在21世纪，知识经济必蔚为大观。到那时蓦然回首，人们会发现，王选是中国20世纪知识经济伟大的先驱者之一。

伟大的会师

当香港、澳门、台湾都用上方正彩色系统时，我们就可以说，在汉字照排印刷领域收复失地的奋斗，实现了“全国山河一片红”。

在这同时，方正系统还挺进到了马来西亚、新加坡，以及美国的华文出版业。王选的声誉正使他走到哪儿都像一个著名的广告。这期间北大计算机研究所和方正集团仍处在分立状态。许多人劝王选："我们研究所为什么不自办公司呢?"

王选经慎重考虑，作出了人生第七次重大抉择：率北大计算机研究所全员汇入北大方正集团。方正技术研究院是在这时——1995 年 7 月 1 日，正式成立的，王选任首任院长。至此，研究所与公司两支队伍胜利会师。

王选曾这样写道："美国华人中流传着一种比喻，用下围棋形容日本人的做事方式，用打桥牌形容美国人的风格，用打麻将形容某些中国人的作风。"进而论及，"下围棋是从全局出发，为了最后的胜利可以牺牲局部的棋子；打桥牌是与对方紧密合作去夺取胜利；打麻将则是孤军作战，看住上家，防住下家，盯住对家，自己和不了，也不让别人和。"

王选还有一个说法，叫"顶天立地模式和一条龙体制"。如果说王选搞"748 工程"一开始就选择了在技术上追求"顶天"，他渴求"立地"的愿望并不仅仅是泛指走向市场。如果把市场比作海，你得为自己的技术找到一艘船，才能远航。这艘船，就是企业。否则，你虽有先进的技术和远大的抱负，也会无立锥之地。

再看王选领导的北大计算机科学技术研究所，它是国家重点实验室，硕士点与博士点、博士后流动站，以及国家工程研究中心，堪称"四星级"单位，这"四星"均属"顶天"范畴，加上"集团公司"才能真正做到"顶天立地"。

前述的"四星"汇入方正集团，北大方正就成了所谓"五星级企业"，建成这种从尖端科研到售后服务都浑然一体的一条龙体制，就有了飞腾之势。他们随后推出的一个排版软件就叫"飞腾"。

怎样来认识王选这项选择的意义?

我想可以这样说，一个国家科研水平高，国家不一定富强。一个国家的企业发达，则表明对科技的研究开发和使用能力已达到无可置疑的高水平。由于王选已是"三院士"，是杰出的科学家，他的成功非常容易被看成科技方面的成功。其实，我们只有看到王选对企业的重视和贡献，才算真正看见王选。

很久以来，人们都很熟悉这句话："搞原子弹的不如卖茶叶蛋的。"然而，我们或许需要从另一个方面来接受这句话的真理性，即：这符合市场法则，卖茶叶蛋的直接面对市场。如果能拿出造原子弹的知识含量去开发走向企业、走向民用的市场化产品，那就是卖茶叶蛋望尘莫及的。

1995 年 12 月 21 日上午 9 时 50 分，方正在香港上市这天，王选教授站在交易所大厅中央的红地毯上，手举酒杯，从容宣布："再过一年，我们就要打开日本市场。"

全场掌声雷动。

如果说拿破仑讲，他跺一下脚能让阿尔卑斯山震动，那是因为鹫旗下列队站好了他的士兵。今天，王选站在这红地毯上能这样说，是由于他身后拥有一大批年轻人，还拥有一个方正集团。

一年后，方正集团果然成功地打开了日本市场。

中共十五大的报告里写入了"走产学研相结合的道路"。我们回首北大王选的历程，可以说他是继承北大传统，从 20 世纪七八十年代开始，走产学研相结合道路的一个开拓者。

为什么说是继承北大传统？1840 年中华骤遇千古未有之变局，"师夷之长技"的呼声历时半个多世纪才得以用"办大学"的方式去实践。1902 年蔡元培创立中国教育会，设教育部、出版部，还有实业部，足见这些先贤并非为教育而教育，而是为中华实业之进步而教育。我国当代知识经济的曙光，是在产学研相结合的地方，首先向我们报道一个新世纪的黎明。

20 年前陈景润的故事出在中科院。那以后，王选的故事出在北大。陈景润是数学家，王选也是数学家。从陈景润到王选，我们能清清楚楚地看到一种继往开来的进步！陈景润的故事 20 年来鼓舞、激励了许多中国青年，王选的故事能不能由我国的媒体真正深入地传播到家喻户晓，不仅知其名，还知其智慧，从而变成中国几亿个学子创造前程的知识资本，这是我耿耿于心的。

王选的故事是如此密切地联系着教育与社会应用，联系着科研与企业发展。只要想想我国绝大多数企业迄今还很缺乏科技创新能力，我国高校、科研院所则有大部分的科研成果没有转化为现实的生产力，王选以"顶天"的技术去寻求“立地”的故事，北大科研力量与企业力量会师的故事，对我国高校，科研院所和企业，都有巨大的示范意义。

他们的故事正以雄健的强音告诉我们：我国的科研力量与企业力量，只有实现伟大的会师，中华民族才能真正走出困境，顶天立地站起来！

一生只做一件事

董海霞

1988年，是历史长河中很平凡的一年，却有一些不平凡的事情发生。

5月3日——国务院做出《关于科技体制改革若干问题的决定》；9月5日邓小平在会见捷克斯洛伐克总统胡萨克谈话时说：科学技术是第一生产力。

对海淀来说，这一年至关重要，1988年5月经国务院批准，我国第一个国家高新区——北京市新技术产业开发试验区在海淀诞生。

至今，已过去30年，中关村始终秉持火炬计划“发展高科技，实现产业化”的宗旨，从体制机制、技术创新体系、战略性新兴产业发展、创新环境营造等多方面先行先试，在创新驱动发展中发挥了示范引领作用。

海淀中关村是一个神奇的地方，只要你怀揣梦想，在这里就有可能实现梦想并创造奇迹。截至1987年，在中关村地区注册的科技企业已达148家，形成了闻名中外的“中关村电子一条街”。这引起了国家高层的重视，于是有

中科院院士吴一戎

了1988年国务院的批复。

这一年，对吴一戎来说也是个值得铭记的年份，他从北京工业学院（北京理工大学前身）电子工程系硕士研究生毕业，分配进入中国科学院电子学研究所，成为一名科研工作者，从此成为中关村30年科技发展的见证者和亲历者，还见证了我们国家30年来的电子科技突飞猛进的发展，并一直投身其中，奋战在电子科技领域研究的最前沿。

吴一戎现任中国科学院电子学研究所所长，中国科学院大学电子电气与通信工程学院院长，中国科学院信息技术科学部第十六届常委会副主任，国务院学位评定委员会信息与通信工程学科召集人，国家杰出青年基金获得者，“百千万工程”国家级人选入选者，享受国家政府特殊津贴。

吴一戎作为空天信息领域杰出的科学家代表，长期工作在科研一线，主要从事微波技术和大型遥感地面处理系统的研发工作，发明了稀疏微波成像算法等一系列微波成像新体制、新方法；主持了我国遥感卫星地面系统的研制，突破了多项关键技术，填补了我国在该领域的空白；近十年又大力推进国家级航空遥感系统的建设，系统推进了各型超越国际现有水平的航空对地观测系统的研制，长期承担相关领域国家和军队的科技战略咨询、规划和评议工作，为我国空天信息领域的战略发展作出一定贡献。

吴一戎曾获得国家科技进步一等奖、二等奖；全国创新争先奖；国防科技工业杰出人才奖；国防科技进步一等奖；中科院科技进步一等奖；何梁何利基金科学技术进步奖等国家和科学院重大奖项，2007年当选为中国科学院院士。

一

刚刚落下帷幕的十九大，吴一戎是党代表之一。党代会上，他感慨万千，说一定要坚定理想信念，聚焦空天信息领域发展。

他表示：“5年来，电子所以解决国家急需的电子学系统和电子学器件的重大关键技术和系统总体解决方案等问题作为首要使命，支撑国防建设和经济社会的自主创新发展，取得显著成绩。接下来，要按照十九大制定的方针政策，在中国科学院‘率先行动计划’统一部署下，整合资源，聚焦国家对空天信息领域科学技术重大战略需求，建设空天信息研究院，主动积极投入国家实验室建设，通过扎实的科技创新工作，为国家创新驱动发展和国防建设作出新的更大的贡献。”

尽管他身上闪耀着一串串耀眼的光环，吴一戎却一直很谦逊。他常说：“我们这代人都是‘生在新中国，长在红旗下’，我是1999年入党的，作为一名有着近20年党龄的党员，我始终牢记自己的责任和使命，2012年，我当选为十八大代表，这次又能成为十九大党代表，我感到责任非常重大。”

低调、务实，是外界对吴一戎的一致印象。因为长期工作在一线，所以，无论在什么场合他总是谦虚地说：“我是一名来自基层的普通党员。”

2017年10月，党的十九大胜利召开，吴一戎说：“我是来自科研一线的基层代表，参加十九大一定要带去科技界的意见和建议。”

党的十八大以来，在一系列政策支持下，创新成为国家发展全局的核心，吴一戎也亲身体会到了科技改革的深刻变化，他说：“我曾列席十八届三中全会。十八大以来，国家制定了很多关于科技的改革措施，成效十分显著。例如《中华人民共和国促进科技成果转化法》的出台，极大地调动了科研人员的积极性。”

作为科技界的十九大代表，吴一戎表示，十九大的召开必将进一步推动我国科技发展。“我们这一代人基本做到了让我国科技水平和国际并跑，希望下一代年轻人可以不断超越，使我国科技发展再上一个台阶。”

吴一戎坦承，5年来，我国的科技发展“超出了自己预期”。他深刻地感受到国家对科技的投入、支持力度非常大。他说：“现在科研项目申请更加公平公开，科研人员能专心、专注于自己的研究，科研环境不断在优化。例如，我国空间科学和大科学装置等领域发展迅速，也产生了世界一流的原创性科研成果。希望国家能进一步营造鼓励科研人员开展原创性科学研究的氛围。”

他希望能进一步发展同行评价机制。“科学评价是原创性发展最主要、最关键的问题，国家要逐步完善专家评议制度，建立‘小同行’评价机制。‘小同行’能更加准确地了解项目研究的意义和价值，也能在一定程度上减轻科技界的浮躁现象。”

与此同时，吴一戎还说：“现在的创新创业环境需要更加完善的知识产权保护制度。如果没有形成这样的环境，会挫伤很多高技术公司的积极性。我希望能进一步建立专业的知识产权保护体系，完善国家的创新环境。”

2016年是电子所成立60周年，吴一戎已在电子所工作、学习近30年。在中科院“率先行动”计划的指导下，电子所以“一三五”规划为牵引，在各研究领域取得新进展。

吴一戎表示：“研究所是支撑科研发展的‘细胞’。只有每个细胞都强大了，整个国家的科研能力才能强大起来。在国家重大需求的牵引之下，电子所在核心的、重大的关键技术上，不断产生突破，先后建立了中关村、怀柔、苏州园区。电子所的创新发展作为一个缩影，充分展现出了国家发展进步的大好形势。”

60年来，中科院电子所承担了我国系列化星载合成孔径雷达的研制，成功发射10颗合成孔径雷达卫星；在空间行波管领域，实现在轨运行60余套产品，做到全波段覆盖，正努力实现全面替代进口的目标；在地理空间信息领域，成为我国地面卫星数据处理系统的主要研制单位，研制的“地理空间信息承载平台”被确立为国家重要领域信息化建设的“基础平台”；在航空遥感系统领域，改装的新舟60大型遥感飞机实现首飞，推进了7型国际先进水平的航空对地观测载荷的研制。

此外，电子所还在微波成像技术、微波电真空技术、电磁探测技术、传感器与微系统技术等方面取得了重大进展。

对于电子所的发展，吴一戎希望能积聚精力，整合资源，进一步满足国家对空天信息领域科学技术的需求，满足国家重大战略部署，支撑国家实验室建设。

他尤其关心基础性的科学研究工作：“我们现在有团队在做微波光子学，也有做太赫兹的量子电磁学，科学上哪怕有一点新的发现，也会对技术产生影响深远的变革。我希望能够面向未来科技发展，做更多基础性工作。”

二

作为中国科学院学部科学普及与教育工作委员会副主任，吴一戎不遗余力地致力于科学传播和普及工作。对他而言，这是一种责任，深深的民族责任感和使命感驱使着他在百忙之中抽出时间，走上各种教育机构和科研机构，甚至还有中学的讲台去普及科学知识。因为他觉得，科学家除了要做科研，还有责任和义务，让老百姓感觉遥远又陌生的科学知识走近芸芸众生，走进百姓生活。

他认为科学并不生涩，也不遥远，其实离我们很近，可以说就在身边，生活中无处不在。

他的讲座幽默风趣，再高深莫测的科技知识都讲得通俗易懂。

所以，无论走到哪里，他的讲座都大受欢迎。

比如，他的开场白说："你一定听说过能在山地负重行走的机器狗，但你或许不知道，人类也能直接装上并控制'人工骨架'，让负重和奔跑速度达到原来的好几倍，人脑直接与电脑和机器互动也将成为现实。"

这样的话题是不是很有吸引力？原来科学如此有魅力！这样的讲座谁不感兴趣呢？是不是该聚精会神、伸长了耳朵好好领教一番？

2017 年他出席全国政协会议时接受记者采访，他表示：脑机互动指日可待。依托于微电子机械系统向纳米级发展、类脑研究和相关执行器的进步，当前的信息时代将让位于"机器人"时代。

这不是梦想，也不是耸人听闻。

吴一戎介绍说："一个微机电系统器件，已经达到只有几十微米大小。"也就是说，随着微电子和微机械系统（MEMS）的发展，其技术特征、参数的尺寸越来越小，正向纳米级发展，这使微电子芯片能够探测更多的生物体信息，微电子芯片及系统与生物细胞的界限越来越模糊，微电子机械系统可以与细胞和生物体更深度地结合。

说着，他还拿起手机亮了一下，说："一部手机中就有十几个 MEMS，比如，其中的陀螺仪可感知仪器姿态和加速度。手机相机这么小就能拍摄这么清晰，靠的是感光芯片，这种微电子芯片已经达到几十纳米的级别，应用将更加广泛。"

这意味着，基于当前初级的脑机接口（人脑与机器对接）已经出现，将来用人脑控制计算机操作鼠标，包括更进一步，通过头皮的脑电和脑神经环路电流来控制电脑成为可能。

吴一戎介绍："虽然人类不可能在短期内搞清人脑思维过程，但包括我国在内，对人脑思维过程的脑科学与类脑研究正在推进，'中国脑计划'已进入编制项目实施方案阶段，神经科学和类脑人工智能正处在发展的历史窗口期。"

"另一项重要的依托是执行器的进步，比如人的胳膊抓一个茶杯是很简单的动作，但用机器去做一个手臂，去抓茶杯就是非常复杂的。"吴一戎说，执行器的发展，是"机器人"研究在执行层面的实现过程。

吴一戎预期，随着上述相关技术的突破，加上物联网、云计算等领域的发展，信息时代将让位于"机器人"时代，将产生机器人应用的大规模扩张。

这样的讲座是不是开了眼界又长了知识？

提到电子产品，我们很容易会想到电灯、电话、电视机等家用电器；说到电子学，很多人就有点儿蒙，觉得它太庞大了、范围太广，而且专业性太强，其实它并没有那么复杂。

三

吴一戎曾在多个讲座中作过题为"电子学的历史与发展"的报告，与数以千万计的研究生、本科生和高中生畅谈电子学的前世今生。

他以"电子学（Electronics）是什么"开场，用简单而典型的事实向同学们阐述了电子学在生活中的广泛应用以及电子学的发源。他以电子学的历史、发展、定义和内涵以及结语为提纲，以不同时期电子学的重大突破为线索，简练而系统地介绍了电子学的"前世今生"。

他以时间为轴，从公元前六七世纪的静磁现象，到18世纪末的库仑定律，再到19世纪伏打电池、电流的磁效应、电磁感应现象等一系列重要电磁现象的发现，以及20世纪初马可尼对无线电波的应用，清晰而生动地展示了电子学从无到有、漫长的孕育历程，让同学们对其的产生有了基本认识。

课堂上，吴一戎通过展示电子学的主要应用，如无线传媒、雷达监测，电子计算机为主，辅以多种重要电子元件的发明，让同学们看到了电子学在社会上绽放出了越来越多的光彩。

其中，热电子真空二极管、真空三极管使电子学在无线传媒中得到更为广泛的应用，尤其是在中共抗战时期，更是有着举足轻重的地位。而雷达以及早期的电子计算机更是在战争中展现了其无与伦比的魅力。到了 20 世纪中后期，集成电路的发明和发展为社会创造了难以想象的价值和财富。

在同学们深刻体会到电子学的魅力和巨大作用之后，吴一戎简要而深刻地介绍了电子学的定义和内涵，说明电子学是以应用为主要目的、涉及内容广泛并以电子学材料和器件、电子学系统为研究内容的科学和技术。同时，他希望我国的科研人才能够在该学科方向有更多的自我发明和创造。

吴一戎以诺伊斯、摩尔、肖克利等伟大科学家的事例，启发同学们对科学家及其科研成果的思考，并以幽默的表达——电台发烧友、“大叛逃”喜剧等，调动现场气氛。同学们在轻松愉快地氛围下受益良多，以热烈的掌声表达了对他的感谢。

每次讲座的结束语部分，吴一戎都会简要介绍几种新型应用材料，并一再提醒同学们：“电子学是一门以应用为主要目的的科学和技术，强调的是应用。电子学不是以探索未知物理现象为其目的。”

讲座结束后，同学们热情高涨，踊跃提问。吴一戎耐心、详细地回答同学们的疑问。

“我喜欢回答他们的提问，有问题，说明他们不仅听进去了，理解了，而且已经在思考，这都是好现象；一个国家，一个民族，科技发达了，其他的还担心落后吗?”他笑眯眯地说。

所以，无论走到哪里，讲座结束后，都会有各种各样的问题向他抛来，他都不厌其烦地一一解答。此时的吴一戎就像个和蔼可亲的百事通大叔叔。

吴一戎是科学家，是院士，同时，还是一位老师，有自己的学生，他也喜欢和学生们一起探讨问题，对于年青一代学生对未来的迷茫与焦虑，他表示感同身受。他的母校，北京市八一学校 70 年校庆时，吴一戎应邀跟学弟学妹们做交流，他说：“我年轻的时候同样焦虑，甚至更甚于你们。那时候就是千军万马过独木桥——我们只有高考这一条路，所以更加孤注一掷吧。对未来的不确定也是共性，不过年轻人嘛，要看得更远。”

他把人生比作一场马拉松，告诉学弟学妹，最初跑在前面的不一定是最后的赢家，“高考只是人生的起点，现在你们应该把目标定得更高，对于人生应该看得更远。高考决定不了什么，在之后的人生路上才需要更多的努力。能够学好、能够考好固然很关键，但更在于兴趣爱好，你们要从现在开始找到自己的兴趣，找到自己一生的目标，才能够更好地奋斗。”

“你们需要持续不断地努力，在工作后这一点尤为重要，高考并不是你学习的、人生的终点，年轻人在高中时期努力更大一部分是源于家长、学校、外界的压力，而到了大学，你的努力源于兴趣爱好，所以才更为可贵。”

四

科学是严谨的，科学家的课怎么样呢？枯燥还是生动？

相信很多人充满了好奇和期待。

院士吴一戎的课堂风格是风趣幽默，掌声笑声绵延不绝，走到哪里都深受欢迎，无论多么生涩枯燥的命题，他都能讲得绘声绘色，引人入胜。2014年9月29日，他应邀前往合肥，作客《庐州讲坛》，为合肥市的城市管理者们带来一场名为“从地质观测到智慧城市”的专题讲座。题目就是“智慧城市”要硬件更要管理理念。

智慧城市、云计算、大数据，一个个“当红”的名词，经常把人弄得云里雾里。吴一戎说：“‘云计算’不是拼超级计算机。苹果手机是大众的宠儿，不光是因为它长得好看，更因为它丰富的功能。可有多少人知道，苹果手机上有十多个传感器，可以说是这些传感器让苹果手机变得无所不能。”

吴一戎谈“云计算”时，亮了一亮自己的苹果手机，究竟传感器跟云计算有什么关系？

可以预想，在未来人们生活中，办公可能见不到计算机，人们只要随身带个电子设备，接上插头就能导入所有数据，然后轻松完成工作，哪怕你的公司在世界的另一端。当然，实现这样的场景，要云计算得到充分运用。

吴一戎解释说：“云计算简单来说，是信息的收集和运算共享，最终让空间变成一个‘插座’，大家接上‘插头’就能做很多事。要想做到‘云计算’，第一步也是最关键的一步，是信息的收集。”

吴一戎认为，在对云计算的理解上，很多人还存有偏差，不是说超级计算机越厉害，云计算就能做得越好。相反，我们忽视了最基础的信息收集。吴一戎又拿最近新出的 iWatch 来举例：“iWatch 个头虽然不大，但蕴藏了大量的传感器，帮助我们实现人机对话等功能。未来，如果 iWatch 再安装一些跟生命体征相关的传感器，将会变得更加“神奇”。正是因为对云计算的全面理解，在欧美一些国家，传感器已经成为一个很大的产业，但国内云计算的焦点，似乎还停留在超级计算机的比拼上。”

五

低调、谦虚，是吴一戎一贯的风格，他自始至终以“搞技术的”自居，对技术创新有着独到见解。当谈城市管理的时候，也能举一反三说得入木三分。

“对我们搞技术的来说，技术的世界是满的，现在不要指望哪项技术还有空白，必然会有一项成熟的技术挡在你的面前。”他用爱迪生发明电灯为例。其实，有很多人在爱迪生之前成功制造出了电灯，更要命的是，那时候燃气灯的运用已经相当成熟。爱迪生之所以被人铭记，是因为他铺设电路把电灯送到了千家万户。所以说，“搞技术的”要有耐心和毅力，做有用的技术推动社会的进步。同样，对城市管理者而言，也需要有眼光和毅力。

吴一戎认为，在智慧城市的建设中，对于云计算和大数据这类技术，我们要真正触及技术的核心，而不是跟在别人后面跑。

城市管理者不是“搞技术的”，智慧城市对他们而言，考验的是管理水平。在吴一戎看来，城市信息化“难统筹”的根源在于管理间的矛盾。“现在很多城市管理部门都是条块分割的，信息系统肯定做不成‘大一统’，这也导致了为什么信息系统越来越密集，但难以达到互通。总的来说，智慧城市不光是比拼硬件，跟是在比拼城市管理者的管理理念和水准。

俗话说：干一行爱一行，行行出状元。电子学专家不仅是专业领域的佼佼者，他还希望有更多年轻人加入进来，共同为电子科技领域贡献自己的智慧和才华，大家团结一致，融智融睿，我们国家的电子科技才能在世界上遥遥领先。

六

除了科研、教育和科普之外，吴一戎还以高度的事业心和责任感积极参政议政。

有一些项目、课题，甚至包括论文都需要专家评审，专家的意见至关重要。作为我国科学家群体中的青年才俊，院士吴一戎自然经常被邀请做评审委员。

评审会参加多了，他就发现一个问题。主办方邀请专家时，往往考虑专家的身份、名气，对专业领域倒不是那么严格，或者觉得在一个大范围内即可。

评审会现场，如果不了解人家的领域，发言就受局限。吴一戎感叹“隔行如隔山”。于是，吴一戎在2016年的全国政协会上正式提案：应全面建设专家诚信信息系统，不诚信者纳入黑名单。

他说：“我建议，在基础研究和原创性技术研发的管理上，实行同行专家负责制。当然，同行的专家可能有裙带关系，也存在竞争。为了公正客观，应建立诚信体系和黑名单制度。基础研究与做项目不一样，非本专业的研究人员也是外行。让外行评价内行的成果显然不公正。”

他曾经做了很多评审委员会的评委，其中有些基础研究项目不是他的小专业，评价起来力不从心。“确实是隔行如隔山。”吴一戎院士说。

在理论发现和技术发明的最前沿，往往只有少数同行科学家和技术研究人员了解其意义、可行性和最终的目标，各国的核心技术的竞争有国力、管理、文化和教育上的竞争，但最终也表现为个别专家和专家小群体之间的竞争。他建议在基础研究和原创性技术研发的管理上，实行同行专家负责制。

如何理解“同行专家负责制”呢？

吴一戎介绍：他的建议是在理论研究和原创性技术研发项目的管理

上，实施同行专家负责制。他认为，同行专家应该是我国在该研究方向上杰出的科技人员，熟悉国际上该领域的发展前沿，对企业界对技术的需求有深入的了解。由同行专家制定项目指南，确定项目研究团队，进行项目的验收。

不过，“同行专家”有可能存在竞争关系，也有可能是“同门”、“师徒”等裙带关系，如何保证这样的“同行专家”能够不偏不倚，保持客观呢?

吴一戎认为，目前应全面建设专家的诚信信息系统，把专家的各次决策、评审、评价信息记录入库，用于监督、分析专家的科技诚信度。“要建设社会诚信体系，高级知识分子应首当其冲，科学研究、教书育人的人本身就应该有诚信。”

吴一戎说：“这个信息记录还要有‘黑名单’制度配合。不符合要求的人就纳入黑名单，无法成为同行专家。”

这么多年来，各行各业，数以万计的评委，数不清的评审会，吴一戎是第一个提出这个问题，还是在全国的政协会议上，还直言：不诚信者将纳入黑名单。

七

做有用的科研，是他一直秉承的宗旨。在“问天科学讲坛”智慧开讲系列活动中，他与听众分享自己的见解。

2014 年 12 月 28 日，吴一戎院士应邀到南航进行学术交流和科研合作洽谈，并作了题为“从高分辨率对地观测到智慧城市”的精彩学术讲座，并与师生就报告内容进行了热烈的交流和讨论。

他介绍了对地观测技术的现状与发展，从对地观测技术到数字地球，再到智慧地球的学术热点研究过程与思考，提出了高分辨率对地观测图像是智慧城市整体框架的重要基础和起点。他以中科院电子学所研究的 SAR 技术在地貌绘制、国土资源勘测、自然灾害监控等方面的应用为切入点介绍了在数字地球研究中高分辨率对地观测在数字地球的研究中的作用、关键技术、应用框架和行业典型应用。

他还以自己的研究经历向与会者介绍了他对“什么是创新”“怎么做有用的科研”“如何做科研发动者”的深入思考和独特体会。报告会后，吴院士详细回答了现场师生的提问。报告不仅展现了吴院士对于对地观测技术、智慧地球等方面的研究进展，更展现了他对青年科研工作者和学生成长的殷殷关切。

近些年，走进高等院校、科研院所讲课，成为他工作重心的一部分。他深知，只要有了高科技人才，有了技术，才能把高科技的制高点掌握在自己手里。所以，工作再忙，他也要抽出时间，赶赴一场又一场讲座。一场讲座，数十几百甚至上千听众不等，哪怕只有一两个年轻人因为自己的讲座而喜欢上了电子科技，就是胜利。

兴趣是最好的老师，只有产生了浓厚的兴趣，才会继续钻研，所以吴一戎希望有更多年轻学生因为自己的讲座或介绍对电子科技产生兴趣，也希望更多年轻学子加到这个大队伍中来。

自己之所以有了今天，就是因为当初考大学时填报了电子信息专业，20世纪80年代初期，那是很吃香的专业，只因为自己在中学时对物理产生了浓厚的兴趣，所以才填报了电子信息专业。

一个人适合干什么，能干什么，都跟自己青春年少时的兴趣和爱好有关。

八

吴一戎是1979年考入北京市八一学校，成为高中部5班一名学生的。

“我很幸运，魏德纯老师（后成为八一中学党总支书兼副校长）担任我们的班主任，教物理。正是因为魏老师，我对物理产生了浓厚的兴趣，在高考填报志愿时毫不犹豫就报了电子工程专业，并且一直从事这一专业。这一辈子，我可能只做这一件事。”

尽管时间已经过去近40年，提起当年的情景，吴一戎依然历历在目。

“魏老师上课从不看教案，一支粉笔唰唰唰就写到了下课，他在黑板上推导公式，一步一步，丝丝入扣，层次分明，逻辑清晰，至今我还记得魏老师当年教的一些公式。直到现在，自己许多做事思想方法还有着老师的思维方式的影响。”

学校里的老师给他的影响非常深远：“教我物理的魏德纯老师告诉我们‘学好物理，就要能自己去编写物理书’，从最初我完全不知道如何去写，到后来我发现这个办法很好，我知道如何总结规律，自己动手才能更好地理解内容。因而在今后的科研路上，我也依照这个办法，通过自己的描述把我的理解写出来。”

现在的北京理工大学前身是北京工业学院。高考前夕，吴一戎从招生简章上了解到工业学院有个电子工程系，于是他毫不犹豫就填写了第一志愿。

魏德纯老师把他带进物理这个奥妙无穷的世界，他就想着怎么更深入地了解这个学科。到了大学，吴一戎才知道高中学的知识，对物理学这个浩瀚的海洋来说，简直就是皮毛。所以，进入大学的吴一戎每天都像个好奇的孩子，睁着一双求知的眼睛，如饥似渴地学习。下了课，立即就跑去图书馆查找相关书籍精心阅读。

“大学 4 年，我晚上 12 点前从来没回过宿舍，每天背着个水壶挎包，挎包里是书本，随时随地都在学习。在八一时，魏老师经常教导同学们说我们国家要建设四个现代化，科学技术就是其中一化，你们一定要学好物理，将来给国家做贡献。这些话，到现在我还记忆犹新，进了大学，又选择了自己喜欢的专业，就想着一定好好学习，将来给国家做贡献。”

1981 年，我国刚刚改革开放，各行各业各岗位都急需人才，刚起步不久的电子工程正蓬勃发展。在那之前，普通老百姓的家用电器无非手电筒、收音机。改革开放后，电视机、录音机、电风扇、照相机、电冰箱也陆续进入寻常百姓家。

稀少，就显得珍贵，越宝贝越容易出现这样那样的毛病。学电子专业的吴一戎有了大展身手的机会，大到冰箱、彩电，小到照相机、收音机，出了任何问题到他手里都能起死回生。亲戚朋友、左邻右舍、父母的同事……找他维修家用电器的越来越多。

他觉得特自豪，也庆幸学了一个实用的专业，这就是技术，掌握了这门实用技术，走到哪里都不怕饿肚子了。

高中两年的学习，吴一戎觉得自己掌握了一肚子物理知识，到了大学，才知道那是沧海一粟，电子工程专业博大精深，奥妙无穷，大学四年的学习把他带进一个全新的世界，他要继续探索。所以1985年又报考了研究生，还是电子工程专业，1988年毕业后，分配到中国科学院电子学研究所，成为一名科研人员。

“1988年我进入电子学研究所，当时国家正经历着大的变化，许多年轻学生都选择了创业或者出国。后来，科研投入变大，地位提升，国家开展了‘863计划’，那时中国的科学正处于百废待兴的阶段，我就是在‘继续不断加大投入与提升需求’的大环境中开始工作的。显然，搞科研工作没有想象中那么轻松，但是因为是做我想要做、喜欢做的事，因此也一直激励我。当然还有国家的需求。我也在不断突破一些阻力，努力干好工作。”

求学、工作一直没有离开中关村的吴一戎，可以说他见证了改革开放以来，中关村30年的发展历程。

吴一戎是跟中关村一起成长的一名科学家，他见证了中关村科技30年的发展历程，从无到有，从小到大，先是领先于国内同行业，随着科技的进步，不断走出国门，冲出亚洲，乃至在世界也遥遥领先。

尾　声

30年岁月在时间的历史长河中只是不起眼的一个浪花，而中关村这片神奇的土地，却从148家企业发展到20 000多家高新技术企业。数以千万计的人在这里实现了自己的梦想，成就了完美的人生。还有数以千万计的人正在这片土地上创新创业，向着理想中的目标前进。

吴一戎也从一个刚刚走出大学校门的年轻学子，成长为著名的科学家、院士。多年来，他一直恪守着“一生只做一件事”，执着地追求自己的兴趣爱好。

关于成功，他谦虚地说：“我很幸运，在工作之后，我只做了一件事。无论从事什么，一个人如果找到了喜欢的方向，并且能长期坚持下去，才能成功。现在社会浮躁，如果做多件事情将会一事无成。当然之所以能够坚持下去，第一是兴趣，要趁年轻多激发自己的兴趣，要找准一辈子都愿意投身于此的方向；第二要针对国家需求，内在兴趣与外界需求相结合是最好的状态。”

“人一辈子只做一件事最为重要”，不仅是吴一戎的人生目标，更是对所有年轻朋友的期许。

柳传志：中国商界的不老“劲松”

张　锐

勇敢踏进商海，柳传志一手缔造了气势恢宏的 PC 王国；纵横谋势控局，柳传志一力促成了“蛇吞象”的商业神话；伯乐慧眼识马，柳传志精心打造了活力四射的人才编队；瞄准未来转型，柳传志又与他的团队构建起今天这个生机勃发的投资方阵。作为中国的“商业教父”，柳传志的身上珍藏着丰饶而饱满的经营智慧；作为改变世界的领军旗手，柳传志的身上散发着创新与变革的强大量能；作为历史坐标中的符号人物，柳传志的身上镶嵌着凝重与悠长的时代记忆。品读柳传志，获取的不仅仅是茶余饭后的励志故事，更有向上求索的感召之力以及日益厚实的明天期许。

中关村“商业教父”柳传志

艰难总在开始时

就像张瑞敏中年临危受命、任正非不惑之年退伍从商一样，当中科院周光召院长提出“一院两制”时，时年40岁的柳传志毅然下海。对于那个年代创业的人来说，亲手砸掉自己的铁饭碗首当其冲需要的无疑就是勇气与胆识。柳传志回忆当年时说，自己之所以“毅然下海”，主要原因就是在计算所一干就是14年，一方面是希望能够体现和证明自身的价值，另一方面还是难以接受大量科研成果被锁在抽屉里的尴尬现实。

1984年，柳传志等11名科研人员用科学院计算所的20万元创办了联想，当时所领导或许是希望“体外”办公司赚点“小钱”，来贴补日益拮据的日常开支，连柳传志自己也不会想到，今天的联想已经成为一家横跨“投资与实业”的大型投资控股公司，早年的PC业务不但登上世界舞台，还成了全球PC之王。当年，柳传志他们的办公室就是计算所一间20平方米的传达室，他们为新公司取了一个有些冗长的名字“中国科学院计算技术研究所新技术发展公司”后，那一年的冬天，这11个人就在这个狭小的空间中热火朝天地干了起来。

虽然柳传志在时任中科院副院长的周光召面前立下了“成为年销售收入200万元公司”的“宏伟目标”，但是对于这些丝毫没有经商经验的科研人员来说，如何获得“第一桶金”谁的心里也没底。创业伊始，这些创业者们卖过电子表、旱冰鞋、运动裤衩，甚至因为想要倒卖彩色电视机，被骗子将20万元创业资金一下子骗走了14万元。

在经历了一连串碰壁之后，“中科院计算所”的金字招牌还是帮助柳传志他们打开了局面。计算所将所承担的KT8920大型计算机的部分项目转交给了这家公司，获得利润60万元；为中科院购买的500台IBM计算机提供验收、维修和培训服务，公司获得了70万元的收入；为IBM北京中心代理若干项目，获毛利7万美元。

1985年年初，当柳传志知道计算所的同事倪光南研发出了名为“联想式汉卡”的成果时，当即预感到这是一个改变中国的机会，同时也隐约看到了公司未来的发展方向。此后，倪光南应邀带着这一成果加盟联想，“联想式汉卡”也成为联想第一个“产蛋的金鸡”。

联想汉卡的初战告捷，让这家公司与越来越多的客户建立起联系，也让柳传志他们看到了另外一个机会，那就是计算机在中国的发展空间。但是，出身于科研人员的他们既不懂市场，也不懂销售，没有足够的资金积累，没有相关的书籍、培训供他们学习，于是柳传志走了另一条路，就是通过给别人做代理一方面积累资金，一方面学习经验。IBM 微机的代理权是一个机会。但是受制于没有“进口许可证”，柳传志飞赴香港，经过艰苦的谈判间接拿下了 IBM 微机在中国内地的代理。然而这并不意味着从此就一帆风顺，时至今日，柳传志对第一次做代理的过程记忆犹新：国家体委要购买 12 台 IBM 微机，但体委用来购买微机的钱都放在中国仪器进出口公司（以下简称“中仪”公司），而后者手上握着事关生死的“进口许可证”。当柳传志和国家体委的人一同来到“中仪”公司时，负责办事的业务员冲着柳传志嚷道：“你到底是计算所的，还是 IBM 的?”当被告知是 IBM 的代理商时，业务员顿时吼道：“IBM 的代表？那就是外商了，这个楼不准外商进来，你给我出去！”众目睽睽之下，柳传志讪讪而退。很多年以后，柳传志回忆道：“这对我来说是很屈辱的一件事，当时我也四十几岁了，当着那么多人……”

尽管过程艰辛，但不管怎么说，一手汉卡、一手 IBM 微机代理的柳传志，带领公司开始步入了良性轨道。就在 1987 年，IBM 在微机产品上更加垄断和封闭的改变，也给了柳传志一个新的机会。1987 年年末，柳传志决定放弃 IBM，转而与 AST 签订了代理协议，同时公司出资 30 万港元与一家名为导远公司的香港代理商以及中国技术转让有限公司一起成立了合资公司，柳传志将其命名为“香港联想”。至此，“联想”作为一家具有划时代意义的公司名称，正式出现在了历史舞台上。

虽然帮助 AST 从一家二线厂商迅速成为国内市场第一，但“用自己的品牌取代 AST”一直是柳传志心里的方向。公司一方面通过代理销售扩大收入，另一方面“联想 286 微机”的研发也在紧锣密鼓地进行中。1990 年 3 月，“联想 286 微机”通过检验，还获得了第一年生产 5 000 台的生产许可证。柳传志一直追求的自己研制生产的机器能和外国机器一比高低的愿望开始实现了。就在这一年，联想做出了一个关键决定——把主力队伍全部转向联想微机，包括生产、采购和销售。

如今，在联想控股公司的展厅中，就陈列着一台“联想 286 微机”，正是以这一款产品为起点，“联想”从国内到国际，逐步发展成一个夺目的品牌，一步一步登顶全球 PC 王者的宝座。

紧要关头的战略决断

1992 年前后，联想和很多中国 PC 企业一样遭遇到了国内贸易政策的突变。中国 PC 行业对外开放，原先的进口批文制度被彻底取消，同时关税大幅度降低，一时间，IBM、康柏、戴尔等国际知名 PC 品牌竞相涌入中国，而联想等中国民族企业在这些“巨轮”面前，用柳传志的话说就是一个个“小舢板”。结果非常残酷，1993 年年底，中国计算机产业陷入全面危机，联想也第一次没有完成既定的目标，柳传志不得不承认“打了败仗”。

然而，柳传志没有认输。经过一系列思考和研究，柳传志决定，“不论别人怎么强大，首先从自身找问题”。在他的大力推动下，联想大力改革，从供应链、销售渠道、技术与管理等各方面着手，调整组织结构和业务模式，成立微机事业部，集中公司资源直面竞争以夺回市场。果然，到 1996 年，联想跻身中国电脑市场销售前三名，第二年跃居该销售榜单第一的位置。

但是，就在柳传志与国外厂商拼命抢市场的时候，已在香港联交所上市的香港联想连续出现两年的巨额亏损，亏损额达 2.5 亿港币之巨。危机之下，柳传志飞往香港，撤换香港联想总经理，并在 1997 年作出了将北京和香港两家公司合二为一的决定。

如果说京港两地公司的合并让联想步入了集团军正轨的话，那么 IBM 主动向联想抛来转让自己旗下 PC 业务的橄榄枝则是联想向海外市场铺轨的一次难得机遇。2003 年，分拆后以杨元庆为 CEO 的联想集团确立了海外发展战略，IBM 则再度向其抛出橄榄枝，而当杨元庆将收购 IBM 个人电脑业务的打算提交给董事会讨论时，除柳传志外的其他董事几乎都投了反对票。大家集体反对的理由是，联想集团相比 IBM 吨位相差悬殊，而且，在全世界并购案例中，成功的只占25%，联想集团一旦并购失败，将“粉身碎骨”。

历经大风大浪一路攻城拔寨的柳传志，似乎天生就有着不断挑高目标的基因和审慎务实的态度。面对这样的风险与机遇，他促成董事会做出了这样的决定——同意支付此次交易咨询公司高盛和麦肯锡的顾问费继续推动收购的研判，但是是否收购暂时不做决定。柳传志提出一个关键性课题，即收购以后的风险在什么地方、联想能不能解决。经过深入调查思考，柳传志将收购风险总结为三条：一是收购后ThinkPad这一品牌能否继续存在的风险；二是IBM PC业务员工队伍能否保持稳定的风险；三是收购完成后不同公司文化磨合的风险。

在深入分析了这三种风险后，柳传志进一步判断，前两个风险当时都有解决的方法，而第三个风险则要在过程中尝试解决。正是因为想明白了面临风险与解决之道，董事会终于对收购投出了赞成票。

2004年12月8日，联想集团正式宣布以12.5亿美元收购IBM个人电脑业务，在IBM工作了26年的职业经理人Stephen M. Ward Jr出任新联想的CEO，柳传志自己则卸任董事长，将其交由杨元庆担任。

之后，全球金融危机的爆发对联想集团构成一次重大的生命之考，同时也可以被看成柳传志亲临现场指挥的又一场战役。资料显示，危机爆发的次年，联想巨亏2.26亿美元，成为11年来首个亏损年。冰冷的数据使外界发出这样一个声音“联想已到了悬崖边上”。2009年2月5日，联想集团在公布截至2008年12月31日止第三季度业绩时同时宣布，公司创始人柳传志重新出任联想集团董事局主席，现任董事局主席杨元庆代替阿梅里奥执掌首席执行官一职。在复出的记者见面会上，柳传志沉着地出现在镁光灯下，他说“联想就是我的命”，“联想要做一家伟大的公司。”

柳传志坦言，金融危机只是导火索，联想集团的问题出现在管理上，而他与管理层要做的是“结构性扭亏”，而不是头痛医头、脚痛医脚。

随后，联想集团打出一系列漂亮的“组合拳”：确定“保卫和进攻”战略，即保卫中国市场及全球商用业务等核心业务，稳定市场份额，追求利润；同时进军增长迅速的新兴市场全球交易型业务，全力追求市场份额的增长；公司打破了沿袭其他跨国公司的区域设置模式，将原先的大亚太区、美洲区、

EMEA（欧洲、中东和非洲）和中国区调整为中国区、成熟市场与新兴市场三大业务单元。柳传志还亲自执掌了联想集团的文化重塑，让处于危机中的联想人迸发出更强大的凝聚力与生命力。

自柳传志复出后，仅仅2个季度，“柳杨组合”力挽狂澜，联想集团成功扭亏，不仅PC业务发展势头强劲，还全面进入了移动互联网领域。

不断增色的市场业绩凸显了柳传志“复出”后的魔力。三年后，联想获得了高达215.9亿美元的年营业收入，净利进账2.73亿美元，联想在新兴市场的份额跃至全球第一位。与此同时，联想在全球的出货量超越戴尔成为全球第二大PC厂商，这也是联想首次成为位居第二的PC厂商。更让柳传志欣慰的是，在当年《财富》世界500强排行榜上，联想集团以第449位再度上榜。联想集团展现出强劲的发展势头，拥有了一个坚定优秀的领导团队和说到做到的企业文化与主人翁精神；同年11月，柳传志宣布卸任联想集团董事局主席，将未来无限的宽广舞台，再次交给了以杨元庆为核心的年轻领导集体。

建班子与带队伍

联想的“管理三要素”在商界中可以说耳熟能详，并被很多商学院引用。从长期的企业管理实践中，柳传志探索并总结出了以“建班子、定战略和带队伍”为核心的一整套具有联想特色的企业管理理念和方法，这些管理规律在联想的发展中，包括在2009年联想集团扭亏中都发挥了关键性作用。而今天柳传志所执掌的联想控股，管理的输出也成为这家大型投资控股公司的一项独特优势，正在帮助越来越多的企业实现更好发展。

在联想的标准描述中，“建班子”是“定战略”和“带队伍”的先决条件，领导班子通过“定战略”正确决策，通过“带队伍”有力执行，实现企业的稳健发展，从中不难看出柳传志和这家企业对“人”的高度关注。他曾说，“以我办联想的体会，最重要的一个启示是，除了需要敏锐的洞察力和战略判断力外，选拔和培养人才，恐怕是企业领导最重要的任务了。”

柳传志将人才分为三类：一类是能独立做一摊事的人；一类是可以带领

一群人做好一摊事的人；一类是能够制定战略，带队伍做出大事的领军人物。

从 1988 年开始，一批批刚出校门的年轻人加入了联想的队伍，经过了无数的坎坷艰难，摔打锤炼出了百里挑一、千里挑一的领军人物。从 1994 年成立微机事业部，到 2000 年分拆联想集团，将两面大旗分别交给了两个年轻人，再到联想控股的多元化发展，柳传志让杨元庆、郭为、朱立南、赵令欢等年轻人成了统领一方的元帅，后面还有一批批潜在的领军人物也将逐渐浮出水面。对于任何企业来说，出色的领军人物和优秀的人才队伍，都是它不断保持旺盛发展活力的根本所在。

如果说庞大的联想企业是柳传志所创造的物化形态，那么雄健的人才群体则是柳传志在联想生产出的巨大无形资产，尤其是在培养和造就人方面，柳传志有着国内许多企业家无可比拟的过人之处，甚至可以说柳传志是造就中国企业家群体最为出色的人之一。

前不久，柳传志在一次活动上这样总结自己，“1994 年以前，我在一线亲力亲为，所有项目都亲自主持；1994—2000 年，公司的业务进入一个新的状况，要跟国外的 PC 企业竞争，我就把‘带人’和‘自己做’结合到一起，跟年轻同事一起商量、一起讨论，一边做事一边带人；到了 2000 年，进入联想控股发展时期，我主要和他们一起搭建平台，选择优秀的人，给他们提供舞台。近几年，我自己担任联想控股治理架构意义上的董事长，相当于电影的制片人或者股东的代表，起了批准、监督这方面的作用。”

又一个春天

联想的分拆不仅是这家公司历史上的一件大事，当时在整个业界也引发了巨大关注。2000 年，联想的电脑业务已经稳居中国第一位，占中国 30% 左右的市场份额，后面的第二、三、四名加起来也无法超越联想，而就在这个企业发展的“高点”，柳传志开始部署进入一个全新的领域——投资。柳传志对于这样的部署如是阐释：“我 1984 年做电脑的时候，电脑品牌在全球大概有上万家，最大一家是 IBM，后面有康柏、HP，等等。到了 2000 年前后，绝大部分已经没有了。在高科技领域，如果想要总保持领先，确确实实是要冒很大风险的。我认为应该让联想集团往前走的同时，我们必须考虑风险问题，因此，有必要在另一个领域，或者在多元化领域有生存的资本，这样才能保证原本的高科技业务敢于往前闯。”

分拆联想的同时，作为母公司的联想控股正式起航，有人将这一舞台比喻成柳传志的“下半场”，而他的身份，已经从一位实业家转型为投资家，通过资本的力量，促进中国更多实业企业的发展。

2001 年，资本的力量在中国尚处萌芽，专事 VC（风险投资）的君联资本（原名联想投资）成立，成为联想控股开展投资业务的先头部队，此后 PE 基金（私募股权）弘毅投资、天使投资基金联想之星，再到联想控股进一步着力打造的战略投资业务，柳传志和他的同事们创造出了联想控股“战略投资+财务投资”双轮驱动的战略格局。其中，财务投资以取得财务回报为目的，战略投资则希望通过长期持有，使得企业不断发展，从而取得盈利；同时财务投资所投的项目，如果符合联想控股战略投资关注的领域，也能按照市场化的机制被纳入到战略投资业务当中，发挥独特的协同效应。

君联资本、弘毅投资和联想之星构成了联想控股的“财务投资”业务，形成了从天使、VC 到 PE 的企业发展全生命周期的覆盖。这三家公司目前均已成为业内领先企业，总体掌管着 1 000 多亿元人民币的资金，所投的企业有 600 多家。柳传志粗略算过一笔账，这些企业中已上市企业，今天的营业收入相比上市时增加了 5 000 亿元，而它们今天的市值相比 IPO 节点增加了 8 000 亿元，为社会带来了更大财富。

联想控股的战略投资业务，以正奇金融、拉卡拉、君创租赁等购建的金融服务板块是目前联想控股战略投资中增速最快的业务。最新财报显示，2017 年上半年联想控股金融服务业务营业收入 16. 88 亿元，同比上涨 204%。其中成立超过 5 年的正奇金融营收同比上涨约 31%，达到 5. 9 亿元；成立近两年的君创租赁营业收入同比上涨近 200%，达到 3. 02 亿元；刚从拉卡拉拆分出的考拉科技营业收入也达到 7. 96 亿元。2017 年 9 月，联想控股收购了卢森堡国际银行 89. 936% 的股权，按照柳传志的说法，收购完成后将对联想控股资产结构产生积极影响。另外，联想控股申请证券及保险类牌照也在积极推进之中。

对农业与食品领域投资也是柳传志格外重视的。为了发展这一领域，联想控股成立了投资平台佳沃集团，由原联想集团高级副总裁、新兴市场总裁陈绍鹏执掌，目前佳沃集团已经在饮品、水果、动物蛋白和品牌包装食品等领域建立了领先的全球化产业平台，旗下包括中国规模最大的水果全产业链企业佳沃鑫荣懋、目标全球海产品行业领先企业的上市公司佳沃股份、中国领先的综合食材供应链龙头企业九橙餐饮、澳洲最大的海产企业 KB Food，等等。最新财报显示，2017 年上半年联想控股农业与食品板块实现营业收入 20.08 亿元人民币，同比增长 64%，净利润为 1.25 亿元，同比增长 346%。

创新消费与服务板块是联想控股投资铺展面积最广的地带，在出行、医疗、幼儿教育等多个消费领域都进行了业务布局。例如在出行领域，联想控股于 2010 年斥资 12 亿元战略投资神州租车，以“战略管理+增值服务”助力其一路发展，目前，神州租车已经成为中国最大的租车公司。

值得一提的是，在城市的大出行领域，除了联想控股战略投资的企业外，联想控股的财务投资基金总计投资了 49 家公司，其中有 10 家上市公司，包括美股的易车、高德，港股的和谐汽车、神州租车，以及国内股市的神州优车、合康变频等，足迹遍及自动驾驶、网约车、新能源车、地图导航、汽车金融、汽车部件制造、汽车维修美容、物流和交通大数据共 14 个领域。

有一点需要特别强调，仅以用赚多少钱来衡量柳传志的投资境界也许不够全面。刚开始转身投资领域时，柳传志就坦言，自己的抱负就是通过管理和资本的双输出，成就一批优良的中小企业获得更好发展。譬如，联想控股不仅设立了天使投资基金，以扶持科技创业企业的发展，而且创办了联想之星创业 CEO 特训班，来发掘并培育科技创业人才。在联想控股官方网站上，柳传志的一段致辞清晰表达了联想控股的定位：“我们希望能够以自己的努力实现‘产业报国’的心愿，希望做一个‘值得信赖并受人尊重’的公司，希望在‘多个行业拥有领先企业’，还希望能够有‘国际影响力’，更希望联想控股在实现愿景的征程上为中国奉献出一批卓越的企业……”

的确，联想控股在“制造卓越企业”方面已经初见成效。联想控股的战略投资业务，不只拥有中国最大的个人电脑公司 lenovo，还囊括了中国最大的租车公司神州租车、中国领先的互联网金融服务公司拉卡拉、中国最大水果全产业链公司佳沃鑫荣懋、中国最大民营口腔服务连锁品牌拜博口腔等。而其财务投资业务，以君联资本为例，两次参与了宁德时代融资的同时，君联资本发挥自身优势，在公司的业务及资源对接、内控及资本市场财务规范等方面为对方提供多方位的增值服务，目前宁德时代的市场份额已经赶超 LG 和比亚迪，成为全球第二、国内第一的电动汽车锂电池生产商。同样，君联资本还投资了全球最大的锂电池自动化设备制造商先导智能和锂电负极新材料公司璞泰来，这两家公司均已在沪深股市挂牌。此外，拉卡拉在创建之初即获得了君联资本的投资，后又获得联想控股战略注资，在资金、品牌、组织架构设计等方面获得助推，有望登陆创业板，成为国内第一家上市的第三方支付企业。

2017 年上半年，联想控股实现营业收入 1 424. 82 亿元，同比上涨 6%；归属母公司净利 26. 87 亿元，同比上涨 4%。当然，进入事业“第二春”的柳传志也许并不满足于眼前的这点财务进账，两年前联想控股的上市或许并不能被看作柳传志的“收山之作”，按照港交所规定，待联想控股上市满三年，也就是到 2018 年，联想控股旗下的子公司就可以分拆上市，柳传志给出的形象愿景是：航空母舰上的飞机该一架架地往外飞了！

颠覆者雷军

马文良

多年以后，我依然记得和雷军在他办公室会面的场景。他热情地伸出手，用力一握：“欢迎!”他说。这是一间不大的办公室，屋子里面只有两张办公桌，一张是自用，另一张是会议桌，专门接待客人和采访者。他坐在我的面前，桌面上放着一部小米手机。

见到雷军之前，我已经在小米公司转了一圈，看着密集的工位，以及在格子间中忙碌的年轻人，恍惚间想起自己在某篇文章中描述过的情景：“当时白颐路还是‘电子一条街’，机箱、显示器、主板等电脑配件待价而沽，大街上全是忙碌奔波的年轻人，他们脸上写满了‘朝气’两个字。”不同的是那是1988年的春天，而今是2017年；彼时是中关村，此时是小米公司。

这是一家充满奇迹的公司，从诞生之日起，就成为手机行业的“颠覆

手机产业的“颠覆者”雷军

者”——这也是全球竞争最激烈的行业，一个十几人的小公司两年半时间就做到中国第一、世界第三。同时，小米公司是营收最快超过 10 亿美金的公司，也是营收最快超过 100 亿美金的公司——从创办到超过 100 亿美金的营收只用了不到五年的时间。

就在前几天，雷军宣布，今年年初小米内部既定的 7 000 万台手机出货量目标已提前完成，上个月已突破 7 100 万台。他表示，年初提到的今年力争收入破千亿元的“小目标”也已经提前完成——这也意味着小米公司成为海淀区第一家营收超过千亿元的民营企业。

其实早在 2014 年两会时期，雷军便定下了这个目标，四年的时间小米销售额迈进千亿元大关，现在终于达成所愿。

在中关村，谦逊有礼的雷军是公认的创新者，也是手机行业的颠覆者。他是企业家，金山快译、画王、毒霸、游戏，都与他密切相关，金山 WPS 更是民族软件的脊梁；他是天使投资人，UCweb、YY 语音、拉卡拉、凡客诚品，这些公司的成功无不验证着雷军的眼光；他又是创业者，卓越网卖掉了，然后创办小米科技，“不是必赢就是必输”，他要做一家像苹果一样伟大的公司。而今的小米，也正按照雷军们的规划，迅速迈向中国第四大互联网公司的康庄大道。

互联网上塑造了另一个不同的雷军，但当你看到雷军和他的“小伙伴们”不遗余力地劲推“小米手机”以及“米家”的智能产品，为线下“小米之家”旗舰店开业站台客串收银员，面对众多“米粉”坦然笑对“Are you OK”的问候时，他就是那个生长在中关村的企业家。他做着一件了不起的事情：“让自己骄傲，让家人和朋友骄傲，让整个民族骄傲。”

并非一帆风顺，2016 年小米经历了最困难的一年，全年出货量大跌 36%，甚至一度跌出全球前五。今年第二季度，小米手机全球出货量 2 320 万台，市场份额达到 6.4%，重返第五。

雷军表示，这是小米发展史上意义非凡的重大胜利，世界上没有任何一家手机公司销量下滑之后能够成功逆转，除了小米。

对于小米的整体目标，雷军坦言，“只要天不塌下来，小米公司明年会进入世界 500 强，有 99% 的把握出货量过 1 亿台。10 年后小米营收要突破 1 万亿元”。

“天下武功，唯快不破”，这就是颠覆者的创新秘诀。

和金山一起走过的日子

雷军最初的梦想是做一名优秀的程序员，这一点与他大学所学的专业密切相关。1987 年，雷军考入武汉大学计算机系，他只花了两年便修完了大学四年的课程，大一时编写的 PASCAL 程序，在他上大二的时候就已经被编进大一教材里。他在大学期间编撰的《深入 DOS 编程》和《深入 Windows 编程》也颇受程序员的推崇。

1990 年大三暑假，雷军的朋友王全国和另一个朋友想办家公司，拉他入伙，让他负责技术和服务，股份四个人平分。雷军对自己的技术相当自信，几乎没有犹豫就答应了。

公司取名 Sunsir（三色），希望红黄蓝三原色创造七彩的新世界。团队看似强大，公司人最多的时候有 14 个人，业务范畴也挺宽，卖电脑，做仿制汉卡，甚至接过打字印刷的活。实际上，公司账上基本没什么钱，连吃饭都是个问题。没过多久，公司仿制汉卡的技术被人盗用，对方一次做的量更多，卖的价钱也比他们便宜，这个产品几乎没挣到什么钱。

高涨的创业热情被残酷的现实一天一天消磨，雷军开始思考一个问题：作为一个学生，我是否具备创业所需要的能力？琢磨许久，他提出了散伙。

那是冬天的一个星期天，大家同意了雷军和王全国退出，两个人分了一台 286、一台打印机和一堆芯片，就离开了。

“现在想来很荒唐，像过家家一样。”雷军说，这段创业经历，让他看清楚了现实——没有哪家国内大企业是大学生创业做成的。

1991 年，雷军大学毕业。就在那一年的 11 月，他见到了求伯君：“求伯君那天穿了一件质地很好的黑色呢子大衣，很有风度，让我大感震撼，觉得自己就好像是个站在成功人士面前的乡下孩子。”求伯君是因为写程序大获成功的。在雷军眼里，求伯君是中国最优秀的程序员，是个偶像。他心想，金山既然能够造就一个求伯君，就会造就出第二个、第三个。这一想法激励着他。

1992 年 1 月，雷军正式加盟金山软件，雷军花三年时间开发丰富 WPS 功能的组件“盘古”。四年后，雷军名列“国内十大 IT 杰出青年”，而彼时的李彦宏还在美国求学，马化腾四处筹钱想创办自己的第一家公司。

雷军喜欢读书，他说 18 岁时读过的一本书《硅谷之火》，是他梦想的源泉，那本书讲述了乔布斯和沃兹尼亚克等一群人创办苹果电脑公司并改变世界的故事。“乔布斯说活着是为了改变世界，因为美国人认为他们就是世界的中心，我说我创业是为了科技报国，你信吗?”而这也成为雷军毕生追逐的梦想，“科技报国”的种子萌芽，直到后来遇到求伯君，他才意识到弃政经商也可以实现科技报国，对此他开始深信不疑。

然而，1995 年的市场给了雷军当头一棒。夹在微软与盗版的缝隙里，前有堵截后有追兵，“盘古”失利了，雷军第一次品味失败的苦酒。后来，雷军带领着金山做游戏软件、开发金山词霸，力挽狂澜，让金山走出颓势。金山推出了中国第一个游戏软件《中关村启示录》，售价 96 元。由此，他放弃了一生最热爱的角色——程序员，开始向一个市场人员转变。他成了公司里最拼命的促销员、公关人员、销售员……在这过程中，雷军使金山从上到下形成了一个共识：程序员必须懂得市场，能够流利地表达自己的思想，如果没有市场意识，没有把客户读懂的能力，从哪种角度来看也办不好公司。

1998 年，联想注资，金山重组，求伯君提名，董事会通过雷军担任总经理。同时，腾讯、阿里巴巴、百度等公司相继成立，后来发展成为中国互联网领域的“大佬”，而雷军却一直坚守金山，直到 2007 年 10 月，金山终于在香港上市，但市值只是一家主流互联网上市公司的零头。两个月后，雷军选择离开。

许多年后，雷军说，曾以为金山可以承载他的梦想，于是在一件事情上争取了 16 年。“当你发现不对时，你不敢说，不愿意承认，很纠结。你也大可逆天，破釜沉舟，但是会失去人和。”

当被命运扔在十字路口时，他终于有了一次破釜沉舟的勇气。雷军说，他年过四十才走出低谷，抱着不是必赢就是必输的信念创办小米科技，因此体会到“跳下悬崖”的创业感觉。

天使投资人的制胜方略

离开金山后的雷军，开始进入另一个领域：天使投资。当时雷军的想法是，自己如果做不好 CEO，那就用自己的资金和经验，创造出几家伟大的企业。

2011 年，一家媒体用当时盛行的“凡客体”如此描绘雷军：“爱手机，爱互联网，爱喝碳酸饮料，爱穿棉质 T 恤，爱秀他投资公司的产品。爱骑车，爱整洁，顾惜形象。不到 42 岁，中国 IT 圈最年轻的老革命。曾淡出江湖，张开‘天使’双翼，现又转身飞回。金山软件董事长，小米科技创始人、董事长兼 CEO，多玩网执行董事长，17 家初创型公司天使投资人。”

文章中说道：“雷军一定不会反对用‘凡客体’作为这篇文章的开场白，凡客诚品是他所投资公司的出众者之一。”的确，彼时的雷军在天使投资领域已经颇有建树，所投公司的数量截至今天已经超过 30 多家，这其中不乏凡客诚品、UCweb、乐淘等在各自领域绽放光彩，比如 YY 多玩，2012 年在纳斯达克上市，雷军这一笔 100 万美元的投资，获得 100 多倍的回报。

“谈到天使投资，说实在的，我自己是怎么入行的呢？是在 2004 年年底，我有个好朋友去融资，跟联想投资融资，我去帮忙背书，我说这个很牛，很厉害，他一定能做得成，我讲了两个小时以后，人家问了我一个问题，说你能够一起投资吗？我就是这样投资的，第一次就投了 415 万元人民币，投了孙陶然，第二个投给我另外一个朋友，当时是网易的总编辑李学凌，我投了他 100 万美金，总共 800 多万元人民币，这就是第二笔投资。”

他投的第一个项目是孙陶然的拉卡拉。孙陶然和雷军相识，是在中关村组织的一次会议上，雷军记得那一年是 1996 年：“我进去时台上有一个年轻人，讲得慷慨激昂。”孙陶然回忆，“后来散会我们没走，聊了很久。”二人算是一见如故。2004 年，孙陶然创业，联想投资找到雷军做尽职调查，雷军不但对孙称赞不绝，“陶然做什么都能成”，这是雷军对孙陶然的判断，也是他一贯对他认准的人放出的话。“无论做什么我都投”这话，2004 年他对孙陶然说过，2005 年对陈年说过，2006 年对俞永福说过。

陈年与雷军1998年就认识，后来共同创立卓越网，2005年陈年开始做我有网，雷军投资。后因错误地估计行业环境，我有网陷入困境，陈年放纵自己干脆先去写了本小说《归去来》。2007年联想投资总裁朱立南认为PPG模式适合再创业，雷军认为陈年一定会再成功，于是又投钱给陈年，并全力帮助他重新创业。

2006年，联想投资否决了当时的副总裁俞永福投资优视科技（UCweb）的提议，俞沮丧之余，与他相识一年多的雷军跟他说："如果你从联想辞职来做UCweb，我就投。"

"人靠谱比什么都重要。"雷军说倘若总结自己成功的经验就是三条："第一条不熟不投；第二条只投人；第三条就是帮忙不添乱。"

雷军的投资逻辑是一看趋势，二看人。他是国内最早看到移动互联网潜力，并在该领域布局的人。2005年，他找到一家小公司问人家能不能接受他对移动互联网的想法，遭到拒绝；后来又去找第二家，对方答应了，直接投了200万元。这家公司就是乐讯网。当时京东商城成立不到一年，人们刚刚开始认识到电子商务的魅力，对移动端全无概念。

两年后，国内投资机构才开始关注移动互联网，2007年，国内移动互联网投资总额达到2亿美元，两年前，这笔总额仅是千万美元。

成功的投资生涯令雷军找回了自信，重燃当年梦想。"我喜欢做那种有预见性的尝试，能够实现好多梦想，也挺幸福的。"他说。

互联网"小米时代"的颠覆者

"2010年的4月6日，我们几个人，在北四环的银谷大厦静悄悄地创办了小米公司，一起喝了碗小米粥，就开始了艰难的创业之旅。"

雷军所说的几个人，其实堪称超豪华的联合创始人团队：雷军自不赘言，金山软件的董事长、著名天使投资人。林斌是谷歌研究院的副院长，洪锋是Google高级工程师，黄江吉是微软工程院首席工程师，黎万强是金山软件人机交互设计总监、金山词霸总经理，周光平是摩托罗拉北京研发中心总工程师，而刘德是一位自世界上顶级设计院校ArtCenter毕业的工业设计师。

那时的雷军，已经超过40岁，在互联网领域，堪称老兵。“柳传志是40岁创业的，任正非是43岁，我觉得我40岁重新开始，也没有什么大不了的。”

人因梦想而伟大，他说，18岁时，自己想办世界一流的企业，到40岁发现目标渐行渐远，再试一把，输了也认了，不至于害怕得连试都不敢，老了后悔。

创业初期雷军很低调——先是悄悄成立了公司，然后以第三方名义开发MIUI系统，甚至在招聘时都不说他是真正的老板。在小米创办初期的一年多，任何人不允许讲小米是雷军创办的，也不发新闻稿，拒绝接受任何采访。雷军的想法是，应该把所有的精力都集中在把产品做好上。

“高度认同‘大道至简’，越简单的东西越难做。我们只做了一款手机，也只有一个名字，就叫‘小米手机’。”

雷军说，“小米手机为发烧而生，但是未来的硬件升级空间正在逐步减少，小米要回到原点，回到性能本身，之后才是价格。”

创业一年后的夏天，雷军以一种类似苹果发布会的形式，一个人站在舞台中央，完成了两个小时的演讲，正式推出小米手机。

彼时台下一众“米粉”喊出的“雷布斯”，似乎也彰示这位推崇“乔布斯”的中国创业者身上沉甸甸的创新使命。

小米被认为是中国互联网产业最具创新性的产品，它的意义在于，这是一个纯互联网思维的产物，从商业模式、软硬件、营销方式、渠道创新和社区建设，是彻底的颠覆和创新。

小米先树立品牌，把手机变成渠道，装入移动游戏、社交、电商等，通过服务和软件营利；系统上，小米最早使用互联网研发模式，每周在线更新系统，而苹果是半年更新一次。

此时的雷军将自己定位成“创业者”，创业如同在悬崖跳舞，而这次，他孤注一掷。

小米时代的雷军完全沉浸在一个产品经理的快乐中，不再是西装革履，而是和互联网大多数老总一样，穿着T恤牛仔裤上班，随意但充满活力。黎万强说，小米是雷军产品精神的完美体现，为了挑选小米的开机画面，团队就看了100万张照片。“极致就是要做到别人看不到的东西，也做得非常好。”雷军经常拿“海底捞”讲故事，说做的产品要超出预期。

自2011年10月20日发货以来，不到3个月的时间，小米就创下了100万台的销售业绩。更令人惊奇的是，发货当天，在短短3个小时内10万部手机抢订一空，2亿元的销售神话足以让消费者对小米这个后起之秀刮目相看。然而小米的发展并非一路坦途，质疑和攻击一直如影随形。2012年5月，有人攻击小米暴利，又提前散布小米第三次融资的消息，这些给雷军带来了巨大的阻力。

那时候，雷军召开新闻发布会，对质疑一一回应，他还做了一张成本表，一个个算，小米到底赚多少。“提前宣布我们融资成功，使我们陷入两难——回复是抬轿子，不回复就被栽赃了，我们努力说服投资人公布融资信息。”

雷军说“小米公司的企业思想是尽量不树敌”，这可能与他的性格息息相关。

小米模式：中国式创新的样本

小米公司为什么能快速成功？雷军如此解释：一切从现实出发，互联网给这个社会带来的最根本的改变是什么？是对称，简单说是信息的对称，权力的对称、资源分布的对称都以信息的对称为根基。他说：从信息对称的角度出发，营销的时候要真实，而不是过度宣传，过度宣传就会轻易被用户用互联网搜索等工具识破；真实如何获得消费者，必须把产品做到极致；如何才能把产品做到极致，必须专注；产品做到极致就会有口碑；同时互联网时代一切快速发展，信息快速流动，任何公司都没有秘密可言，适者生存，必须比所有对手快。

而小米的营销更是被雷军做到了极致。用强大的营销，加以企业、产品人格化等手段，一个人、一个企业在一夜之间积聚拥趸。粉丝大量产生，企业将无往而不利。雷军瞄准的目标粉丝是谁？年轻的、18～33岁的理工科男性。这些人就像年轻时候的雷军，是智能手机的发烧友，也是最懂手机的人。他们在周围的人群中充当着意见领袖的角色，颇具影响力，但同时，也是最难伺候的人。

为了征服他们，雷军提炼出了一个七字诀：专注、极致、口碑、快。直到现在，小米基本上就是照这个方法论在走。专注和极致，都是为了做出好的产品。因为好的产品自己会说话。

一时间，“小米模式”的成功成为众多传统行业仿效的对象，从这个意义上看，小米也为这几年风靡全国的“互联网+”推波助澜。

那么小米的核心竞争力究竟是什么？雷军认为有三点：首先，极其重视创新，极其重视产品，极其重视研发。“小米是一家以研发背景和技术团队为主的公司，所以每个产品的细节，每个人都参与其中，我也不例外，这一点可能跟其他消费类电子公司差别巨大。”

其次，小米非常重视“米粉”，这也是雷军常说的“群众路线”。“互联网最重要的就是用户思维，本质就是群众路线，得深入群众，相信群众，依赖群众，从群众中来，到群众中去。互动营销，我觉得它本质上就是群众路线，只要你理解了群众路线，你就理解了用户思维。”

再次，就是独特的经营理念。“小米是一家互联网公司，我们非常重视用互联网技术和思维来运营。在高效率运作这一点上，我们有着极其独特的优势。小米产品之所以物美价廉，很大的一个原因就是我们能够以极高的效率把产品从工厂卖到用户手上。我们将继续用工匠精神做产品，用互联网模式干掉中间环节，让所有人都能享用来自中国的优质科技产品。”

小米的成功，也是“中国式创新”的一个样本，把智能手机当成互联网业务来做，这种独特的“小米模式”也成为全球很多公司学习和模仿的榜样。“我觉得过去的五到十年，中国的创新也越来越被世界所认可，很多商业模式和产品在中国出现以后，也很快被其他国家学习和借鉴。”

不为上市：一切都应顺势而为

在很多媒体的报道中，雷军非常明确表达过小米对待“上市”的态度：“一个好的企业需要 10 年左右时间发展，小米五年内不上市。”

可是后来雷军在证监会的演讲中谈到“小米并不排斥 IPO（公开招

股）”，从而引发猜测：这是要推倒之前的说法，准备在近期让小米上市的提前预热吗？

“我的态度没有变化，小米对我而言是第二次创业，我们是冲着做一家伟大的公司而来，不是为了上市。”

在接受投资之前，这是雷军会跟投资人坦诚沟通的首要问题，只有彼此在价值观上达成共识，才是事业成功的关键。“我跟股东承诺，我会尽心尽力、全力以赴，每周工作六天，每天工作 12 个小时。”看来，“中关村劳模”雷军果然一诺千金。

雷军常常说：“要顺势而为，不要逆势而动，这是我在金山花了 16 年的时间找到的新哲学。”

做金山和创办小米的差别，雷军认为，小米的成功是站在了风口上，做小米是顺势而为，在金山则是逆风而行，而在时代趋势面前，小的坚持都应该放弃。

而上市这件事情，也是如此。“我觉得上市是整个企业发展的一个阶段，也就是说，到什么时候上市，它是一个顺势而为的事情，它不是一个我们要去强求的目标。”

作为金山软件和几个上市公司的股东，雷军深知上市公司的优点和缺点：“上市的好处很明显，第一它会为企业发展募集大量的资金；第二品牌可以进一步彰显，对客户与合作伙伴来说，你的知名度更高；第三对员工意味着过去努力的套现，对股东意味着过去投资的套现。它的坏处是什么？它的坏处是在每一个季度，都得交计划，每一个季度只有三个月时间，也就是做上市公司的 CEO 和管理层，要天天盯着三个月的目标，我们知道一个伟大的创新，可能需要三年、五年、十年的积累，你让我每三个月交一个报告，还要满足分析师的预期和市场的预期，这个其实挺不容易的。”

雷军不想让短期市场的影响搞乱长期的战略，所以要“顺势而为”：“我觉得等到公司稳定后再上市，这样会比较舒服。”

这个“舒服”体现在什么地方？“基础很扎实，对未来的预警会非常准确，抵御风险的能力也会比较强。我认为上市最好的时间点，第一是企业比较稳定，这个时候能扛住短期的压力；第二是要看时机，如果你在做某个行业，又是某个行业市场极度看好的时候，你能募集到很多钱，你能把这些钱用来打市场，你就会领先对手，你就会脱颖而出。所以我觉得如果是这样的时间点，稳健后上市是更长期的。”

雷军希望小米能够走得更为稳健，而不是面对突如其来的起起落落。

或许这时候的雷军能够体会乔布斯在面对各种质疑时的心情，“你跟别人想法不一样，也许你是对的，但都会受到这么多的挑战和置疑，所以这是很痛苦的过程。”

打造“生态链”：复制100家小米

“‘小米模式’在全球是一个全新的模式，这是我们开创的，我们也看到了很多同行在向我们学习小米这个时代的潮流。当小米手机获得成功以后，有各种各样的契机，我们开始做生态链。我们能把东西做得又好，然后我们效率又高，客户买起来又很便宜，这就是小米模式的精髓。”

为了示范“小米模式”是可以学习和复制的，雷军启动了一个生态链计划：“我们计划在五年时间里扶持100家企业学习小米模式，并取得成功。”

“小米生态链”这个概念，已经不止一次从雷军口中讲出，尤其是在某次小米新品发布会上，展示小米生态链的合作伙伴成为开场环节，小米空气净化器、小米手环、小蚁高清摄像机、iHealth智能血压仪等智能硬件产品一一亮相。

他让大家知道，小米除了手机、电视、路由器，还有一大批生态链企业生产出来的产品，他们在智能硬件领域不断“搅局”，试图改变人们对国产电子产品的印象，不是“物美价廉”，而是“工艺品”。

以手机为中心连接所有智能设备，“在初期，小米会以入股的方式来推进生态链的建设，在发展到一定阶段后，会开放小米的生态链。团结一切可以团结的人，不管是初创公司还是家电巨头，小米都愿意成为其合作伙伴。”雷军说，要复制100家小米，从而改变中国制造业。

小米之所以这么做，雷军表示，这是要倒逼所有行业进行改变。“插线板其实是小米和中国第二大的插线板公司合资生产的，小米教他们互联网+。事实上很多行业都被小米搅局了。除了插线板，我们去年搅局了一个行业，就是充电宝，我们的铝合金充电宝做得很精致，售价只要 69 元。我们进入这个市场的时候，售价都在 200 元以上，质量还很次。”

小米在刺激同行，这些行业如不改变，等搅局者来变，生存空间就没有了。小米发挥的是鲶鱼效应：把“互联网+”注入这些行业，用极致的思想改变行业。于是一个结果产生了，中国产品不再是低劣产品的代名词，而是全球最好的产品。

“五年前我们所有人都觉得国产产品很 low、廉价、质量不怎么样，我就是想改变中国人对中国产品的印象，我相信小米过去五年已经影响了很多产品，未来大家会更加对国货竖起拇指，这是我想推动的‘新国货运动’。”

在智能硬件领域，小米已经投资了 55 个公司，未来会投资 100 家。小米希望把这 100 个行业搅和起来，用互联网的方法把中国企业变成全球最有竞争力的企业，让中国在这些领域成为全球最佳商业实践。那时候中国制造就变成了中国智造，而不是依托于低成本劳动力，劣质、低价的代名词。中国正处在“互联网+”的风口上，小米希望扮演好自己的角色。

“小米的牌都摆到桌面上了，布局已经完成。”小米手里有下面这些牌：小米手机、小米电视、智能家居三大硬件业务；MIUI 操作系统，云服务、大数据，游戏中心，小米金融四大互联网应用；互联网内容生态、智能硬件生态两大生态系统建设；小米网与国际拓展则对接客户端。

小米以及“生态链企业”取得成功，靠的是实力，而不是“忽悠”。“在过去的 30 年里面，中国从改革开放以来，利用人口优势和劳动力成本的优势变成了世界的制造大国，在跨过了第一个门槛以后，极其重视教育和科技，培养了大量的科技人才，鼓励了科技的创新。在这样的大背景下，各行各业的科技创新做得越来越好，在很多的领域都处在了世界的行列，我觉得这足以证明了中国科技的实力和中国未来发展的信心。”

开心就好：寻回创业心态的本质

“2015 年年初我们定了一个 8 000 万台的销售预期。面对这样的市场形势，我们不知不觉把预期当成了任务。我们所有的工作，都不自觉地围绕这个任务来展开，每天都在想怎么完成。在这样的压力下，我们的动作变形了，每个人脸上都一点一点失去了笑容。我们是一个刚刚创业不到六年的公司，应该朝气蓬勃才对。这时候，我们就要多想想，当初我们为什么出发。”

在2016年小米年会上，雷军进行了自我反思。“创业心态的本质是什么，就是要做自己觉得酷的产品，就是要享受这个过程。无论有多少困难，无论有多少问题，我们都要享受这个过程。回头看，走到今天的路上，我们吃过很多苦，踩过很多坑，跨过很多坎，但最后一下能想起来的，不都是感动的泪和开心的笑吗？所以我们定下了2016年最重要的战略：开心就好。”

他说，KPI太low，我们去做机器人了。“我们在脚踏实地做好核心业务的同时，也要不忘仰望星空面向未来。我们决定抽出一个小分队，开始筹建小米探索实验室，初期重点投入虚拟现实（VR）和智能机器人等新方向，为小米的发展奠定下一个台阶，也为所有喜欢科技的人们提前发现未来。”

所以，即便是在两会期间，他也在关注谷歌人工智能AlphaGo与前世界围棋第一人、韩国九段名将李世石的“人机博弈”。在首战后，雷军更新微信公众号，《这局棋，我站在人工智能这边》。“作为围棋爱好者和计算机工作者，我坚信电脑胜出是时间问题。更重要的一点是，李世石作为人类围棋领域的顶级代表，多少年才能培养一个？全世界能有几个？然而我们复制一百万个、一千万个AlphaGo的难度又有多大呢？一个人的智力和技巧的提升，无论他多么出类拔萃，对于其他人的影响终究有限。而一台机器的智能水平能走到哪里，其他机器就都能走到哪里。从这一点上看，我对未来人工智能的发展充满了期待。”

他还不忘调侃：“我的同事给我讲了个笑话，说今天AlphaGo赢了并不可怕，可怕的是，如果AlphaGo故意输给李世石的话……好吧，谢天谢地这一幕没有发生。”

这两件事情结合起来，就不禁让人产生联想，小米的“机器人小分队”能否为这家目标远大的公司寻找到“下一个风口”？这或许需要等待时间的证明了。

如今，小米开始发力线下零售渠道。小米宣布他们准备在2020年前将渠道延伸至线下，开出至少 1 000 家零售店。线下扩张计划得以实施是因为小米在中国已经成了“家喻户晓”的品牌，未来它在市场上的能见度会越来越高。

2017 年 11 月 5 日，全球首家小米之家旗舰店在深圳万象天地正式开业，该店面积 650 平方米，为迄今面积最大的小米之家，这是小米公司聘请世界知名的设计公司 8 Inc 担纲旗舰店设计。而在 2001 年，8 Inc 为乔布斯设计出了第一家苹果零售店，到了发布 iPhone 6 时，他们又为苹果设计了发布场地。除了苹果之外，维珍航空、林肯汽车、特斯拉、耐克、可口可乐等全球知名品牌也都是 8 Inc 的客户。

雷军携小米及其生态链的大佬一起站台，参加全球首家小米之家旗舰店的开业典礼。他说，小米从诞生之日起就是个不断追求创新的公司，有决心也有能力大胆探索新模式，为米粉们带来新的购买体验。

“创业就是干别人没有干过的事情，干别人干过了但没有干成的事情。一个非常优秀的创业者往往都是离经叛道的、很夸张的人，他有挑战一切的勇气，我觉得这是需要鼓励的品质。我鼓励创业者要能够挑战权威，颠覆现有规则，这才是成功的经验。”小米公司的发展就是一部鲜活的“中国故事”，它为中国在科技进步以及创新上面在全球赢得了震撼力的评价。

雷军说过，小米的梦想是“星辰大海”。他说自己要做一个推动国货崛起的“工匠”，在中国迎来创业最好年代的当下，希望更多的“小米”发扬“工匠精神”，制造出打动人心的“新国货”，重新定义“中国制造”，讲好这个时代的“中国故事”。

静守云端的星辰

胡玉枝

严望佳，人们对于这颗闪烁而又神秘的启明星和守护女神，充满了期待和渴望。但是这种期待和渴望最终落了空，因为种种原因人们没能亲眼看见她的风采。但她的风采和她的星辰清晰地展现在我的眼前了。

启明星辰 CEO 严望佳

一个高挑纤秀婉约的春城女子，楚楚动人，清秀的脸上，一副精致的眼镜，平添了几分知性的干练和睿智。启明星辰总裁办主任王海莹，同样清秀聪慧的女子，说着她眼里心中的严总，那种语气，让你一下觉得严总就立在眼前。

百草园里的小公主

严望佳，本名王佳，结婚后随夫姓改名为严望佳，其内涵和意义，不言而喻。而这样随夫姓改名的事情，在 1949 年以后的中国内地，应该说是没有的。但这的确是中国传统文化中很有烙印的习俗。当然在当今的国外和我国港澳台等地，依然有这样的传统。这也从一个侧面说明了严望佳骨子里是个很传统的女子。

王佳出生在春城的一个温馨的书香世家，爷爷是著名书法家，妈妈是小学老师，爸爸是医生，还有一个漂亮的姐姐，一家人都很宠爱她。忙碌的爸爸妈妈会抽出很多时间，呵护这个乖巧的小女儿。姐姐也很疼爱听话的妹妹，什么好吃好玩的都留给妹妹，还带着妹妹到处玩。王佳像个小公主。

那时王佳和姐姐最爱去的地方，是一个长满绿树和青草的园子，那些绿树和青草常常让她生出许多奇妙的想法，比如同一片草地，为什么有的草旺盛，有的就很稀疏？为什么这种草长成这样？为什么这里的树和草都不开花呢？

多愁善感的小姑娘，也曾为此而忧伤。直到她读到鲁迅的《从百草园到三味书屋》，一下就意识到，这里不就是她的百草园吗？因而她更喜欢去那里玩了。有时她会呆想，这里要是下一场雪，该多好呀！那时她还没有见过下雪，对满天飞舞的雪花，有着很美好的想象。

书香世家的爸爸妈妈，希望女儿成为一个精通琴棋书画的多才女孩。因此妈妈特意送她学习国画、象棋、小提琴，还学习了武术。她样样学得有模有样，尤其是画画，可能是秉承了祖父的天分，她画的国画很有韵味。她常常在黄昏里，拉一曲小提琴，心儿随着琴声在夕阳下舒卷飞翔。这在当时是十分难得的，拉小提琴也濡养了她的气质和修为。所以今天所见，就不足为奇了。

她的祖父王白纯，别署泊蕫，字暇逸，晚号梅翁，云南通海人，生前为中国书法家协会会员，云南第一届书协常务理事，云南省文史研究馆馆员。书法篆刻俱佳，行书尤精，出版有《王白纯书法篆刻选集》。该选集的封面题字是赵朴初先生的手笔。

梅翁书法宗从王羲之，行草疏放有度，自成一体；其篆刻颇有魏晋风骨；梅翁的古诗词也堪称一绝。很早，梅翁在云南就已经很知名了，在通海更是名扬一方。至今，通海的秀山上梅翁书写的对联和题的匾额仍然随处可见，昆明的筇竹寺等许多景点也有很多。

梅翁治学严谨，为人低调谦逊，因而在当下的云南书画圈内流传着这样的说法：梅翁是一个一辈子没有享受过自己成果的书法家，这个已经让许多人陌生的名字，有近万件很有价值的作品不知流向。

王佳也是在祖父去世后，才接触到一些祖父的遗作，其中有一枚《后有钟期必知音》的篆刻印章，让她深刻地体会到祖父内心刻骨的孤独和没有传习的遗憾。但是，祖父潜移默化的影响，也造就了她的沉静内敛温婉低调。

或许是遗传基因吧，王佳从小就非常聪明好学，学习成绩总在前茅，用当下的话说，她可是当年的学霸。中学时，她就通读西方哲学著作，那些哲学思想，对于少年的王佳，有着很大启发和触动，也影响着她的人生。那时她把大把的时间放在读哲学著作和临摹中国画上，但并没有影响她的课本学习，尤其数理化，简直就是天才，高中曾获得全国数学竞赛的最高奖。那时她的梦想是成为中国的居里夫人和爱因斯坦。因此，1986 年填高考志愿时，她毫不犹豫地选择了复旦大学的核物理专业。但是，宠爱她的妈妈，担心将来这项工作会把王佳隔离起来，因而妈妈坚决地把她的第一志愿换成了计算机软件专业。

要知道，1986 年的计算机软件专业，对于绝大多数中国人来讲，恐怕还不知道是什么呢，可王佳的妈妈是这么有前瞻性和预见性，为她选了这个专业，不得不让人佩服。这种前瞻性的果断，也遗传给了王佳。是年，16 岁的她，以优异的成绩，考取了上海复旦大学的计算机软件专业。

从复旦到宾夕法尼亚的人生历练

16 岁的王佳，只身到上海求学。复旦大学四年的学习生活，开启了王佳的人生大门，她不仅学习到了先进的计算机知识，丰富了她的学识，还遇到了她的白马王子。

复旦大学开放式的教学，吸引了许多世界级的科学家及院士，像苏步青这样享誉世界的科学家都在此执教，许多校外各行各业的著名人士，也被邀请来做演讲和讲座。

每年，复旦大学都举办超过两千场的讲座，以及近两百个论坛和学术会议。听讲座，已经成为学生们的学习渠道和生活方式。

王佳在校时，每个晚上都有很多场演讲，每个人都可以根据自己的爱好随意挑选。当时，他们每天晚上吃完晚饭，来不及回宿舍放下饭盒，就叮叮当当地从食堂跑去听讲座。这几乎成了每天晚上的一道风景线。这些讲座，让她的知识面不断丰富起来。

她的爱情也是在这些讲座中收获的，那些浪漫和温馨，至今仍在温润着彼此。大学一毕业，20 岁的王佳，就嫁给了她的白马王子——严立，并把自己的名字改为严望佳。

结婚第二年，21 岁的严望佳和丈夫严立一起去了美国留学深造，在费城坦普尔大学继续学习计算机。

最初到美国时，她和当时的绝大多数留学生一样，经历了很多困顿，教学方法的不适应、生活环境和生活习惯的不适应，以及经济上的入不敷出等等。但很快她就调整了过来，她的学习成绩开始不断飙升，两个月后，她每月都拿最高的奖学金。很多人都开始喜欢这个漂亮聪明的中国女孩，她的口碑越来越好。

她虽然每月都拿最高的奖学金，但它对于美国的生活却是杯水车薪。她又不想给家增添更多的负担，当然家里也没能力再多给她，她就想边打工边读书。开始她和几个女孩一同去了唐人街的一家中餐馆应征服务员。结果，其他女孩都留下了，老板却没有要她，因为她看起来太小了。不得已，她只好在学校餐厅里，找了份一小时能挣 4 美元的工作：帮人下货，搬运成包的肉肠、方便面、豆腐包之类。

在家从没干过重活的她，虽然很辛苦，但当时她觉得很充实，也很坦然。因为她知道，所有的苦，都是未来的铺垫。

再后来，她得到了一份助教的工作，生活终于安定了下来。此后六年间，全身心投入学业的严望佳，先后取得费城坦普尔大学计算机系硕士学位，以及宾夕法尼亚大学穆尔工程学院计算机系博士学位，渐渐成为领域内小有名气的华人专家。

在攻读博士学位的同时，她还担任了宾大沃顿商学院计算机中心系统分析小组负责人，承担整个商学院网络策划、系统管理、数据安全及数据传输加密等工作，并辅助沃顿实现了世界范围内的联网优化。

1996 年，获得宾夕法尼亚大学博士学位时，严望佳 26 岁。6 年的留学生活，历练了她的人生，也历练了她非常独立、非常自强的习惯和思维方式。

最重要的是，留学期间她接触到了世界上最先进的美国的 IT 产业，使她不仅认识到了 IT 产业中的一些支柱型企业是怎样做起来的，更认识到了 IT 产业是怎样去影响整个社会的。

彩云飘落中关村

26 岁的严望佳，从宾夕法尼亚大学获得计算机博士学位后，婉言谢绝了美国多家著名高科技企业的高薪聘请，回到了祖国，用己所学，报效国家。

其实，她选择回国创业，不是一时的心血来潮，也不是哗众取宠，而是源自她骨子里的中国情，传统的根的情怀。美丽的春城有她的父母，有她的姊妹，有她年少的记忆。她非常热爱中国文化，并且以自己是一个中国人而骄傲。

其实，她在毕业的前一年，也就是 1995 年，回国探亲时，就接触到了国内的几个信息项目。虽然当时中国互联网产业刚刚起步，无论是高等学府的学术机构，还是政府主导的科研机构，都只懂得采购国际高端的硬件设备，而在信息安全这类软件领域，几乎是一片空白。但是敏锐的她，还是捕捉到了国内信息产业发展的广阔前景，以及国家对网络安全技术的迫切需求。

正是她这种敏锐的前瞻性和预见性，改变了最初她在宾大沃顿商学院计算机中心系统分析小组当负责人时的想法和人生规划：待到毕业，一面教书一面继续搞科研，之后晋升副教授、教授。以此，她把做网络安全作为回国创业的基点，填补国内这项空白。

这样一位骨子里浸染了中华五千年传统文化的柔美女子，却走进了一个充满了神秘和刺激的网络安全维护顶端领域。这种极端对立的角色，很难一下让人统一起来。但就是这样一个温婉的女子，成了中国网络安全的守护者。她就像一朵彩云，飘落在了中关村创业园里。

理想与现实总是有差距的。当她满腔热忱地拿着她和丈夫两人的 50 万元积蓄，作为初始资金，在中关村科技园注册启明星辰后，却经历了一个漫长的冰冻期。

三年，只有投入，没有收入；最困难时，员工的工资，都是她贷款发放。

这对于一个刚起步的创业者，是怎样的考量啊！但是，她没有气馁，也没有放弃，她和她的团队耐住寂寞，潜心开发自己的核心技术。她清醒地知道，中国的互联网总有一天会火起来的，而立于不败之地的，只能是领先的技术。

为了打开国内市场，严望佳决定从普及网络信息安全知识着手，以先进的安全理念和全新的安全知识进行市场启蒙和产业引导。

于是，她从清华、北航和中科院请来三位朋友，与国家信息中心、国际计算机安全协会合作，编写出版了《网络安全基础》《网络安全结构设计》《计算机网络安全工具》《防火墙的选型、配置、安装和维护》《黑客分析与防范技术》等网络安全系列丛书，首次在国内系统地阐释了信息安全的理念和方法。这套网络安全丛书填补了国内空白，也为启明星辰日后的发展铺垫了道路。

梅花香自苦寒来，严望佳和她的启明星辰，在历经三年的坚守和努力后，终于迎来了中国互联网爆炸式的迅猛发展阶段。一夜之间，互联网遍地开花，1999 年，几乎所有单位都开始铺设网络。随之而来的网络安全问题，也一下涌了出来。启明星辰恰逢其时地推出第一款产品，Web Keeper 网站监测与修复系统。这款深受市场欢迎的产品，使启明星辰当年实现了盈亏平衡。

作为一名拓荒者，危机意识时刻萦绕着严望佳。她清楚地意识到，若要在激烈竞争中居于不败之地，必须掌握一种能够解决网络安全本质问题的关键性技术，必须有自己的独家产品，必须强化研发功力。

由此，她主导公司于 1999 年 12 月成立了积极防御实验室（ADLAB），会聚国内顶尖专家协同作战。成效显著，2000 年 3 月，启明星辰天阗入侵检测系统应运而生，成为世界第一款 IDS 产品。这款轰动业界的安全产品，创造了一系列的国际国内第一，被誉为 E 时代的网络侦察员。

严望佳将这款 IDS 产品，命名为天阗，其用意深刻。一来天阗本是女娲补天用的五彩石，也恰喻了这款产品的不可替代性及世界第一性。二来阗字，门里是真，不是真的东西别进来，意喻了启明星辰的诚信为本。这也正是严望佳的写真。

这款 IDS 产品在为启明星辰带来巨大经济效益的同时，也带来了极高的政治声誉：2000 年 1 月 24 日，党和国家领导人到启明星辰公司视察；三年后的同一天，胡锦涛同志亲切接见了严望佳。这极大地鼓舞了启明星辰。

因此，从2000年开始，启明星辰的年收入几乎逐年翻番，2006年登上了福布斯中国潜力企业100强排行榜。

凭借领先的技术实力，自2002年起，启明星辰稳居国内入侵检测、漏洞扫描市场占有率第一位，并陆续承担了包括计算机信息系统安全保护等级评估认证体系、国家“863计划”、国家火炬计划等近百项国家级重点科研项目，拥有最高级别的涉及国家秘密的计算机信息系统集成资质，成为中国电子政务IT 100强。

2010年6月23日，启明星辰在深交所中小板正式挂牌上市，成为国内第一家登陆资本市场的民营信息安全企业。凭借一路水涨船高的股价，持有公司39.8%股份的严望佳与丈夫严立在2015年跻身全球亿万富豪夫妇行列。

作为中国最具主导地位的企业级网络安全供应商，启明星辰凭借多年技术积累与不断自主创新，先后全面出色完成了北京2008年奥运会、2010年上海世博会、2010年广州亚运会、2012年亚欧博览会、2014年APEC大会、2016年G20杭州峰会、2017年一带一路峰会、金砖厦门峰会、党的十九大以及嫦娥号、天宫号、玉兔号等众多国家级重大安保项目，成为国家网络安全发展中不可或缺的主力军，为国家网络安全保驾护航。

多年来，启明星辰始终信守中正、中和、自强、沉静、责任、承诺的理念，坚持以用户需求为根本动力，通过不断耕耘，已经成为在政府、电信、金融、税务、能源、交通、军队、军工、制造等国内企业级客户的首选品牌。

一身书卷帅三军

眉梢眼角藏秀气，声音笑貌露温柔。用《红楼梦》中这句形容林黛玉的诗句，来形容严望佳，倒是十分妥帖。只是严望佳内敛谦逊的沉静之美，更令人倾慕。

而将这种沉静之美，运用在企业管理中，那种奇妙的涟漪效应，是不可想象的。

严望佳将沉静化作启明星辰的文化元素。她的沉静，就是首先能够静得下来，在动态的环境中找好自己的位置，然后踏踏实实、孜孜不倦地加强企业的核心竞争力，形成自己的风格——沉稳、务实、内敛以及低调。

虽然严望佳常常以书生自诩，但其实这种沉静之美呈现出来的更多的是书卷气。这种沉静的书卷气，凝聚了更多的书卷气的书生。当然严望佳是书生，她当初回国创业的决定是书生；而后绝境中的坚守与拒绝是书生；遇到问题，坐下来讨论，掰开揉碎地讲道理，儒雅温和的场面是书生；满载荣誉时的淡定是书生；但这些沉静的书生，凝聚的是书卷气。

正是这些书卷气的书生凝聚的团队，形成合力，共同迎接一切挑战，成就了启明星辰如今的辉煌。也正是这些书卷气，使严望佳在战略决策上，迄今还没有一次失误。

当初以启明星辰来命名公司的名字，就是寓含了宇宙之大气，象征光明、祥和。对于那些黑客及黑网站，启明星辰可以带来光明。启明星只有一颗，星辰代表群星璀璨。严望佳和丈夫严立，都说自己只是启明星辰中的一颗星，强调团队的凝聚力。

为把启明星辰锻造成一支竞争力卓越的队伍，严望佳倡导中西合璧的日常管理方式。将西方文化与东方智慧相结合。以西方的管理理念和崇尚科学严谨的做事氛围，建立团队架构，以中国传统文化的中庸思想，作为润滑剂，调和团队。

日常里，她总是轻言慢语地和每个人说话，声音很柔美，一脸温柔地倾听每个人的意见。可公司一旦做出决定或立下制度，就绝不容置疑。试图挑战权威的人，往往接触到她坚定的眼神和果敢的语气，就先打了退堂鼓。

在启明星辰，所有的理念和计划都需要团队来实践。公司发展得越快，越是需要团队的稳定和素质的提高，这就需要不断增强团队的凝聚力和向心力。在这个团队里，学位、学历、背景并不是最重要的，最重要的是能力和宽广的胸怀。大家为着同一个目标去努力，彼此尊重和信任，真诚地互相帮助。这种积极的工作环境，让大家都有积极性、有动力为企业去工作、去创造。

严望佳认为，启明星辰的精神内涵、核心理念和价值取向可以用六个字来集中体现，那就是中和、中正、自强。中和强调的是公司内部要形成统一和谐的氛围；中正强调的是要走正道，有道义，担责任；自强强调的是要立志高远、自强不息。

现在，启明星辰的企业文化里又融合了新的元素：沉静、承诺、责任。毕竟，企业文化的演进其实也是一种创新。她还特别倡导专注与沉静，力求带领团队在踏实中奋进，不被外界的浮华蛊惑。高速发展的社会，浮躁几乎成为常态，但创新需要的是专注和沉静。探求利益的触角过于发达，企业就失去了创新的力量。

其实，这也是她沉静的书卷气的体现。

为了更好地弘扬启明星辰的企业文化，她还主编了两本企业内部刊物：公司刊物《星之信》和企业文化专刊《我们》。《星之信》全方位地展示了启明星辰理念、决策以及所有员工的心声，它的稿件来自公司内部的各个部门。

而《我们》的办刊宗旨，在其官网上这样写着：《我们》企业文化专刊由启明星辰集团公司主办，旨在通过生动的文字与图片深入挖掘和展示启明星辰企业文化，记录启明星辰人的所思所想、真实的工作、朴素而自由的生活。愿她打开文化之窗，传播文化价值，滋养我们的心灵！

这两本刊物，诠释了严望佳对企业文化的定义及定位：企业文化是能够影响到人的行为、被大家认可的一种价值观或者价值体系。企业文化的内涵，是能够影响到企业行为和员工行为、影响决策者决策、影响每个人行为方式的一种由理念所产生的氛围和价值取向。这种价值取向，在执行过程中不断得到强化，并根据企业发展的需要不断演进。

启明星辰一直认为，要成为一流的企业，就必须有一流的人才。而要凝聚一流的人才，就离不开优秀的企业文化；有了一流的人才，要进一步打造一支有着高强创新能力和执行能力的团队，也离不开优秀的企业文化。从成立的第一天，公司就有鲜明的价值取向和精神内涵，就开始了企业文化的塑造。

其实这也是严望佳的书卷气造就了启明星辰的文化理念、人才理念、管理理念，从而使之立于不败之地。

不忘初心　方得始终

三十年，弹指一挥间。中关村从不名一文的小小村落，已成为享誉全球的中国硅谷。二十载，白驹过隙。启明星辰，依旧是中关村最璀璨的星辰。

启明星辰，过去二十年，虽然取得了辉煌的成就，但是它依然不改初衷，守护在中国网络安全的最前沿。继续致力于提供具有国际竞争力的自主创新的安全产品和最佳实践服务，帮助客户全面提升其 IT 基础设施的安全性和生产效能，为打造和提升国际化的民族信息安全产业第一品牌而不懈努力。

正如所谓专业之道，唯精唯一，这既是启明星辰企业文化的内核，也是它信守的精神所在。既是启明星辰的初心所愿，更是严望佳一生所追求和奋斗的目标。

严望佳是个很有社会责任感的人，常以天下忧为己忧。她也要求公司员工做一个对社会有责任感、对客户有责任心的人。启明星辰非常重视社会公益活动，而开展公益事业的目的，是为他人尽一份力的同时，也是为了培养员工的社会责任感。

为把员工对企业的责任提升到对国家的责任，作为民营企业的启明星辰还成立了党支部。严望佳认为，党支部对公司氛围的营造起到了不可或缺的作用。通过支部建设和活动，加强员工的政治敏感性和责任意识，让员工们的思维和祖国的脉搏一同跳动。

启明星辰党支部成立于 2000 年，秉承责任与生俱来，奉献与生相伴的企业文化理念，党支部多年来一直积极代表公司参与各项社会公益活动。严望佳非常关注和支持党建工作，以及各项社会公益活动。

党支部的成立给员工提供了一个思想交流、沟通的空间，培养了很多优秀的员工和优秀的管理者；在员工需要帮助的时候，党支部代表公司送去温暖；还代表公司通过多种渠道、多种形式先后 35 次向内蒙古、青海草原雪灾灾民，印度洋地震海啸灾民，西部贫困母亲，西部干旱缺水地区送温暖，支持国家抗击“非典”，汶川、玉树地震赈灾等，捐助了大量衣物和现金。

由于在党建工作中的突出业绩，启明星辰党支部多次受到上级党委的表彰：连续 6 年被海淀园企业工委评为“海淀区先进党支部”；2003 年作为北京市代表在中央组织部召开的全国非公企业建党工作交流会上进行了经验交流，同年年底被海淀区评为“先进党支部”；2004 年 7 月被评为“北京市先进基层党组织”；2006 年 6 月被中共中央组织部评为“全国先进基层党组织”，这是非公经济高科技企业党支部所获得的最高殊荣。

随着党建工作的不断发展，经上级批准，2009 年年底，启明星辰党支部改建为启明星辰公司党委，下设 7 个基层党支部。由于公司党委的感召力，现在每年都有年轻人积极要求加入党组织。

新时代、新思想、新征程。2017 年 11 月 3 日，启明星辰集团党委召开党委扩大会议，认真学习宣传贯彻党的十九大会议精神，启明星辰党委成员、各支部委员及公司高层领导参加会议。党的十九大报告进一步指明了党和国家前进的方向，是在新时代坚持和发展中国特色社会主义的政治宣言和行动纲领，作为全国先进基层党组织代表和海淀区重点企业，启明星辰高度重视学习贯彻党的十九大精神。

针对十九大报告指出的聚焦精准扶贫，实现全面脱贫的号召，副总裁严立表示，全面脱贫是全面小康的底线任务，共同富裕是我们整个国家的根本性目标。2012 年 5 月，启明星辰向北京市民政局申请，成立了非公募性质的北京启明星辰慈善公益基金会。启明星辰的慈善公益基金会从现在到 2020 年会更加聚焦、专注精准扶贫的目标。要真扶贫、扶真贫，这是新时代的一个新的使命。

在公司快速稳定发展的同时，启明星辰坚持以爱心回馈社会，截至目前，已累计资助贫困学子、受灾贫困群众 3 000 多万元人民币，并先后在江西瑞金、青海省湟源县和平乡、青海省西宁市长宁镇王家庄、新疆伊犁州特克斯县库克苏乡、霍城县三道河乡修建 5 所希望小学，并在各个学校建立了希望书库。

启明星辰一直以来以高度的社会责任感和博爱精神致力于公益事业。捐资助学是基金会的工作重点，今年共完成助学项目 8 项，受助人数达到 1 100 余人，地点分布在甘肃甘南、四川阿坝、西藏拉萨和昌都、北京房山和海淀等地。

在坚持自身自主研发的同时，启明星辰积极与高校和科研院所在产学研用方面展开合作，推动技术研发自主创新。启明星辰集团在中国计算机学会设立了百万级的鸿雁科研基金，面向高校和科研院所的青年科技工作者，采用“揭榜挂帅”的小微课题方式，调动青年科技人员的积极性、主动性、创造性，助力青年科技人员的科研开发。

都说政治是男人的舞台，但巾帼不让须眉，历史上女人参政的也不在少数。2008 年，年轻柔美的严望佳，当选为全国政协第十一届委员会委员。当年两会上，她是一枝奇葩，不仅容貌秀丽，而且提案也精彩。第一次将促进国家网络安全行业发展写进提案，填补了空白，得到两会代表的赞扬。

作为全国政协委员的严望佳，深切地感受到，企业的发展只有与国家的需要结合在一起，才可能有大的发展契机。因此她在一系列的两会提案中，始终坚持从实际出发，提出有切实意义、有可行性的提案。在安全领域重点关注“关键基础设施、民生、新技术，司法和产业结构性调整”等线索，希望为信息安全产业发声，通过两会的窗口形成一个建言献策的方式。

启明星辰公司作为信息安全行业的领导者，最近三年来，严望佳在两会期间提出了许多有价值的提案，为推动网络安全建设贡献了一份力量。

在 2015 年的全国两会上，严望佳提交的三份提案建议在关键基础设施、敏感部门、政府机构中落实透明供应链登记工作。她还在另一个关于网络安全的提案中建议：在关键基础设施、敏感部门、政府机构中推行首席信息安全官制度。

在 2016 年的全国两会上，严望佳提交了三份提案，内容涉及推行信息系统历案制度、让弱势群体共享发展红利、建立云管端数据专项保障责任制度等方面；后又向大会追加了第四份提案，内容为依据“网络空间属地”特殊性，加强网络 110 报案和办案能力，打击有组织网络犯罪。

在 2017 年全国两会上，民生权益、医疗个税改革、社会资源配置等话题依旧成为两会热点。网络安全大可关系国家安全，小可牵涉每个百姓的个人利益，其重要性不言而喻。所以在这次的两会期间，严望佳提出了涵盖企业首席信息安全官、移动支付信息安全和智慧城市信息安全的议案，从中也彰显了启明星辰在网络安全领域的深入观察与其独特的安全观。

严望佳在其《关于智慧城市信息安全建设的提案》中指出了智慧城市在信息安全层面仍存在的一些问题和风险，包括“缺乏智慧城市网络安全监管责任主体；智慧城市与信息安全发展关系亟须正确对待；存在大数据以及物联网技术的安全风险”。

严望佳认为，网络空间是承载在关键基础设施之上的“真空间”，要营造风清气正的网络空间，首先要保障关键基础设施的安全。关键基础设施已成为国家安全和社会稳定的基石，但其中存在的安全隐患一旦被攻击，会对社会的正常运行产生严重的影响。

信息安全是一个朝阳产业，可在民生方面关注公益群体，可在技术方面关注互联网新业态。启明星辰以其前瞻性，诠释了其独特的“安全先行，责任到位”的安全观，助力信息安全产业更蓬勃向上。

严望佳会带着启明星辰，一直按照最初的愿望，前行。

她是一个有智慧的人，她的智慧是无处不在的。10月底，深秋的一个午后，走进位于中关村软件园的启明星辰办公所在，一下就会被她别致的设计和布局所吸引。这里整体是个圆形院落，走进大门，是坐西朝东的办公大厦，一条围绕大厦的柏油路，可以自由穿行，左右两侧是停车场。挨着右侧停车场的是一个篮球场。因为是午休时间，篮球场上一群年轻人很投入地在打篮球。

大厦前边，是一个特别空旷的草坪，草坪上的草，依旧绿茸茸的。草坪中的银杏树，已经满树金黄，间或随风飘落的银杏树叶，宛若起舞的彩蝶。远处的垂柳和杨树都还绿意浓浓，尤其是那绿绦丝丝的垂柳，烟雾般迷蒙，让人错觉为江南。甬路上，有三三两两的员工，悠闲地散步说笑。一切都那么鲜活，不禁想来，这里的主人该是怎样的优雅呀！

走进大厦，宛若走进了南国，另一番景致迎面而来。后来才知道，这座占地四十余亩①、建筑面积近三万平方米的大厦，获得了詹天佑奖。它的设计理念，也充分地体现着启明星辰的文化理念：民族性、科技性的和谐统一；稳重的外观与活跃的内部的统一；立体的庭院与优越的小气候的统一；多维的空间与光影的变换统一。还没见到主人公，就先被折服了。

① 1亩=666.67平方米。

程维：共享智能交通改革者

鲍烨童

中国的共享经济是全球共享经济发展中心，我们身边越来越多的东西开始被共享，这是共享时代。

滴滴出行（以下简称“滴滴”）创始人程维在创业第五年，畅谈共享理念对中国经济带来的影响。“你可以通过新媒体共享自己的观点，把车上闲置的座位分享出去，共享自己闲置的房间，孩子、家人都热衷于把不用的闲置物品、二手物品共享出去，共享单车充电宝变成新四大发明。互联网时代价值观之一就是共享，所以我为在中国有这样一个共享经济的土壤，感到备受鼓舞。”

滴滴出行创始人程维

他甚至坚信，“未来十年，中国会是共享经济的引领者，也会是交通变革的中心。”

时光回到2012年，29岁的程维从阿里辞职，在支付宝前同事王刚的80万元天使投资帮助下，来到中关村e世界，租了一个很便宜的仓库作为办公室，开始了一场创业旅程。迄今为止，滴滴仅用了5年时间，不仅改变了现代人的出行方式，也成为市场份额最高（90%以上）的出行服务提供商。

根据数据统计，如今在滴滴的平台上产生的日订单量多达2 500万单，在高峰时段，每秒甚至高达600个订单，如此规模的需求量，让滴滴成为最适合推广新能源汽车的平台。

创业是一场艰难的修行

衣食住行是人类最基本的需求，程维的创业理想是“让出行更美好”，并将其作为滴滴的使命。

作为阿里前员工，程维具有非常丰富的市场经验，但在互联网技术上却是一个门外汉。创业之初，为了打造一个先进的打车软件，程维可以说是绞尽了脑汁儿。他最初的思路是，把线下行业线上化，这需要很强的线下团队去教育司机。可以说，在五年以前，互联网思维与产业应用并没有迅速进入大众领域，很多具有创新想法的年轻人虽然跃跃欲试，但是鲜少人能够得其要领，只能慢慢摸索前行。这些年轻人中就有程维。

为了更好地普及互联网打车理念，程维的团队开始招募司机，构建司机教育体系。这期间，出现了市场化的出租车和顺风车，程维按照这个逻辑，致力于把所有出行方式连接到线上，构建一个平台，以便最高效地满足用户的出行需求。

他想解决两个问题：开发平台软件；线下找司机入驻。在以往的媒体报道中得知，程维打算先用两个月的时间上软件，要么找团队开发，要么外包。最终他选择了外包模式。在看了好几家外包后，程维选择了一家服务商，对方既然有成功案例，应该是可以的。于是他问对方做一个打车软件多少钱。结果，对方问道：“你想要多少钱的？”于是程维按照常识思维在6万元、8

万元、10 万元的报价中挑了中间值。至此，他甚至不懂安卓端和 ios 端、前端、后端。两个月后对方交付产品时，程维才发现完全不能用。这时，程维才发现，“创业没有侥幸。等到你真的痛的时候，你就会去补短板”。

放弃了外包的想法后，他开始招兵买马潜心研究平台软件的性能。软件问题解决了，应用性能在一步步提升中，但使用问题又随之而来。程维在开发完软件后，想找每个司机收 3 元钱的软件使用费用。没想到的是，在实际推广中，他们给人家补贴还没人用。某天，当工作人员打开后台管理系统时，发现地图上仅有 16 个灯亮着，而第二天，只剩下 12 个了。毫无人脉资源跑线下，还要解答来自出租车公司提出的问题：“你们有没有交通委员会的红头文件？”接连的打击让这个团队一筹莫展，但这并没有让程维退缩，坚持了几个月后，昌平一家出租车公司伸出了橄榄枝，愿意与滴滴开展合作，虽然只有 70 辆出租车。有趣的是，对方并不知道滴滴是什么，“只是喝酒喝高兴了，觉得大家不容易……”。

有了零的突破后，程维团队在接下来的一个星期内，又签了 4 家出租车公司。慢慢有了司机，程维开始去做培训。“我们的软件可以提高你们的效率，帮你们赚更多的钱。”程维在上面讲，但下面的司机并没有人理睬他。他们最讨厌的就是开会，耽误赚钱，还经常被推销各种机油汽油，他们就觉得滴滴是新型的骗术。

那个年代，智能手机并不普及，买流量也非常贵。当时 100 个司机仅有 20 个左右有智能手机，每天装滴滴软件的只有七八个，程维无奈地想：什么时候才能装够 1 000 个？

互联网经济与创业金融是相伴相生的。如果没有之后的融资，或许就没有今天的滴滴。

有人做过统计，从程维 2012 年创业，王刚作为天使投资人出资 80 万元人民币，到 2017 年 4 月完成 G 轮融资 55 亿美元。先后融资 7 轮，合计金额超过 150 亿美元，换算成人民币 990 亿元。这个数字按照去年中国人均 GDP 5.4 万元来算，相当于 183.3 万人口的城市一年所有劳动力生产值的总和。而我国百万人口以上的城市截至 2016 年仅 49 座。滴滴曾经历了三个阶段的竞争：一是初始阶段打败对手摇摇；二是和快的合并；三是收购优步。

几轮融资下来，与竞争对手斗智斗勇，滴滴存活了下来。据王刚回忆，滴滴B轮融资时受到了很多VC的热捧，再三权衡后，程维决定接受腾讯的融资。也正是腾讯的强大支持，让滴滴战胜了不同阶段的竞争对手，成为出行行业第一互联网服务提供商。

“智能交通”破解拥堵难题

作为互联网经济的代表，滴滴平台有着与生俱来的先进基因，其中就包括人工智能与大数据等新技术。程维极其善于利用这些基因，不仅以改善国内出行状态为目标，还以交通拥堵为标靶，开展了一系列治理攻关难题。程维认为，交通治理的前提必须有一个智慧的交通。

为此，他还专门聘请了密歇根大学终身教授刘向宏担任智慧交通首席科学家，全面领导智慧信号灯研发团队，并进行智慧交通多项产品与技术服务的深度探索。不仅如此，滴滴还与香港科技大学达成合作协议，在智慧交通系统前沿技术、创新技术等领域展开研究，包括机器学习、智慧交通、自然语言处理等方向，并将联合申请各类政府研发项目及重大专项，进行创新科技成果转化。

2017年年初，滴滴成立智慧交通FT团队，着手打造智慧交通体系——由滴滴与各地政府一起携手打造基于互联网+交通大数据的智慧出行、智慧监管、智慧运营、智慧决策的体系。

程维认为，想要通过技术驱动解决问题，企业和政府不一起合作是做不成的。只有出行公司和政府之间在数据、策略上积极地相互反馈，才有利于智慧交通的实现和快速发展。

那么，程维打造的智慧交通是什么样的？它是基于“互联网+交通大数据”的智慧出行、智慧监管、智慧运营、智慧决策的体系，既有滴滴独有的、核心的大数据、高科技基础，又能很好地结合当地城市的交通大数据、路网特点、公众出行特征等。

这一体系首先在济南得到了广泛应用。济南在城市交通方面有着“先天不足”，整个城市呈东西狭长的地形分布。2012年9月，济南推出整治交通拥堵三年行动计划。之后，济南又将治堵列为全市三大攻坚战之一，多措并举向拥堵“宣战”。

2017 年年初，滴滴与济南签订协议，就济南“治堵”部署了一系列技术方案。国内首个“智慧信号灯”在济南安装，这种信号灯以浮动车轨迹为数据基础，加入交警卡口、地磁等多元数据，通过滴滴大数据高科技算法，不断优化调整红绿灯配时方案，实现道路交通的高效畅通。不仅如此，济南交警利用滴滴历史交通数据设计的智慧交通诱导屏，在国内城市中同样是首次推出。帮助司机等每个交通参与者作出准确的交通决策，让整座城市的交通变得更有序、更畅通。紧接着，每一辆滴滴浮动车都变成了行走的“传感器”。2017 年 8 月，滴滴在济南主干道旅游路洪山路至浆水泉路 2 公里路段，投入国内首个利用浮动车轨迹参与确定路段的潮汐车道。与传统通过经验判断潮汐车道不同，滴滴参与的潮汐车道可以利用滴滴在交通大数据分析方面独有的优势，看哪儿潮汐特性明显，从而实现精准判断。只要地面上有足够多的滴滴浮动车，有足够多的轨迹，就能给交通提供更有价值的历史交通数据，给公众提供的交通出行服务也会更精确。

程维打造的智慧交通体系成了济南“治堵”的范本，2017 年 4 月，滴滴联合济南交警发布的一项数据显示，济南经十路山大路到舜耕路路段早晚高峰期间，道路交通拥堵平均延误时间下降 10.73%，平均延误时间降低近 30%，主干道方向整体延误时间降低 23%。在停车次数方面，经十路工作日晚高峰停车次数下降 8.7%，早高峰下降 6.7%。

程维推出的“交通信息平台”陆续在深圳、贵阳、武汉等城市使用，落地了互联网+信号灯、智慧诱导屏、智慧代驾热力图、智慧公交、智慧交通度量报告等多个智慧交通项目。滴滴正在积极展开与城市交通管理者的合作，以大数据分析能力参与智慧城市建设。随后，滴滴又在武汉、成都、苏州、贵阳等城市持续优化“智慧信号灯”，目前已优化超 200 个，其中在济南超过 100 个，且均取得效果。

程维公开宣称，滴滴每日新增轨迹原始数 70 TB+，每天处理路径规划请求 200 亿+次，高峰期平台每分钟接收超过 3 万个乘车需求，滴滴浮动车就成为“行走的传感器”，而滴滴“智慧信号灯”打破了原有的交通流信息采集模式，运用移动互联网数据来优化调整信号灯配时，这为解决城市道路拥堵提供了新的思路。

越来越多的行人和司机认同了程维的网约车“杰作”。以前，打车是人找车、车找人。网约车平台的出现立刻解决了所有的困扰，从派单到定位，一部手机大大提高了叫车效率。抱怨打车难的人没了，被黑头车宰的人少了；网约车也给驾驶员这份职业增添了无限可能，不仅收入提升了，自己也提升了。

新经济平台也是就业蓄水池

滴滴司机以前来自各行各业，最终他们都爱上了“网约车司机”这一职业。当网约车影响力越来越大时，各地媒体纷纷就网约车司机群体展开跟踪报道。

刘师贵年轻时是“掂勺”的大师傅，后来做过出租车司机，那时开别人的车，干的是全天，累死累活每月赚个六七千元。2014 年，网约车市场因“补贴大战”被大众所熟知，刘师贵看到了“自己给自己打工”的可能。于是，他做了一个大胆的决定，买一辆 20 余万元的 B 级车做中高端专车司机。如今，他每个月的流水能够达到 18 000 元左右，纯收入可达 12 000 元左右。

牛忠军原来也是一名出租车司机，没日没夜跑下来，只能数着 5 元钞票算收入，当他觉得这辈子也就“这样了”时，滴滴平台让他找到了创业的机会。现在，他自己运营着一家车辆租赁公司，与滴滴平台合作输送优秀司机资源。“现在我们公司有认证的专车司机 260 多个人，快车司机也有 80 多人，与滴滴合作得越来越好。”他感叹过去这五年，以大数据为代表的网络科技让出行市场受益无穷。

20 世纪 90 年代初，殷浩拿着父母给的 10 万元追寻自己的创业梦，可是创业非但没成功，还欠下了六七十万元的债。那个年代，这算是一笔巨债。找一份赚钱的工作，把外债还上成为当务之急。殷浩听说开出租车赚钱不少，头 3 年，他每星期才回家一次，每天都在车上。不停地开车，就为了早日还上债务。快 4 年时间，他真的用没日没夜的工作还上了欠下的巨债。2012 年左右，出租车行业处于黄金时代末期。渐渐地，传统出租车弊端显现，司机空驶时间长、负担重，而乘客和司机缺少对接的桥梁。出租车司机的生存状态也改变了。殷浩每个月都要交高额的份子钱。在付了 10 万元保证金之后，每个月还要交 7 000 多元的管理费用。当网约车到来的时候，殷浩就作出了自己的判断：通过软件可以有效避免司机空驶里程，还能调节收入，对自己的作业时间有了很好的规划，因此一定是一个趋势。2015 年，他瞅准了商机，成立了一个专车租赁公司。“不仅没有份子钱，甚至就是互助性质的，大家抱团取暖。”这个平台对一些经济条件不够、没有能力全款购车的司机可以帮助贷款。给有意向做网约车的司机提供一条龙的业务培训、金融贷款、购车等一系列流程服务。

他的故事很快吸引来一批追随者，而且过半驾驶员都是出租车司机转型过来的。如今，公司自有 400 多辆车，还有近 3 000 辆加盟车。网约车让传统的出租车公司发生了改变。不少出租车平台已经主动和滴滴等公司合作，有的平台已经在把中高端车二次利用，转变成网约车运营。

或许连程维也没想到，自 2016 年 6 月至 2017 年 6 月的一年间，在滴滴平台获得过收入的司机或车主总数达 2 108 万个。滴滴平台每天直接为 264 万个司机提供人均超过 170 元的收入，包括专车、快车司机、代驾司机，以及顺风车车主。相当于 2016 年全国第三产业就业人员的 6.2%。每天工作时间在 2 小时以内的司机占比最大，占 50.7%。这些数据来自《新经济，新就业——2017 年滴滴出行平台就业研究报告》。共享出行经济的发展，为下岗失业人员、去产能职工、复员转业军人、零就业家庭等创造了就业机会，同时也带来了新的就业模式。

程维创业合伙人、滴滴出行总裁柳青在今年的达沃斯论坛上指出：“未来共享出行可以一体性地改善所有交通工具的效率，解决交通资源稀缺的问题。”以滴滴为代表的共享经济平台创造了千万级的增量就业，为大量下岗失业人员、去产能职工、复员转业军人、零就业家庭提供了就业机会，为处在就业过渡期的人们提供了收入来源。

在程维授意下，滴滴公司与山西焦煤集团签约，落地就业帮扶事项。焦煤集团现在册人员中的富余人员、转岗分流人员、轮岗放假人员、待岗人员或离单位保留劳动关系人员均可加入滴滴平台，“煤炭工人转型当司机”。

作为新经济形态的代表，滴滴就业门槛和成本较低，对去产能职工再就业起到了较大的帮助作用。以滴滴为代表的共享经济将成为去产能再就业的重要出路，而就业方式的转变则带动利益分配机制的新调整。在加入滴滴之后，去产能行业转岗司机的个人收入平均增加了 30%，并在工作中找到了更多的成就感和满足感。有 91.4% 的全职司机相信自己努力工作能为家人带来更好的生活，97.4% 的人相信未来收入还会继续增长，有 93% 的人表示可以灵活安排时间，兼顾家庭和工作。“滴滴很幸运能给很多人提供一个机会，让他们感受到职业的尊严，帮助他们稳步过渡到下一个人生阶段，去应对未来的挑战。”柳青说。

以“技术+资本+经验”模式出海

目前，滴滴平台产生的日订单量多达 2 500 万单，在高峰时段，每秒甚至高达 600 个订单，如此规模的需求量，为滴滴出海打下了坚实的基础。

在中国，共享出行的渗透率只有 1.5%，在全球范围内只有 1%，在共享出行还有很大发展空间。程维希望，滴滴能够通过多项举措出海，实现广泛合作，推动共享出行行业更快发展。

在全球化发展趋势下，程维和他的团队确定了国际化和人工智能是滴滴发展的双引擎。过去两年的时间里，滴滴投资了全球前七大移动出行平台，从巴西的 99，到印度的 Ola，到南非、欧洲的 Taxify，到中东的 Careem 和东南亚的 Grab 等，以及美国的 Uber 和 Lyft。滴滴出行网络已经延伸到了北美、东南亚、南亚、南美 1 000 多个城市，出行受益人口高达全球六成，不仅为当地出行企业发展带去了技术和资本，也不同程度地解决了当地交通、出行问题，为当地企业带去了新的发展理念和就业机会。

滴滴国际化的思路不是以“竞争”，而是以“合作”为导向。“不是跟当地的企业竞争，不是去颠覆当地传统的行业，而是把中国的技术、资本、经验这新的‘三驾马车’带到当地，和当地共赢、共发展。”9 月 8 日，面对海内外专业人士，程维在金砖国家分享经济论坛上详细阐述了滴滴的这一国际化思路。滴滴的“技术+资本+经验”的出海模式，受到了海外众多合作伙伴的高度赞扬。99约车创始人皮特·费尔南德斯（Peter Fernandez）9月在厦门金砖国家分享经济论坛上高度评价了滴滴，“非常自豪能够和滴滴进行合作，有了滴滴的支持和帮助，我们在巴西的业务会变得越来越好。我们的城市会以更健康、智慧的方式发展；我们的街道会更宽敞，出行更方便，空气污染也会更少。”

程维的做法得到了很多专家的认可，中国企业可以借助技术优势在当地以股权并购的方式提供服务，从而分享新兴市场发展的红利。

2017年年初，滴滴成立滴滴美国研究院，重点发展大数据安全和智能驾驶两大核心领域。同时，美国研究院将配合滴滴大研究网络，持续把研究成果转化为生产力，积极助力国际化战略，用创新科技的力量，为更多城市打造前瞻性的整体交通方案。

程维的创业理想是，让滴滴未来能够成为世界级的汽车运营商和智能交通技术的引领者，为今后中国交通科技和服务水平领先世界贡献自己的一份力量。

新能源美好蓝图徐徐展开

2017年11月1日，主题为“建设全球能源互联网，助推联合国2030可持续发展”的论坛在纽约联合国总部举行。作为全球交通出行领域唯一一位受邀嘉宾，滴滴创始人、董事长兼CEO程维受邀出席论坛并发表英文演讲。信息、交通和能源三网融合，是推动城市可持续发展的重要举措，也是未来最大的趋势和变革之一，期间，新能源汽车将成能源互联网与交通互联网变革交互的奇点。这是程维对交通出行行业做出的预判。

受政策推动、互联网和信息技术的蓬勃发展，一批中国创业公司快速壮大。不久前，在全球知名风投调研机构CB Insights公布的全球科技创业公司“独角兽”榜单中，来自中国的滴滴出行以500亿美元估值位列全球最具价值的科技创业公司第二位。

对每一位创业者而言，其根本使命是找到社会的痛点，再把它转变为需求的热点。那么，交通出行行业的痛点是什么？

程维给我们的答案是，在过去一百多年里，汽车的发明是交通领域最伟大的创新，每个家庭都渴望拥有一辆汽车。但随着城镇化的进程加快，汽车越来越多，也出现了很多问题。人、车、路，三者之间在特定时间段的供需差距很大，使这些汽车只有5%的时间在使用，但城市却在为95%闲置的汽车建造大量的停车场。

未来不需要每个人都拥有汽车，汽车可以因为互联网和智能调度的出现被共享使用，从而减少拥堵，促进绿色、低碳的可持续发展。智能化和共享会推动全球交通行业可持续发展，程维对此充满信心。

滴滴的诞生与壮大，本身就是共享经济的产物。在过去的五年时间里，滴滴先后推动了出租车、网约车、顺风车、租车、代驾、公交等一系列的交通工具的线上化，开始建设交通的人工智能引擎统一调度、提高效率，每月服务数亿用户的出行。

与此同时，“互联网+”带动了经济各个领域的创新探索，譬如与交通出行行业最密切的能源行业。

如今，在能源领域最热的一个词语是能源互联网。程维对此强调，在交通互联网快速发展的同时，全球能源互联网格局也正在形成。随着新能源技术的进步，以及特高压技术的突破，人类将有机会第一次构建全球的能源互联网，在全球构建大型的新能源发电中心，共享使用，从而降低成本，实现低碳环保。而全球能源互联网的连接也将进一步推动能源和工业全球新格局的产生，更加环保和可持续发展，“就像因特网一样，连接世界，改变世界”。

建立全球能源互联网，并通过政企合作，充分利用新兴技术，促进跨行业创新，不仅事关全球可持续发展的未来，也是全球包容性增长的关键。只有让清洁、廉宜、可靠的能源供应能达及各个社群，才能有效削减贫困，寻求经济和社会共同发展。这是来自联合国秘书长古特雷斯发表的观点，新能源旨在解决发展的可持续问题，而能源的全球互联让这种发展更有包容性。

滴滴的新能源发展路径是什么？程维表态，滴滴将通过建设面向未来的新能源汽车服务体系，来推动全球新能源汽车的普及，助力能源绿色低碳转型和可持续发展。

截至目前，滴滴已经携手全球能源互联网发展合作组织（GEIDCO）合资成立了全球新能源汽车服务公司，通过构建充换电体系、储电、电池再利用等新能源汽车配套支持服务产业，提供世界领先的新能源汽车服务，为绿色环保、可持续发展的社会贡献一份力量。

在2020年之前，滴滴将率先在平台推广超过100万辆的新能源汽车。

与此同时，与之相配套的是，滴滴将为新能源汽车时代的到来提前投入，筹备搭建新能源汽车充换电体系，通过开放合作实现全国范围的“桩联网”，为滴滴平台上26万个新能源汽车司机带来环保、便捷的充电服务。未来随着基础建设规模的拓展，滴滴也将服务于每个家庭以及全社会，以科技力量提供智能充换电服务，推动新能源汽车的普及。

这是程维首次全面披露滴滴的新能源布局。

另外，滴滴投资的新能源汽车充换电体系“小桔充电”也正在筹备搭建中。

在“建设全球能源互联网，助推联合国2030可持续发展”的主题论坛上，联合国与全球能源互联网发展合作组织对外发布了《全球能源互联网落实联合国2030年可持续发展议程行动计划》，正式落实“2030议程”的十大行动和五大机制，更高层次、更大范围地凝聚了共识。

过去，新能源汽车主要是依靠家庭购买，每个家庭要自己建充电桩，成本高、效率低，购买使用的性价比并不高。但在滴滴体系中，无论是出租车司机还是滴滴车主，对车辆的使用量很大，相较燃油汽车，新能源汽车能节约更多能源成本。

在未来很短的时间里面，新能源汽车将会率先在运营的交通体系里普及。程维给出的理由是，今天全球每3次在线用车服务，就有2次发生在中国，而且包括像顺风车、共享单车、智慧红绿灯等很多的创新都源自中国。滴滴正处于交通与汽车产业、新能源和信息产业变革的交汇点，未来科技的发展终将推动汽车走向共享、智能化和新能源化。滴滴也将持续专注于新能源战略，为新能源汽车时代提前投入。

程维勾勒了一个美好的前景。在未来10年，中国会是全球交通科技和模式创新的重要中心，滴滴也将积极助推中国新能源汽车产业发展，从而引领全球汽车产业的变革，引领全球能源互联网的建设。在开放创新的大格局之下，程维希望与组织和行业合作伙伴能够加深合作，一起推动技术的进步和持续的创新，一起推动共享和可持续发展的理念，去实现更加美好的未来。

刘强东："智"取"无界"零售

程桔华

在人工智能的风口下，零售业再次迎来新机遇。

刚刚结束的双 11 购物节，京东的战绩是 1 271 亿元，与阿里的 1 682 亿元相比，差距越来越小。紧接着，11 月 13 日，京东发布了第三季度财报，实现净利润 22 亿元，同比增长 359%，连续 6 个季度营利，创造了京东有史以来的最好成绩。

京东的创始人刘强东

京东今日的成绩，与刘强东的商业智慧有着极大关联。

素有"风投女王"之称的今日资本创始人及总裁徐新曾这样回忆当年投资刘强东的片段："当时我们投的时候，京东的客单价在 1 000 元，消费频次不高。在拿了我们的钱之后，老刘加了数码相机、大家电、小家电等品类。特别是手机，这一点老刘非常聪明。后来刘强东制定了两个战略，奠定了他在电商界的地位：第一，扩展品类，增加频次；第二，建仓储物流，缩短送货时间。正对应了零售的本质：产品丰富、价格实惠、体验良好、送货迅速。老刘这个人胆子非常大，他有 100 元钱就敢做一千万元的生意，将来他甚至会超越马云。"

事实上，在投资零售业方面，刘强东的确有超越马云的时候。两年前的2015年8月，刘强东入股永辉超市，马云入股苏宁云商。两年后的2017年8月，刘强东旗下公司持有永辉超市的股份已经获得翻倍收益，浮盈99.77%，浮盈金额42.25亿元，而马云的淘宝入股的苏宁云商却浮亏6.66%，浮亏金额18.8亿元。

刘强东已经是叱咤风云的人物了。作为京东创始人兼CEO，刘强东每年都还会抽出时间去做派送员。随着京东的风生水起，刘强东的国际知名度也不断攀升，曾有一位外国女记者采访刘强东时问道：你的电子商务做得很不错，但为什么你的父母都不在京东买东西呢？

刘强东的回答让在场的朋友始料未及，很精彩也催人泪下。“我是用父母的钱创办了京东，却不能让他们亲身体验京东购物的感觉，因为他们都不会上网，不会打字，更不会使用网络支付软件，这让我感到焦虑。但后来，我马上又豁然开朗，如果让那些不会上网的老人去网购，他们得到的不是网购的快捷和喜悦，反而是不信任和焦虑，更谈不上什么体验。京东适合广大年轻用户，送货上门的服务，让他们在繁忙的工作中能够轻松购物。”

……

对于刘强东，我们好奇他的过去，期许他的未来，更在意他的现在。

“留守儿童”的伟大梦想

在一个人成功之后才去挖掘他小时候的故事，似乎有点神化的感觉。这种锦上添花的做法，其实很不受读者待见。但是看了刘强东的故事之后，我还是觉得很赞。刘强东曾无数次向年轻人强调激情，反复重申：年轻不努力，不能为年老的时候留下回忆是不行的！每天都得有好的状态，设立短期、中期目标，不断冲击更高的目标。

刘强东出生在江苏宿迁，那里是西楚霸王项羽的故乡。这其实和刘强东的创业并没有什么关联。真正激励他创业的，是小时候的生活。其实在经济方面，刘强东的家庭还算可以。父亲原是生产队会计，1979年农村包产到户时，就敢冒风险借2 500元买10吨的船搞货运，从徐州运沙子到扬州，又从扬州运瓷器到徐州，赚运输费。3 年后，父亲又借款 1 万多元，换成 40 吨的水泥船，还购置了两台柴油机，运输范围扩大到淮安、泗阳、淮阴等地。虽然活很苦，但一年下来能净赚 1 000 多元（那时候猪肉才 7 角 1 斤①）。刘强东身上所具有的冒险精神，或许遗传自他父亲。

由于父母常年跑船，5 岁的刘强东和 3 岁的妹妹被寄养在外婆家，成了“留守儿童”。从小学起，每逢暑假，刘强东就和妹妹一起到船上生活。他觉得父母的家庭作坊模式做不大，永远只能开一条船，即便从 10 吨换成 40 吨、80 吨、120 吨，但还是一条船，赚钱总是有限。

刘强东曾对父母说，为什么不建立一个船行，买很多船，再租给别人？父母的观念是，自己亲手做才踏实。当时，刘强东就想着，如果将来他创业，一定要拥有很多很多的船，从长江驶向大海，用 10 万吨的巨轮将货物运到全球各地。很多年后，刘强东坐在他阔大气派的办公室里说：“我的梦想就是在什么都没有的情况下，在一穷二白的基础上做起一个伟大的企业。”

刘强东想做一个伟大企业的欲望，最初的刺激就来自他少年时的一段冒险经历。15 岁的时候，父亲承诺，只要他考上宿迁中学就带他去上海玩。结果，父亲违约了。刘强东感到失望，于是就怀揣平时攒下的 50 元零花钱独自到江西九江、湖北黄梅县探亲。

从未出过远门的刘强东从一张破旧的地图上找到从宿迁到徐州，再从徐州去南京的路线。他头天早晨出发，第二天凌晨才到南京。他从火车站走路到金陵饭店，又从金陵饭店走到南京 10 号码头，晚上在桥洞里露宿，有位乞丐借了一个麻袋给他。在船上，有一位要猴跑江湖的老头教给刘强东魔术，光扑克牌的玩法就教了 30 多种。在九江下船的时候，刘强东差一点儿就拜他为师跑江湖了，但他还是想要考大学。

这次出远门的经历，在刘强东的人生里留下了浓重的痕迹，这是他第一次自主思考生命的意义。

1992 年，刘强东高考成绩全宿迁第一。副县长亲自送大红花进家，刘家连放三天电影，比过年还要热闹。刘强东的成绩完全可以上清华大学物理系，

---

① 1 斤 = 500 克。

但他受班主任的影响很深，一心想“当官”，所以填报志愿时，放弃了清华大学物理系，而选择了中国人民大学社会学系。那时候的他想当然地认为，进了人大就能当官，而社会学又是统管一切“小学科”的“大学科”。

可惜的是，在入学当晚，刘强东的美梦就破碎了。因为同系的师哥告诉他，社会学与从政无关，而且就业状况在人大排倒数第二，仅次于人口系。满腔热血的刘强东顿时感觉“从头凉到脚”。刘强东宿舍里的老大追求女孩子，对方说：“你们社会学系的找工作都难，连房子都买不起，凭什么嫁你?”刘强东也受到了打击，没钱连女朋友都找不到，自己得学技术。当时计算机是最先进的技术，他买书自学起来。学会编程之后，他就给人做系统软件赚钱，挣了 20 多万元。利用编程挣的钱，大三下学期，刘强东盘了学校附近的一家餐馆。本来生意挺好，但后来因为员工贪腐，第一次创业，刘强东亏损几十万元，欠债将近 20 万元。

大学毕业后，刘强东去了一家日资企业打工，再后来在中关村租柜台卖起了光磁产品，从此走上了代理商之路，也为后来创立京东积攒了第一桶金。

今天的刘强东已成为互联网一方巨头，但内心柔软的他，对中国农民的艰辛感同身受。2014 年春节前，刘强东在吃饭时看到一条有关留守儿童自杀身亡的新闻，忍不住哭起来。他立即要求在春节期间，为所有京东一线值守员工发钱，每个孩子 3 000 元，让这些留守在农村的孩子们春节能够到大城市与父母团聚。2015 年春节前，刘强东宣布仍将保留这一福利政策。为此，京东一年要多支出数千万元。

刘强东的“霸气”与京东的“锐气”

多年来，京东一直起起伏伏，每年都有新的危机和对手，内忧外患，磕磕绊绊。刘强东最早就像是街头打野拳的，揍小痞子揍得轻松，后来像打职业赛的，但也是轻量级，只懂凭凶狠的爆发力不断出拳，却不知道脚步节奏和侧身技巧。现在俨然打重量级的，不但学会了运用规则，还知道在回合里数点数。

京东曾被嘲笑为“乡镇企业”，2005 年前一直在学习新蛋，但到 2006 年就开始跟 1.5 倍于己的新蛋中国对着干。双方的价格战打得酣畅淋漓，例如一款耳麦，新蛋卖 39 元，京东立即降到 38 元，等新蛋降到 37 元时，京东又降到 36 元，而成本价是 35.5 元。降到 36 元的时候，新蛋没有动静了，因为对方的成本价比京东的高。

刘强东有着清晰的战略判断，他的思路是拿到更低的成本价，用更低的价格卖给消费者，把规模看得比利润重。但是新蛋有些品类不能做，因为管理层是职业经理人，更关注短期利益。所以到 2009 年之后，京东就再也不关注新蛋了。

京东是靠卖 3C 起家的，但满足不了图书消费者的需求。京东必须让消费者在这里买到他们所有想买的东西，否则用户就会流转到既卖图书又卖 3C 的亚马逊中国。2010 年，刘强东决定上图书品类，目标指向当当和亚马逊中国。2011 年 5 月，京东亏损做少儿图书促销，四折封顶。这次价格战，带动了整个图书品类销量涨了四五倍，狠狠触动了当当的核心利益。

图书极大地降低了新用户尝试京东的门槛，在京东购买图书的新用户占比在 30%～40%。和当当、亚马逊中国的价格战，也让他们的用户关注了京东，成为京东 3C 类用户。

在上市之前，京东需要追求成长性。2012 年京东的目标是 450 亿元，压力很大。它赖以起家的 IT 品类已经接近极致。图书整个市场的体量太小，百货品类价格又低。大家电成为京东新的增长点。一开始，京东本来只想打一场有限度的局部战争，没想到最后变成一场全行业的战役。

家电行业在未来三五年内将面临洗牌，在大城市这一头，大卖场的购物便利失去了优势；在大卖场也没有覆盖到农村这一头，京东的物流更有优势。京东在北京、上海、广州三地大家电市场占比在 30%。顷刻间，京东把大卖场建立十几年的市场拿下了。预计到 2020 年，电商能够占据整个家电销售的 40%，渠道之争会终结。战争的胜利最终会属于电商。

过了前面三关，京东终于迎来最强劲的对手：阿里巴巴。

京东与阿里巴巴的竞争源自平台型 B2C。这一块天猫在做，京东 POP 也在做。理论上，10 亿人的消费，电商占社会零售总额的比例可达到 15%～20%。对于 B2C 自营业务来说，采购、仓储是有天花板的，像服装品类，非标准产品太多、品牌太杂，组建团队自采自销，进展太慢。如果开放平台给第三方卖家，就能快速增加品类，做大规模。平台单位销售成本低、净利高，这将是利润来源。

以低价销售的自营业务吸引人流与资金流，然后通过物流、技术、Kindle电子书等服务赚钱，这是亚马逊的模式，也是京东想做的。刘强东希望未来平台销售额能占京东总销售额的50%。

电商最终必然是平台级的竞争，比拼的是服务，例如配送效率、对供货商的议价能力等，决胜因素是IT基础能力，包括订单管理、仓储管理、数据服务、客户管理能力。天猫的优势在于销售的前端，如页面展示、促销活动、用户互动等。在短期内，天猫具有最丰富的商品，对市场把握最敏感。京东的优势则体现在后端，像货源的组织、供应链的管理、物流配送等，效率更高。

凭什么融资20多亿美元？

从成立以来，京东均以远超行业平均增速的水平高速发展。尤其是在2007—2010年，京东每年的销售额是上一年的大约3倍。这个数字，是对“京东速度”最好的诠释。超高速的发展扩张需要强大的资金支持，这段时间，京东几乎每年都在融资，累计融资20多亿美元。刘强东靠什么赢得了投资人的信任？

“你要融资多少钱？”

“200万美元。”

“200万美元哪够啊！当品类机会来临的时候，你要舍命狂奔，迅速成为第一品牌。所以你需要1 000万美元。”

2006年10月的某个晚上，刘强东在北京香格里拉与今日资本集团创始人兼总裁徐新见面，从10点一直聊到凌晨2点。徐新随即买好两人第二天上午9点从北京飞往上海的机票，这样刘强东就没机会去见别的投资人了。她不希望放过这匹千里马。

在京东和今日资本的协议里，有一条目标激励条款。为了定目标，时任今日资本投资经理常斌打电话给刘强东，让他定一个未来三年的业务预测。刘强东发来传真：2007 年 3.5 亿元，2008 年 10 亿元。而京东 2006 年的销售额只有 8 000 万元。常斌一看：第二年增至 4 倍，第三年还在上年基础上增至 3 倍，你在逗我玩儿吗？在他看来，目标定得太高，会影响团队士气。于是他和刘强东再次商量，最终定了一个看起来合理的 4 年业务目标：每年销售增长 100%，第四年要求盈利，如果实现目标，今日资本就拿出一部分期权奖励京东团队。这一条款写进了合同里。2007 年 8 月 28 日，京东和今日资本在北京中国大饭店召开了新闻发布会，公布今日资本投资京东 1 000 万美元。

事实上，京东 2007 年的实际交易额约 3.6 亿元，2008 年约 13 亿元。2008 年的金融危机，让资本市场遭遇寒冬。这一阶段的融资是刘强东最感煎熬的日子。他一共见了三四十家基金，最多的时候一天见两三家，却没有人愿意投。每个投资人都在问：京东怎么赚钱？模式跟淘宝比有什么优势？成本跟国美、苏宁比有什么优势？

2008 年 11 月，今日资本召开年会，刘强东在台上介绍京东，引起了亚洲知名投资银行家、香港百富勤创始人梁伯韬的注意。梁伯韬觉得刘强东很有激情和信心，通过他当年如何赚第一桶金、如何从线下转向线上的故事，可以看出他既懂零售，又懂互联网。梁伯韬认同刘强东的战略观点：中国零售业效率太低，中间商吃掉了一大笔利润，如果能将中间环节颠覆掉，把利益分享给社会用户，是很好的模式。

梁伯韬这时已有了投资的意向，不过他打算找另一家基金一起投。他找的是雄牛资本的李绪富。雄牛资本自 2007 年 10 月成立以来，还未进行一笔投资。和刘强东见面聊了一次，李绪富就决定投资 1 000 万美元。作为天使投资人，梁伯韬最后投资京东 100 万美元。拿到 2 100 万美元的融资之后，京东开始做大规模的品牌扩张。接下来的 4 年里，京东和凡客诚品成为 B2C 电商领域风头最强劲的两家公司。

2009 年，老虎基金以 2.5 亿美元的估值，投资京东。2010 年 4 月，高瓴资本以 10 亿美元估值，投资京东 2.65 亿美元，这是当年中国互联网最大的一笔投资，后来又追加了 5 000 万美元。高瓴资本集团董事长兼首席执行官张磊的理念是：若要赌，就要豪赌。

“你需要融资多少？”

“5 000 万～7 500 万美元。”

“我要么一分不投，要么投 3 亿美元。”

“这不成，3 亿美元足以让你成为京东第一大股东。”

协商结果是 2.65 亿美元，张磊和刘强东一拍即合。刘强东有董事会控制权，实行超级投票权。

“我们都特别简单，他跟我从来都很坦诚直白。”

很多互联网创业者融资，拣投资人喜欢听的说，大部分会说公司是轻资产。但刘强东说，京东是重资产，只有重资产才能保证客户体验。正是这种坦白，打动了张磊。

布局人工智能，迎接零售业第四次革命

人工智能风口给各行各业都带来了新机遇。刘强东在 2017 年 7 月就发署名文章，宣称零售业将迎来第四次革命。

事实上，京东早已洞悉到这一趋势的到来，近年来积极布局人工智能，全流程无人仓落地、无人机单程飞跃 240 公里、研发无人货车……

2017 年力度更大，包括引进人工智能领域权威科学家周伯文博士出任京东集团副总裁，负责京东 AI 研究与平台部相关业务，向刘强东汇报。此前，周伯文就职于 IBM 纽约总部，担任 IBM Research 人工智能基础研究院院长、IBM Watson 集团首席科学家、IBM 杰出工程师，负责 IBM 全球在人工智能和深度学习基础研究的战略和执行。

就在周伯文加入京东之前的十几天，申元庆出任京东云事业部总裁，全面负责京东云计算等相关业务，同样向刘强东汇报。申元庆此前担任微软亚太科技有限公司董事长、微软亚太研发集团首席运营官、微软中国云计算与企业事业部总经理等职务。

目前，京东无人机运营调度中心使用的是载重 10～15 公斤①，飞行半径

① 1 公斤＝1 000 克。

10～15公里的末端无人机。未来，京东还会研发载重300公斤～2吨、航程500公里以上的中大型无人机，接着与京东无人仓、无人车智慧物流网络融合。据悉，京东已经开始在国内多个地区规划通航机场建设。

2016年6月，在江苏宿迁市曹集乡同庵村居委会内，一架三轴无人机缓缓起飞，10分钟后，5公里外的旱闸村居委会内，京东当地的推广员接收包裹，无人机送货第一单完成。京东方面称，无人机正式投入农村物流试点运行。

2017年2月，京东集团与陕西省政府签订智慧物流战略合作协议，双方将携手共建"全球首个低空无人机物流网"；5月22日，京东集团与西安航天基地签署合作协议，京东全球物流总部、无人系统产业总部、京东云陕西大数据运营总部"三总部"正式落户西安。

2017年6月，京东无人机在西安和宿迁开展了常态化的运营。截至7月31日，在西安地区已经完成了800多架次、4 000多公里、14 000多分钟的运营飞行。

而2017年9月，京东创新实验室"京东X"推出的无人机和机器人亮相NVIDIA GTC CHINA大会。同时，NVIDIA创始人兼CEO黄仁勋在会议中宣布NVIDIA将与京东共同合作，利用基于NVIDIA Jetson超级计算机模块驱动的智能机器将人工智能引入物流与配送领域。

无疑，无人机已经成为京东部署未来智慧物流体系的重要一环。京东方面称，当前无人机配送成本比普通快递员略高，但未来实现定型之后，配送成本有望下降40%～50%。

现在，人工智能仿佛与刘强东形成了某种"绑定"，在众多的演讲场合中，刘强东都毫不掩饰自己对人工智能的痴迷。在他看来，零售的本质不会改变，依然会是用户体验、成本、效率，但人工智能技术将对现有零售进行再造，将用户体验、成本、效率推向极致并创造出巨大的社会价值。京东要为消费者生产更多更好的产品，让技术早日成为消费者可以感知的、可以实际使用的技术。

库存周转速度对零售商来说就是生命线。目前京东在全国范围内已经拥有了超过500家物流中心，在库管理的SKU（Stock Keeping Unit，库存量单位，即库存进出计量的基本单元，现在已经被引申为产品统一编号的简称）超过530万个，库存周转天数仅有30多天，如果用人进行仓库管理是根本不可能实现的。京东是百分之百用人工智能的方式进行销售的预测和采购，进行补货和库间非常复杂的三级物流网络管理。刘强东表示，在三年之内，京东在全球会拥有超过800家物流中心，在库管理的SKU数量将超过1 000万个。“我们的目标是将库存周转天数控制在20天以内，因为只有做到这一点，才能够为全体合作伙伴和品牌商提供巨大的供应链价值。”

这是由京东电商成立那天的定位决定的。京东电商是一家用技术来为品牌商提供供应链服务的基础设施服务商。“我们的配送机器人在人大、清华等高校，最早的已经测试了将近一年的时间，接下来将在短时间内实现北京市一百所高校全部采用机器人送货，而不再是人来配送。我们有销售预测、库存管理以及对外赋能。”刘强东强调，“京东物流已经实现由平均搬运5.2次降低到只搬1～2次，第一次从各位合作伙伴的仓库搬到我们庞大的物流体系里面，第二次从京东物流中心搬到我们终端消费者家里面。也就是说整个商品从工厂到终端消费者，我们只需要搬一两次，这为我们的合作伙伴和社会都做出了巨大的贡献。”

与互联网巨头大联盟，挖出流量金矿

对零售电商来说最重要的是什么？当然是流量。阿里借助支付体系（支付宝）、内容体系（优酷、UC等）和O2O体系（口碑、饿了么），横向打造了一个庞大的生态系统，与电商资源相互贯通，在流量方面确实有优势。京东纵向深耕电商产业链，在智慧物流、供应链金融等方面颇有建树，但在流量获取和运营上就落后不少。

关注互联网行业的人都会发现，2017年以来，京东在破解流量“瓶颈”上拼尽了全力。三季度财报中，京东特别提到“京X计划”、京腾无界零售解决方案等举措给业绩带来了强劲的推动。它们令人意外地挖掘出一座无比庞大的流量金矿，让阿里都望尘莫及。一系列举措的秘诀就是两个字：结盟。

从2015年起京东推出“京X计划”，并相继和腾讯、今日头条展开战略合作。2017 年下半年京东突然密集发力，先后"拿下"百度、网易、360、搜狗、爱奇艺。这七大互联网巨头分别占据社交、搜索、新闻、资讯分发、浏览器、信息安全、输入法和视频的第一流量入口，每家的活跃用户都是数以亿计，占据了移动端活跃用户前 20 名 APP 中的 12 款。与他们联手，京东完全可以覆盖中国 100% 的互联网人口。

京东有了这帮盟友能干什么？首先是有了更多的入口，比如除了腾讯的微信和手机 QQ，京东还在手机百度、360 等 APP 内开设一级购物入口"京东特供"；其次是能以导购分佣等模式展开内容电商合作；最重要的是，京东可以与各个盟友打通数据，获取用户的精确画像，帮商家实现精准的广告投放。

2017 年双 11 前，京东与腾讯就推出"京腾无界零售解决方案"，把消费者在京东上的交易数据、腾讯体系内的社交数据、线下的行为数据无缝打通，为品牌商提供革命性的创新营销工具，引起了业内的巨大震动。

目前腾讯的社交产品，包括微信、手机 QQ、腾讯新闻、腾讯视频等已经占据中国人手机浏览时长的 60%，但以前对这些数据和流量"宝藏"并没有进行有效的商业开发。腾讯自己的电商尝试屡屡碰壁，光做社交又满足不了商家从广告到销售再到售后的多元化需求。京东既有数亿电商用户的数据，又有覆盖整个零售产业链的能力，带着品牌商率先驶入这片蓝海，很有可能获得三赢的局面。

既借助盟友的优势卖东西，又作为"媒人"把品牌商介绍给盟友，在品牌商实现精准营销、盟友广告收入大涨的同时，京东也实现了销售额和服务费用的爆发式增长，三季度利润大涨就不足为怪了。

在刘强东看来，未来零售是"无界"的，将跨越时间、空间的任何限制，所以以往某个电商平台独占入口和流量，强势掌控整个产业链的局面将不复存在。京东必须对外开放，既要为合作伙伴赋能，也要调动外部资源为我所用，不断突破自身能力、规模和速度的边界。不管是"京 X 计划"、"京腾无界零售解决方案"，还是京东金融、京东物流的对外开放，都是刘强东上述理念的具体落地。

许泽玮：100亿元估值是怎样炼成的？

张　越

互联网金融从诞生的那一刻起，就成为中国最热门的行业之一。而91金融创始人许泽玮，又是互联网金融领域备受关注的年轻企业家。从他创业那一年开始，各大媒体就围着他转，而他每一次出现在公众视野，大家都能看到一个拥有相同冷峻面孔的许泽玮和一个不同的91金融。这个自称“很无聊”、“只会工作”的“80后”创业者，用6年时间搭建了一个泛金融共享生态圈，并把公司做到了100亿元估值。他不仅在互联网金融界混得风生水起，也成了整个商界的焦点。

91金融创始人许泽玮

2017年10月9日，在党的十九大召开前夕，许泽玮出席了中国共产党员基层年轻代表中外记者见面会。在9位代表中，许泽玮是唯一一名非公企业人士、唯一一名企业家、唯一一名创业者，也是唯一一名互联网行业的代表。

“今天现场的记者朋友们手机用的软件，大部分都是中国创业者做的。在五年前，中国互联网行业还在学习外国，现在，是全世界在学习中国。中国能缔造更多的互联网企业，引领更多行业发展，这就是我们改革和经济建设取得的成果。”许泽玮面对数十家中外媒体记者侃侃而谈，言语中不乏骄傲与自信，更满怀感恩。

前传：用最初的梦想改写自己的命运

我第一次见许泽玮，是在2014年1月。那天是微软创投加速器的开放日，许泽玮登上舞台向媒体和投资人介绍91金融。他的演讲给人印象极深，虽然他不苟言笑，语言极其简单，但他在短短几分钟内让91金融成为媒体和VC关注的焦点；他的团队也非常聪明地在嘉宾席中人手一份的资料里塞进一张名片，这张名片很特别，是透明的，名片的主人就是许泽玮。

之后，他的名字接二连三地出现在不同的媒体上，我也曾约他做过一期《中关村》封面专访，那次采访让我记忆犹新——整个采访在我打鸡血般的调侃和疯狂提问下，仅仅进行了20分钟。因为无论什么问题，他都只用几个字或者一两句话回答，好像他的“表达系统”可以自动省略掉所有的细节和多余的话。

即便如此，鉴于91金融的盛名和商业模式的新颖，我又邀请许泽玮做客在中关村创业大街举办的线下分享活动“周五咖啡馆”。这次邀请，许泽玮答应得非常快。活动当天，他一个人拎个小包就来了，非常低调。在演讲环节中，他口若悬河般地用1个多小时讲了他对互联网金融行业的深度理解；而到问答环节，许泽玮则再一次自动开启了“节能模式”，但他以“一句顶一万句”征服了现场的观众。

许泽玮不仅在外界少言寡语，在公司里也一样。“我们开董事会简单得不得了，就说一下你这次又翻了多少倍，然后，会议就结束了……”许泽玮的话把我们逗得哈哈大笑，他自己却浑然不知为何。

如果不与许泽玮谈论工作，也许很难会有人和他有共同语言。他甚至都没有任何爱好，用他自己的话说："我就是一个很无聊的人，只会干活儿。"只要是他出现的地方，就只剩下工作，"平时跟家人聊的都是工作，我爸妈都把我当成他们的银行客户。"

看来，一个创业怪才即便"无聊"，也可以"无聊"到极致。

当然，"无聊"只是许泽玮的自我调侃，实际上这是一种专注，他甚至可以连续几年吃同样的早点不换样，就连他最初萌生的金融意识也来自童年的一个梦想。许泽玮出身金融世家，祖父母和父母都在银行工作。"因为银行每年 12 月 31 日都要结算，那天我爸妈都得上班，元旦总是我一个人过。"所以从小许泽玮就有一个念头："特别希望能出现一套系统或者一种工具，让在银行工作的人效率大幅提升，那样爸爸妈妈就能陪我过元旦了！"

若干年后，许泽玮终于用最初的梦想改写了自己的命运。大学毕业后，他曾考过公务员，却放弃了公务员的工作；他曾进入银行，后来又离开了银行；他曾在搜狐实习，又在新浪工作 3 年，做到了产品经理，但他还是离职了。因为许泽玮发现了传统金融机构的一些弊端，而这些问题又恰好可以通过互联网解决。比如，在传统金融机构，一个普通老百姓要完成一笔贷款，平均要咨询十个以上包括朋友或者银行等不同的人，同时要请三次假去准备资料以及去银行办理手续，折算下来的周期至少需要一个月。如果把这些业务都放到互联网上，用互联网连接金融机构和客户，将会使金融服务更高效、价格更低廉。基于这种大胆的设想，许泽玮感到这个方向一定有巨大的空间，便与两位好友吴文雄和姜志熹共同创办了 91 金融。

初创：打造金融产品网上"沃尔玛"

时间倒回 6 年前，91 金融刚刚满月就拿到了经纬创投的天使投资。即便如此，许泽玮也未曾想到 6 年过去，91 金融已经从一家初创的科技型企业，发展成为今天业务涉及众创、众筹、文化创意、传媒娱乐、创业投资等领域，在北京、上海、厦门、香港、深圳、贵州等地均设有分支机构，估值超百亿元的国家高新技术企业、国内领先的综合金融服务平台。

2011 年，91 金融超市平台上线。这个平台的最初定位就是一个线上金融中介，主要经营金融产品销售与导购的通道业务，面向普通个人以及中小微企业等金融消费者，提供工具型导购服务和销售平台（产品推荐+顾问服务），包含网站、移动 APP、在线顾问、数据库、竞价排行和流量分析等产品。这使 91 金融成为中国互联网金融界的第一批元老。

很多人认为许泽玮是“在正确的时间，做了正确的事”，其实这是后话。因为在他创业之初，互联网和金融还没有真正地“嫁接”到一起，那时候这个行业被称为“金融电商”，到 2012 年，又被称为“金融大数据”。2013 年，许泽玮盼望已久的互联网金融的元年终于到来。而这个时候，看到这块蛋糕的绝不仅仅是许泽玮，阿里巴巴的余额宝在这一年高调问世，之后电商巨头京东也携手嘉实基金和鹏华基金共同推出了理财产品“小金库”，大佬们下手毫不留情，纷纷涉足互联网金融，想分得一杯美羹。行业的竞争日渐激烈，但许泽玮一点没有灰心，反而更有激情，因为他终于从天黑走到天亮。

经过两年的奋战，许泽玮的一些想法在公司的运营中得到了很好的验证，这也是 91 金融飞速发展的关键。91 金融的第一个产品 91 金融超市，采取对金融机构收取佣金而对客户免费的模式，最大限度地发挥互联网线上渠道在业务开展以及服务体验的提升方面的先天优势，为客户提供“一站式购物”的体验以及种类丰富并具有价格竞争力的金融产品。

这种崭新的金融服务模式使 91 金融快速地聚集了大量客户，同时，许泽玮也成为 VC 们眼中的“天才型创业者”。其实，在 2011 年创业之前，许泽玮就曾拿着一张写着“需求+分类+在线服务+审核+风险控制”几个词的草稿纸从天使投资人手中拿到了五百万元的天使轮投资。凭借没有成型的商业计划书就拿到投资，这在欧美国家很常见，但在中国却是个例。91 金融商业模式的价值是显而易见的。

成长：砥砺前进中探索方向

起初，许泽玮又当老板又当业务员，一家银行一家银行地敲门，去建议他们把产品放到91金融超市上来卖。创业初期的一件事让他记忆犹新，当时他花了很大力气找到了一个银行的高管，费尽九牛二虎之力给对方介绍91金融的业务，但银行高管最后只说了一句："好，你帮我们外包一个系统吧。"原来对方根本没明白91金融到底是做什么的，许泽玮哭笑不得："他把我们当成做外包的了。虽然那也是个赚钱的买卖，但那不是我想做的。"

一方面是艰难地寻找"供货商"，让国有金融机构愿意把自己的产品委托给91金融超市；另一方面是寻找第二轮融资。"在第二轮融资的过程中，我见了169家VC，那时候每一家都要跟他们解释我是干吗的，最后只有两家愿意投我，换句话说，我被拒绝了167次。"回首不堪往事，许泽玮还挺坦然，"我属于比较'自虐'的一种人，认准了这个行业就坚持走下去。"

随着创始团队的不懈努力，2012年下半年，91金融平台积累了接近100万条数据。此时，一个基于互联网的货品齐全的大型"金融超市"基本搭建完成。超市里的产品非常丰富，能满足各类群体和企业的不同需求。但在实践中，许泽玮发现将所有的金融产品罗列出来，让用户自己去选择，这样匹配率也很低。对用户来说，由于金融产品的复杂性，即便平台提供充足丰富的银行产品，用户还是无法抉择，信息依然不对称。许泽玮和他的团队开始尝试把单纯的信息平台向提供交易的服务平台延展。通过后台基于大数据的咨询顾问系统，根据用户个体情况、需求倾向与不同银行的不同产品进行匹配，帮助用户挑选出最适合他的理财产品，成功率能达到将近50%，远优于之前的0.5%。这样交易效率提高了，利润率也提高了。伴随着2013年互联网金融成为"风口"，91金融也进入了高速发展时期。

马云曾说，中国的金融行业特别是银行业服务了20%的客户，如果能把剩下的80%没被服务的、该被服务好的潜在客户服务好，中国经济巨大的潜力就会被激发出来。

这个说法其实在91金融的发展轨迹中得到了一定的印证。但是如何获取这80%的客户才是互联网金融面对的最大挑战。许泽玮也为此伤透脑筋，他认为，"互联网金融中有三个维度是最重要的，第一是信任，第二是产品，第三是用户体验。其中信任是最重要的，没有信任，其他事情做得再好也无济于事。"

现实摆在眼前，以中国工商银行为例，因为工商银行的客户太多，所以客户到银行总是要排队。为什么大家宁愿排队也不愿意去其他银行呢？就因为中国的大多数人认为股份制银行不靠谱。从理财利率来讲，工行的收益几乎是所有银行中最低的，但它的销售量却比任何一家股份制银行的总和还要高。这一切都基于信任。

为了获得类似的信任，91 金融坚持开展与传统金融机构的合作。通过 91 金融，银行能以高效的方式获得用户，提升业绩。同时银行有很多优质债权，通过 91 金融的平台性业务也可以把这些债权销售出去。这个过程中双方建立了良性的互动，银行无法提供的服务，或者没有精力、没有能力提供的服务都愿意交由 91 金融来做，包括对企业，对数据，对信用征信体系，对用户前期的需求，包含用户的流量导入、渠道业务等。这种模式让 91 金融成为全国第一家被多家银行总行选择的“总对总”战略合作伙伴的互联网金融企业。这不仅让 91 金融从最初作为金融产品销售通道，转变到联合金融机构设计和发行产品的阶段，也让 91 金融的信誉度大增。

2013 年 9 月 1 日，91 金融选择了宽带资本领投的第二轮融资。“正因为宽带资本背后有中关村创投的国资背景，通过此轮融资，我们还拿到了北京市第一家金融信息服务牌照。”许泽玮颇感欣慰。

发展：新产品成助飞两翼

许泽玮的这些努力的确起到了很大的作用。随着客户量的剧增，91 金融积累起了丰厚的金融用户数据库以及金融产品数据库，这决定了 91 金融可以逐步向更纵深领域的金融需求服务展开进一步的对接和探索，开始由单纯的前端导购与营销通道业务，向后端的金融产品交易及服务业务涉及。同时通过金融大数据和金融开放平台，91 金融超市还可以为客户快速提供金融需求服务推介、为金融机构快速匹配精准的目标客户，这除了能够改善每一个用户的体验之外，还降低了传统线下金融机构的营销成本，进一步提升了服务效率。

但许泽玮对互联网金融还有更深的理解，在他看来，互联网金融的本质在于“金融”二字。相比传统金融业，互联网确实有更好的渠道，基于大数据也可以设计更多的产品，但这些都无法改变金融的本质，比如金融资金和金融风险。正因如此，91 金融设计的产品较之于同行而言，金融属性更强，这也是继 91 金融超市之后，91 旺财、91 增值宝和 91 金融圈问世的关键。

借着第二轮成功融资的东风，2013 年 12 月，91 金融和民生银行合作，推出了 91 增值宝，这是一款专门面向全国中小企业客户的理财产品，被称为企业版的余额宝，为企业闲置资金进行理财规划，提供一站式金融服务，大受中小企业欢迎。紧接着，2014 年 3 月，91 金融推出了自己直接的理财平台“91 旺财”。一端连接出借人，为出借人筛选优质借款人，并协助出借人完成资格审核、风险把控、贷前贷后管理、资金清算等服务；另一端连接优质的借款人，替借款人寻找有实力的出借人，满足借款客户的需求，有效地降低借款人融资成本。这两款互联网产品，像 91 金融高速发展的两翼，一下将 91 金融从“婴儿阶段”带入蒸蒸日上、日新月异的“青年阶段”。

而在服务实体经济，尤其是中小企业过程中，一个发现让许泽玮惊讶：“融资难、融资贵是市场上公认的制约中小微企业发展的关键因素之一。但我们在为其提供金融服务时，发现实际情况比这还严峻。”一方面是由于中小微企业自身具有轻资产、财务数据不完备等特点，且国内针对中小微企业的征信体系并不完善，致使它们根本无法从传统银行拿到贷款；另一方面则是由于国内民间借贷市场杂乱无章，高达 48%～60% 的利息让它们只能望而却步。

事实上，在提供多元化证明的情况下，很多银行还是可以给中小微企业贷款的，只是双方信息不对称，导致企业难以找到合适的贷款银行，更不容易拿到利率合理的贷款。91 金融有效地打破了这种信息不对称问题。一端对接着各个银行的金融产品，另一端对接用户的贷款需求信息，实现了金融产品审核与风控条件的公开透明，并能够根据用户需求第一时间匹配与推荐最合适的产品。91 金融这项企业业务一经确定就迅猛开展，在北京就累计服务中小微企业两万余家，满足了它们超 500 亿元的资金需求，为实体经济发展提供了源源不断的金融活水。

也是在这两年间，91 金融的品牌影响力大大提升。2013 年一个偶然的机会，央视记者拍摄“中关村涌现新一轮创业潮”报道时采访了许泽玮。这则报道当年 9 月 1 日被《新闻联播》选用播出，许泽玮和 91 金融得到了全社会的关注。2014 年 6 月，比尔・盖茨到访中关村，许泽玮成为中国互联网金融行业第一个与比尔・盖茨有深入交流的创业者。当比尔・盖茨得知 91 金融累计服务超过 200 万个用户时，非常惊讶，连说不可思议。此后，比尔・盖茨还通过社交网络向全世界展示了他与年轻的许泽玮交流的照片。回忆起这两段经历，许泽玮由衷地讲道："这不是因为当时的我有多优秀，我的企业有多出色，而是因为我是中国最有活力的创业青年群体中的一员，是因为中国历史上从未像今天这样重视创业、鼓励创新。"在快速发展的进程中，2014 年 7 月，91 金融还完成了第三轮投资人引入，领投方为海通证券直投子公司海通开元，前期投资人宽带资本、经纬创投等跟投。

源自对"信任"近乎偏执的追求，2014 年 9 月，91 金融又开通了 7×24 小时的客服服务，开业内先河。为了提高客服质量，许泽玮甚至亲自上阵，有时他还会在凌晨两三点打客服电话抽查。许泽玮说："虽然很少有人会后半夜打电话咨询，但我们就是要为客户营造一种 VIP 的环境，让客户随时能找到我们，这样他们才会更有安全感。"

几乎与此同时，中关村西城园管委会相关负责人问许泽玮："公司要不要成立党组织？"许泽玮想都没想就回答："要！"回忆起当时的场景，许泽玮表示："为什么毫不犹豫？因为我 2004 年就在北京航空航天大学加入了党组织，我珍视自己的党员身份。找到党组织、建立党组织，在我看来就是自然而然的事儿……"2014 年 9 月 30 日，91 金融正式成立了党支部，这也是互联网金融行业首个党支部。

源于创始人的"红色情结"和党员使命所成立的党组织，在日后的发展中，却真正为 91 金融发展提供了源源不断的红色动力和无穷活力。"不仅能够解决企业管理中的难题，使'60 后'、'70 后'的员工与'80 后'、'90 后'的员工能够在同一思想频道进行交流，也可以在企业内部发挥党员的先锋模范带头作用，凝聚人心，增强团队战斗力，还能够提升企业公信力，获得更多合作伙伴。我们已经将党建根植于企业的文化之中！"91 金融党支部副书记、91 金融副总裁刘洋介绍道。2017 年 2 月，《人民日报》发表文章《91 金融党建力量与企业活力一起迸发 为互联网企业装上"红色引擎"》，专题报道91金融党建工作。凭借在非公党建、助力创业、青年引领等领域的杰出表现，仅在2017年，91金融就七次获得《人民日报》的报道与关注。

2014年年底，91金融当选为北京市金融局指导下“北京市网贷行业协会”创始会员和副会长单位。那时，91金融团队尚未预料到一次行业风险即将来临，而在初创阶段种下的拥抱监管、合规发展的种子却让他们在行业危机中全身而退，甚至收获了更多的发展机会。

修炼：苦练内功合规发展

2015年，一场很多人没有预料到的金融风险来袭！e租宝、大大集团等一众P2P平台向公众非法吸纳巨额资金事发。政府层面祭出网贷行业监管新规，P2P成为众矢之的，高峰时每个月都有约200家P2P公司倒下。“互联网金融不都是P2P，P2P也不都有问题，我们整个互联网金融的从业者都感到一种压力。”回忆起那段风雨，许泽玮发出一句真诚的感慨。“虽然从本质上讲，91金融是一个金融服务商，我们并不涉及资金产品本身，我们只负责这个交易过程。”但不同于其他互联网行业，互联网金融的天然属性之一就是受政策影响较大、门槛较高。2015年的事件也让91金融团队比以往更加重视修炼内功、合规发展。

在主管金融业务的91金融副总裁郑申看来，“互联网金融的本质还是金融，金融的本质还是风险防范。很多大数据和分析的理论，可能在贷中和贷后是比较有用的，但是在贷前对客户本身的分析，仍然是传统的工具比较有效。”为了从制度上防范风险，91金融专门聘请了业内知名的咨询公司，为公司做了整套的咨询方案，公司严格按照咨询公司做的方案和制度梳理流程，将制度落在实处。如今，91金融已经建立起涉及贷前审查、贷中调查、贷后管理3个阶段29个环节风控体系以及八重信息安全网、灾备系统、三重防火墙等银行级别的安全防护体系。

与互联网经常追求的“流量”不同，郑申坚持认为91金融必须坚守一种价值底线，即从用户的角度考虑风险的可承受性。“金融这个行业的特点之一是利润快、风险后置。如果一味地追求利润或者短期的效果，就可能会放低你的底线，这个后果是很严重的。比如大学生网贷，我们当时有机会参与进去。但我们分析这个群体收入来源主要基于家庭，财务管理能力还不成熟，对金融的了解也比较有限，过早承受金融负担，可能对其个人成长产生负面影响。社会效益永远是我们首先考虑的方面，这也是我们的企业责任。像这样的例子还有很多。”郑申提到。“这也是党对我们的教育，是全面从严治党在我们互联网金融企业的体现。我始终认为一个良性的监管和行业发展，少不了自己管理自己。”许泽玮补充说。

深耕于国有银行、国有机构合作的 91 金融在这一年又取得突破进展。2015 年 6 月，经中国银监会厦门监管局批准，厦门银行正式聘任 91 金融创始人、CEO 许泽玮担任独立董事。这是互联网金融企业领军人物被监管层吸收进入银行业，担任独立董事的第一人，也是国内第一位“80 后”商业银行董事，这意味着 91 金融所开创的互联网金融服务平台型模式被监管层所认可。

一方面通过技术手段防范风险，另一方面在用户体验上不断追求细节，91 金融的互联网产品也凝结着一种工匠精神——“2015 年我们的 APP 有 156 次更新，几乎每一两天就有一点进步。当你不断地累计这些创新，在每一个阶段有新的产品或者新的升级时，在后来阶段就有巨大的变化。创新不是今天在这研发研发就拿出一个来，而肯定是不断地在做，到一定阶段累积出来的。”许泽玮讲道。

即便在这个特殊的年份，91 金融仍凭借一直以来的坚持和定力，收获了比金子更珍贵的信任。2015 年 9 月，91 金融完成第四轮融资，全国社保基金下属诚柏基金领投，91 金融是其继蚂蚁金服后投资的第二家互联网金融企业。

扩张：泛金融生态系统构建 实现集团化运营

走过 2015 年的险滩，91 金融迎来了“轻舟已过万重山”后的海阔天空，金融主业在积极拥抱合规中实现突围。2016 年 6 月，91 金融旗下 91 旺财成功上线银行资金存管系统，成为国内首批实现银行资金直接存管的理财平台，标志着其资金管理更加透明化，同时也意味着 91 金融在规范、透明、稳健运营的道路上再进一步，提前完成国家监管政策的合规建设。截至 2017 年 9

月，91 金融成立 6 周年之际，91 金融已累计服务超 300 万人，创造交易量超 2 000 亿元。无论是交易额，还是服务用户数，91 金融都相当于一家城市商业银行的规模。但这家企业至今只有 300 余人，足见其科技创新的力量。

在此阶段，91 金融从金融生态系统开始向共享泛金融生态系统布局。91 金融一方面通过 91 众创空间和 91 文化，撬动创业和文化市场；另一方面成立 91 投资，与投资机构展开竞争与合作，以收购点名时间为标志，持续丰富泛金融生态系统，实现以金融为核心的生活、生产、生态的全面连接。91 金融正在致力打造一个专注服务“个人+企业+金融机构”的全业务生态生活圈，为企业和消费者提供高效的金融生活服务解决方案。

2015 年，91 金融已经成立了 91 投资公司，并于 2016 年开始全面运营，计划在早期孵化领域实现精准投融资服务。2016 年，91 众创空间获得“国家级众创空间”牌照，在北京石景山、西城、延庆，上海浦东、嘉定布局总建筑面积超过 2 万平方米的众创空间。91 投资和 91 众创空间成为 91 金融战略转型的重要一环，两者互为补充，共同组成了“投资+实业”两个板块。未来，91 众创空间将以北京为基础，立足京津冀，在全国范围内独立建设 50 余家众创空间，并通过与金融机构、高校、大型企业合作建设 100 余家众创空间。91 投资则将通过并购、入股等方式，继续投资各行业优质企业及项目，完成从创业企业到孵化机构的角色升级，力争成为全国孵化器行业垂直深度孵化的风向标。

同时，91 金融文化板块的金八传媒在 2016 年实现独立运营，不仅实现了两千万元的利润，还于 2017 年 4 月完成由中国网络新闻教父陈彤和高维资本领投的 1 100 万元新一轮融资，估值 1.5 亿元，巩固了中国娱乐金融第一品牌地位。新收购的国内第一家众筹平台——点名时间，继参与出品电影《大鱼海棠》《十万个冷笑话》后，与贵州六盘水合作的“金弥”红心猕猴桃酒上线众筹，首批酒品全部售罄。在延庆打造的红色旅游项目大庄科成为北京市唯一的开放式红色体验教育基地，2017 年 5 月正式运营以来，已累计接待 5 万多名游客。出资收购上海极扬文化，新三板上市被列入日程……未来，91 文化将借助资本市场，通过并购进入体育、娱乐、旅游等领域，发展多种形态文化业务，实现版图不断扩大。

两年间，当许多互联网金融企业仍忙于应付监管新规时，91 金融已经构建起了共享泛金融生态系统，实现集团化运营。

责任：成长中担当 发展中奉献

91 金融 6 年来取得的进步让业界侧目，但让 91 金融人感到更为荣光的，却并非这些数字和成绩，而是 91 金融在成长中担负的企业责任，在发展中对社会的贡献。“我在创办企业前已经是一名党员，我觉得主动承担社会责任、奉献爱心、参与公益慈善事业、精准扶贫行动，不仅是企业家应该具备的一种精神，也是一名党员的责任。”作为 91 金融党支部书记，许泽玮如是说。“做公益不怕大，不嫌小，不论早，不论晚，坚持就能改变世界”也成为 91 金融的公益理念。

91 金融按照习近平总书记在贵州提出的“精准扶贫”理念，通过联合贵州六盘水成功完成“金弥”红心猕猴桃酒众筹，与贵州省多地政府共同推动“乡村工坊”建设，开发当地特色资源，实现农民当地就业，变输血为造血，助力精准扶贫。响应“带动三亿人参与冰雪运动”的号召，2016 年冬 91 金融在延庆打造冰雪欢乐园，吸引了来自全国各地的 5 万多名游客参与冰雪项目，极大地带动了当地特色旅游业的发展，还为周边农户提供了 100 多个就业岗位。91 金融坚持每年举办“贵州青少年英才北京行”，带贵州的孩子走出大山看首都；连续三年在延庆三中为品学兼优的同学颁发奖学金；连续接收了两批 20 位香港同学来公司实习……“91 金融、91 金融党支部所做的这些工作，无疑受到了党组织的感召。当然，我也相信‘有多大担当才能干多大事业，尽多大责任才能有多大成就’，这些工作注定对公司转型升级、再上台阶意义深远。”许泽玮讲道。

因为这些工作，91 金融近年来荣获“北京市非公有制经济组织党建示范单位”“北京市社会领域优秀党建活动品牌”“北京非公有制企业履行社会责任评价活动百家上榜单位”。许泽玮也获得了“全国向上向善好青年”“首都劳动奖章”“北京市优秀青年人才”“北京市高层次创新创业人才支持计划领军人才”“北京青年五四奖章”等一系列荣誉，受邀出席庆祝中国共产党成立

95 周年大会、中国共产党员基层年轻代表中外记者见面会。

2017 年 9 月 10 日，经北京市民政局批准，北京市网贷行业协会正式更名为北京互联网金融行业协会，协会党委同日成立，许泽玮当选为北京互联网金融行业协会党委书记。从带领公司做党建、做公益、承担社会责任，到推动整个北京互联网金融行业的党建工作、引导全行业履行社会责任，许泽玮更觉使命光荣、责任重大。

初心：牢记使命 继续前进

2017 年 9 月 1 日，是 91 金融成立 6 周年纪念日。延续公司在重大节点集体观影的传统，许泽玮安排给职工放映的片子是《建党大业》——了解中国共产党创立的历史，让每个人感受到党的初心。这也与公司纪念日延续多年的主题“不忘初心”相契合。在许泽玮看来，初心既意味着永葆创业的激情与活力、永葆不用扬鞭自奋蹄的前进精神、永葆如履薄冰的危机意识，还意味着对党的事业、对民族和国家不变的深情。

“正是做合格党员的使命和责任，让我们的创始团队、我们这家创业公司能较早走出小我发展的桎梏。用更宏大的视角来定位我们的发展，更愿意把我们小小一家公司的发展汇入为中华民族伟大复兴而奋斗的大潮中去。”许泽玮说，“我们是国家战略的受益者，更要做国家战略的支持者。家国情怀是更深沉的动力。”

最恢宏的书写，源于精神；最执着的追求，始自内心。

2017 年，91 金融积极响应京津冀协同发展战略，助力雄安新区建设，在天津谋划智能金融中心，在雄安新区拟建金融科技产业加速器。91 金融配合非首都核心功能疏解，主动入驻需要疏解的建材城，鼎力政府“腾笼换鸟”。91 金融融入国家创新驱动发展战略，助力北京科技中心建设，91 众创空间着力吸引科技型企业入驻，为它们提供“保姆式”“一站式”的服务。91 金融参与乡村振兴战略，通过大庄科开放式红色体验基地的红色文化旅游项目，为观众带来心与灵魂“红色洗礼”的同时，帮助农户增收……

2017 年 10 月 18 日，党的十九大召开。作为中国共产党基层年轻代表，许泽玮也被赋予了学习宣传贯彻十九大精神的光荣使命。十九大报告中 8 次提到互联网，10 余次提到科技、50 余次强调创新，让许泽玮深感振奋、倍受鼓舞。他表示：“这对科技型企业的创业者来讲就是一个福音！也是全国所有科技创业者的一个巨大发展的机会！在这个战略的指引下会进一步驱动创新，驱动企业科技发展，把自己的企业做大做强，也更大限度地服务社会，服务全国老百姓。”除了自身企业创新发展，许泽玮也希望能通过 91 众创空间在全国布局，为更多的科技型小微企业、创业企业提供办公的物理空间、成长的金融支持、发展的生态环境，让创新的星星之火可以燎原。“希望 91 金融可以与数百家入驻 91 众创空间的科技型企业一起，为首都加快建设具有全球影响力的科技创新中心添砖加瓦，为加快建设创新型国家尽绵薄之力。”许泽玮说。

“民营企业”和“企业家精神”被首次写入党代会报告也给了许泽玮无穷动力和十足信心。让许泽玮倍加珍惜企业家的光荣身份，也让其有更加强烈的责任感、使命感，发扬新时期优秀企业家精神，以民营企业奋发之力，融入新时代伟大斗争、伟大工程、伟大事业、伟大梦想之中。

从党的十九大到党的二十大，是“两个一百年”奋斗目标的历史交汇期，这也被 91 金融视为自身发展最重要的五年。“我们将把握住这最为关键的历史阶段，跟着党和国家前进的步伐，带领企业不忘初心，牢记使命，风雨无阻，奋勇向前！为决胜全面建成小康社会奉献青春热血，满怀豪情地踏上全面建设社会主义现代化强国的新征程！”怀着感恩的心，许泽玮带领 91 金融再一次踏上了新征程。

薛向东：中关村“隐形富豪”

马文良

东华软件的掌舵人薛向东

大雨过后的知春路人来人往，恰逢上班高峰期，人们从地铁站、公交车站，或是乘坐轿车来到紫金数码园，然后分散走进各栋高楼，开始了一天的忙碌。东华合创大厦也是很多人的目的地，因为在这座楼上，有一家以它为名的公司：东华软件股份公司。

薛向东就是东华软件的董事长，也是我这次要去采访的企业家。在这之前，我试着从网络或是视频中搜集资料，以便在脑海当中勾勒出这位中关村企业家的形象。实际上，他是一个不事张扬的人，很少接受媒体的专访，就连在论坛上的发言也是中规中矩，这与那些侃侃而谈的年轻人形成了鲜明对比。

不过东华软件的业绩却与董事长的行事风格截然不同。从 2006 年成功上市，东华软件以每年 30% 的增长率一路高歌猛进，在全国同类软件企业中稳居第一名。东华软件在北京及全国拥有 60 余家分支机构，员工规模超过 8 000 人。2016 年度营业总收入 67. 17 亿元，年各项税费贡献超过 2 亿元人民币。

凭借公司强劲发展的势头，薛向东家族也连续入围“福布斯中国富豪排行榜”的百强榜单，成为身价超过百亿元的超级富豪。

眼前的这位企业家却与想象中的“富豪”扯不上关系，话说得很真诚，笑得很随和，目光炯炯有神。让我觉得，面前这位58岁的老中关村村民，像一本等待阅读的书。他的头发是黑色的，他笑谈从创业伊始，就特别顺：“一步一个台阶，没有裁员，没有拖欠工资，没有供应商、银行催债，日子过得还算不错。”

可是这背后的故事却不会如此轻描淡写。尽管薛向东说自己是一个“没有传奇故事的人”，说自己“特别无聊”：“爱好特别少，不会打牌，不会唱歌跳舞，不抽烟不喝酒，不找小蜜，喜欢做的事情就是工作和读书。”可是这背后，却是东华软件一段在中关村生根发芽、成长壮大的故事。

这段故事应该从1993年开始。那一年，东华诚信电脑科技发展有限公司在中关村诞生，全部家当就是两台电脑和几名员工。从那之后，薛向东就开始用“诚信”来铸造自己的品牌，一头扎进应用软件领域，始终坚持以行业应用软件的开发、计算机信息系统集成及信息技术服务为主要业务。“我的宗旨就是不求大而全，只求立足本行业，精耕细作。”深耕24年，成为中关村的一棵常青树。

诚信口碑成了东华通行业界最高级别的通行证，而薛向东和他带领的东华软件，也在中关村写下了这段属于他们的传奇。

上山，下海！

泰山、徂徕山下、汶河之畔，有一个叫作薛庄北村的小村庄，1959年，薛向东出生在那里。这又是一个农村孩子“跃龙门”的励志故事，成绩优异的薛向东于1975年高中毕业，但是因为那时候正是“文化大革命”末期，高考还没有恢复，只好返乡，在供销社办的饭店里面当了一名临时炊事员。

凡事就怕认真二字，只要好好干，烹饪也能煮出美味佳肴。从此，薛向东一心跟着饭店的大师傅认真学炒菜，还经常看烹饪方面的书，学些新花样。过了一年时间，这位“临时工”被一位国企领导看中，这位领导把他调到了自己的任职单位工作。

1978年，高考恢复的头一年，薛向东决心报名，抓紧时间复习备考，最终被湖南大学计算机系录取。那时候，计算机还是一个新鲜玩意，很多人都不清楚这门功课到底有什么门道。

“说实话，当时我也不知道计算机是什么，只是平时看报纸、看资料，觉得计算机、激光、红外线等都是些很神秘的东西，我就想学自己不懂的知识，所以第一志愿就报了计算机系。”薛向东如是说。

对薛向东来说，大学的这段学习经历成为自己人生的第一次转折。毕业之后他直接进入机械工业部外事局，1986年被调入中国机械工业电脑应用技术开发公司，历任经营部（系统集成部）经理、总经理助理、高级工程师。

人生似乎就这样在波澜不惊当中度过了，可是平淡的日子被从加拿大打来的一个电话打破了。“电话是我大学时代的一个好朋友打来的，当时他在国外留学，想推荐我到加拿大一家著名的系统集成公司做中国地区的首席代表。”那时候的薛向东已过而立之年，并且在国企做到了领导岗位，就这么“跳槽”自然会遭到家人的反对。后来，还是同学的一通话让他下定决心：“你为人诚信，技术过硬，还有，你做什么都要做好，你能成功的！”

“在1992年年底，我抱着试试看的态度，就下海了。”然而不到一年，薛向东就离职了。原因很简单，一向以诚信立身的薛向东发现这家外资公司注重的不是在中国的长期发展和客户服务，而是短期的回报。他意识到这样发展下去，外国公司一旦从中国撤资，不仅会对客户的生意造成巨大影响，而且会损害自己辛苦积累的信誉。所以，离开这家公司成为他最后的选择。

“那时我并没有消沉下去，相反我在积蓄能量，除了认真读书，我还在思考我的下一步路。在我看来，打工要受制于人，如果公司不给你投入资金和人力资源，你就无法更好地服务客户，而一切为客户着想才是我的理念。于是我就想自己创办公司，万一不行我再去打工吧。”

有时候，机会和逆境同在，关键是自己如何看待。

创业，创业！

“没有钱注册公司，就去借；没有地方办公，就四处打听租来一间小房子……”1993 年，东华诚信电脑科技发展有限公司正式注册，从此薛向东开始了自己在中关村的创业之旅。

“之所以选择在中关村，现在看来还是因为环境。”当时，薛向东租住的房子是在白石桥，属于机械部机械科学研究院。“中关村这个地方有天然的优势，周边有中科院软件所、自动化所、清华大学、北航、北大、北理工、北邮这些高校，人才优势非常明显。”

还有一个更加重要的原因就是，在 20 世纪 90 年代初，以陈春先、柳传志、纪世瀛、段永基为代表的创业者在中关村崭露头角，“两通两海”迸发活力，这些都深深吸引了薛向东。

然而万事开头难，开局并非一路坦途。头一次跟客户谈生意的时候，客户看到薛向东单薄的人力物力，有些不大情愿。情急之下，薛向东将“薛向东”三个字摆到谈判桌上，承诺“事办不好，薛向东改行”！历经国企十多年打拼，薛向东“人诚、能办事”的声誉已经在业界扎下根基，这位客户最终被他的执着和坚定打动，下笔签约，后来也成了他忠实的合作伙伴。

从薛向东接受采访，回忆创办公司的片段中，可以窥见创业之初的种种不易。回到当初那种无钱无人的现实，作风务实的薛向东再一次选择了顺势而为。“来样加工”是中国国际贸易的一大特色，然而到了薛向东手中，这种贸易方式又被他创造性地吸收过来。

“一开始我们规模很小，我们只能去跟客户谈，问他们需要什么样的软件、什么时间要，等等。”接到客户的订单后，薛向东和助手立即将全部精力投入研发设计当中。软件初步成形了，发现有不够完美的地方，马上重新再来。一次修改不好，再来第二次、第三次，直到自己满意。曾经有一个客户时隔数天再见到薛向东的时候，大吃一惊，因为薛向东比预定的完成时间提前了好几天，而更让这位客户吃惊的是，东华诚信设计的软件系统竟是那么的尽善尽美，以至无可挑剔。很快他又把薛向东介绍给自己的同行——另一家医院的负责人。

就这样，薛向东用了 8 年时间，把几个人的小公司发展成为行业内领先的大企业。2001 年，他整合公司的优质资产，注册成立了“东华合创数码科技有限公司”；2009 年 5 月更名为“东华软件股份公司”，由东华诚信电脑科技发展有限公司控股。

如今的东华软件拥有800多项自主知识产权的软件产品，主要产品和应用技术均处于国内领先地位，已成为数十家国际国内知名IT企业的增值代理商、系统集成商或战略合作伙伴，为向用户提供全面解决方案及优质服务奠定了坚实的基础。在医疗健康、商业银行、气象数据处理、煤炭安全、农贸市场等众多行业信息化细分市场中，东华软件一直处于行业领先地位。

取胜的秘诀就是两个字："诚信"！诚信不仅是薛向东为人之本，也是东华软件立业之基。"对客户诚信，服务好了，客户就稳定；对员工诚信，员工就稳定，否则员工的离开也会造成客户的流失；同样，合作伙伴合作不好，也会造成客户流失。"所以，东华靠诚信获得稳定，不但保证了客户不流失，而且扩大了客户群。

"这和卖PC不一样，是很广泛的客户群，要靠宣传广告；而我们都是靠客户口碑传播。"在薛向东看来，他要打造一个"品质卓越的百年老字号"。

上市，并购！

2006年8月23日，这对薛向东和东华软件来说，都是一个值得纪念的"大日子"。那一天，东华合创数码科技股份有限公司在深圳证券交易所（以下简称"深交所"）上市了。在深交所大厅，薛向东满面春风，对前来祝福公司成功上市的每一个人真诚地鞠躬道谢。在庆功会上，他说："以前我要对客户负责，对合作伙伴负责，对员工负责，从现在开始，我还要对信任我的股东负责了。"

"那一刹那，我脑海里闪过了孙中山先生的那句名言，'革命尚未成功，同志仍需努力'。"薛向东回忆说。本应处于兴奋中的他，却说自己那时候的心态格外平和，"因为我们的事业才刚刚开始。"

其实，早在2005年，薛向东就以6亿元财富登上胡润富豪榜，排名306位。仅仅一年之后，名次就有了巨大提升，上升至191位。

这仅仅是个人财富的增加，在薛向东看来，上市所带来的好处远远不止于此。"因为资产很少，原来银行最多给我们贷款3 000万元，还需要担保。

但上市以后，这个银行给你两个亿、那个银行给你两个亿，总体的银行授信额度可能就达 10 亿元，你也许用不着，但这些银行的行长可能还天天追着要给你。所以上市后我经常和银行方面的人开玩笑说，他们是嫌贫爱富。上市前我请他们吃饭，要贷款，他不给；上市以后，他追着请你吃饭，要给你授信。这是上市带来的好处之一，银行会主动向你贷款。”

同时，上市还着实提高了企业的知名度。“2005 年公司的研究生招聘会只拿回几份简历，但 2006 年上市以后，一下子拿回来几百份。中央二台天天滚动播放的股票代码和分析师的评估就相当于免费的市场宣传，可能花 5 000 万元甚至上亿元的广告投放也没有这么好的市场效果。”

对非常看重现金流的薛向东来说，尽管公司创立之初经常是看天吃饭、量体裁衣，但他在与包括 IBM、思科、惠普在内的诸多国际巨头打交道的过程中也认识到，上市是企业发展的重要手段。更为重要的是，上市之后的东华软件会更加规范化管理，为把企业做成百年老店奠定一个良好的基础。

上市之后，东华软件有了更大的发展空间，开始尝试通过收购方式扩张主业。东华软件分别于 2007 年和 2011 年收购了联银通和神州新桥，不断强化在银行信息化领域的市场竞争力。薛向东对自己的实践比较满意：“我们的收购一定会关注协同效应，而且软件业的核心是人才，收购以后也要留住原有团队，否则不会做。”

如今的东华软件已经通过并购整合了近 20 家公司。薛向东认为，这是企业做大做强的必由之路。“我们的同行 IBM，从 1994 年到现在每一个月并购一家公司。思科从 1994 年到现在每 40 天并购一家公司。”

薛向东认为，只有向国际上的大公司看齐，才能让东华软件真正“国际化”，目标长远，方能乘风破浪。

专注，创新！

回顾许多企业的发展史，你会发现，随着盲目多元化扩张之后而使企业遭遇滑铁卢的教训比比皆是。这里面固然有技术研发的原因，更重要的还是心态出了问题，很多人扛过了创业艰难，却抵不住看似机会的种种诱惑。

“我们东华软件不是搞多元化，不去做房地产，我们很专业化，就是专注IT行业，而在IT行业我们又很专注在软件和系统集成。我们只是面对多元的市场，比如我们的用户遍布医疗、金融、电信、电力、政府、交通、国防、科研、石化、石油、保险、社保、气象及制造等行业，但我们公司的经营并不是多元化。我们的策略是始终以企业的核心竞争力即软件开发系统集成为依托，开发新的市场项目。”

具体而言，东华软件是根据特定行业客户的业务特点，有针对性地开发能满足客户需求、实现客户某方面业务功能的软件产品；计算机信息系统集成业务是按照客户的需求，将计算机硬件和软件有机地组合在一起，实现特定的业务功能，从而满足客户业务需求；信息技术服务业务是通过促进信息技术系统效能的发挥，帮助用户实现自身目标的服务，如信息技术咨询、信息技术运维、设计开发服务、测试服务、数据处理服务、集成实施服务、培训服务、信息系统增值服务等。上述三项业务互相驱动、互为依托，构成了公司主营业务的三大核心。

有人劝他说光做IT业发展有些慢，比如前几年投资房地产等行业，肯定势头迅猛，但薛向东并不这么想。他说他比较信服巴菲特的投资哲学，也许做房地产一年能够盈利200%，但是万一遭遇到暴风雨，第二年出现亏损，第三年还没有恢复景气，这样算下来，其实成长性并不高。而只要他的企业每年保证30%左右的平稳增长，长远来看，这种增长速度却是极为惊人的。

“最初我创业的时候，读李嘉诚的书，对我启发很大。”其中最主要的一条就是：不懂不做，不熟不做，不打无把握之仗。

“我们公司发展的定位是不走产业多元化，只在IT这个领域专业专注做深做精。实际上我们也是面对不同的行业，比如说我们的同行做医疗软件，一个公司做一个软件，只做医疗行业，有的公司只做电信行业。我们虽然面对多元的市场，但我们的资源能够匹配，并在多个行业领先。比如东华医疗现在是行业第一品牌，市场占有份额遥遥领先，品牌知名度和产品美誉度都是排名第一的。另外，在城商行、水利、气象等领域，我们也都是第一品牌。”

“我们的核心竞争力是什么呢？是创新，不断研究新的技术、新的产品、新的业务模式、新的解决方案。”

多年来，东华软件始终坚持专一、专业、专注的发展定位，内生式成长与外延式发展并重的发展战略，技术创新、服务创新、业务模式创新的发展道路，精准的定位和清晰的战略指引企业逐渐走向行业龙头，而创新的发展模式则成为企业快速发展的助推器。东华软件能够从单纯的系统集成公司转变为以软件为中心的综合信息技术服务公司，能够从注册资本只有 3 000 万元的企业发展成为中国自主品牌前十家企业，每一步都是创新驱动的结果，这里面既有原始创新，也有集成创新，既有引进消化吸收再创新，也有协同创新。

拥抱互联网

“一个企业的发展，我觉得一定要不断地创新，不断地研究新的技术、业务模式、产品。我们从 20 世纪 90 年代开始做行业软件起家，那个时候算是新兴行业，但是现在呢，我们已经变成传统行业了，所以我们要不断拥抱互联网。”

2008 年年初，IBM 宣布将在中国无锡太湖新城科教产业园为中国的软件公司建立全球第一个云计算中心，紧接着，雅虎、惠普和英特尔也宣布推出云计算系统，推进云计算。云计算浪潮的迅猛来袭使薛向东敏锐地感觉到这将成为计算机软件企业在 IT 领域向高端发展的必由之路。薛向东审时度势，抓住云计算飞速发展的有利时机，加快产品从传统向高端的转型升级，从医疗云、金融云、网管云三方面入手，投资 7.9 亿元，打造属于东华的云端产品。

2010 年，薛向东带领东华与医疗卫生管理机构合作，建立了统一的基层卫生管理信息系统和基层医疗服务机构的信息平台，即东华的医疗云。通过海量数据的收录，既增强了基层医疗机构的信息化水平，为居民提供基本的诊疗社区服务，又实现了卫生行政管理机关对居民健康卫生状况的监督管理。东华医疗云在实现公共卫生、医疗服务、医疗保障、药品管理、综合管理等 5 项业务应用的同时，也将计划生育纳入了医疗云的范围。

2011年年初，由薛向东组织打造的东华金融云服务正式运营，到2011年下半年，东华金融云的服务客户数量达到10家，从2012年开始，每年举办两次村镇银行研讨会，研讨会搭建了一个村镇银行共享交流的平台，同时也成为东华金融云产品发布的平台。到目前为止，研讨会已成功举办了三届，东华的签约客户规模已达近100家，实际上线托管运营的有近60家。

除此之外，东华在网络管理云计算领域也取得了不小的成绩，东华的“云计算流量分析与控制北京市工程实验室”已于2013年11月升级为国家级实验室。

在薛向东的领导下，东华的转型升级产生了巨大的社会示范效应。东华向云计算服务的转型尤其是金融云服务中心的投入运营，有效地解决了村镇银行和微金融机构实力薄弱、无力组建自身IT系统的难题，为我国村镇银行和微金融机构的发展提供了一个可以和大银行公平竞争的平台，目前加入该服务中心的银行已经见证了真正的实效。这一尝试对金融市场监管提供了真实可靠的数据，同时也为我国金融机构改革提供了一个安全高效的模式。

如今是“万物互联”的时代，企业早已告别单打独斗，合作共赢才是王道。2014年7月，东华软件与阿里云签订了《战略合作协议》，双方建立战略合作伙伴关系，将在云计算、大数据、智慧城市等领域广泛开展合作，以共同推进相关领域云服务业务的发展。此次强强联手一度引发业内高度关注，根据协议，东华软件将逐步把集团内所有应用迁移到阿里云平台，与阿里云、支付宝、电商等阿里巴巴优势领域全面深度合作。此次合作将有助于扩大东华软件在智慧城市领域的市场份额，协助其形成基于云计算的一体化解决方案，之前公司已参与了中国多个城市的智慧城市项目建设。

作为与阿里云合作的重要一步，2017年5月，东华软件与阿里云、西咸空港新城三方达成战略合作，全球首个“云上空港”将在陕西西咸落地。东华软件为项目的实施提供咨询、设计、建设、运营、应用开发等相关服务，阿里云为“云上空港”提供世界级的云计算和大数据支持，未来“云上空港”整体解决方案还将向各地航空城全面开放。

“近期我们做了一个‘健康乐’的平台，本月初已经上线。上线以后全国亿级普通用户都可以上这个平台，后台则对接上千万名医生，将来老百姓通过这个平台能找到网上私人医生，这是一个创新。”依托东华医疗强大的客户和市场优势，薛向东自然觉得公司新上线的“健康乐”产品前景乐观。

薛向东认为，民营企业只有依靠创新驱动，才能抓住新的发展机遇，加快企业转型升级的步伐。2015 年，东华软件将继续专注于信息产业化，充分利用公司的体制优势、资质优势、行业优势，以及雄厚的资金和技术优势，在稳步推进各项业务的同时，积极研发储备、布局新型潜力业务、加速商业模式升级，通过多行业布局战略使公司继续保持持续、稳定、高速的发展。在全社会互联网化革命的大背景下，全面进军“互联网+”，将互联网金融、互联网医疗、互联网教育等业务深入推进，在与阿里巴巴等互联网巨头强强联合的同时，结合自身行业、市场和技术优势，推动公司商业模式转型，突破传统行业发展“瓶颈”，提供更加满足客户需求的服务和产品。

放眼未来，薛向东神采奕奕，自信满满。

助残，就业！

企业家精神就是一个不断创造社会价值的过程，就是不断地为社会创造财富，不断地为社会提升价值。成功的企业家，首先要有坚韧不拔的毅力，其次要有足够的知识，对你所处的行业有洞察和独到理解，当然还要选准方向。

薛向东常说：“一个企业在创造经济价值的时候，也要回报社会，要创造社会价值。”

2010 年中国残联举办的一次招聘会让薛向东受到很大触动，更加认识到残疾人就业的困难。“输血不如造血，给残疾员工提供工作岗位就帮助一个家庭解决了大问题。合适的工作不仅能解决残疾员工自身经济难题，而且往往能极大地帮助其个人的长远发展和家庭和睦，是对残疾员工最有效的帮助。”于是，薛向东决定敞开公司大门，当场承诺招聘一百名残疾员工进入东华软件。一时间他顶着内部压力，把数十名残疾员工“硬压”到各个部门，仅 2012 年东华就在全国各地招聘了 50 多名残疾员工。

作为一名民营企业家，薛向东要为股东负责，要为企业追逐利润盈利，但他为什么非要这么执着地做慈善事业？薛向东说："坚持原始创新的同时，不断做好产品创新、业务模式创新，使公司的产品、业务模式更好，更能满足客户需求。公司的盈利空间就会多一些，以此弥补公司由于招聘残疾人而带来的负担。其实也不能说是负担，毕竟残疾员工来到公司还是帮助企业创造出一些价值的。"

在与残疾员工接触过程中，薛向东深刻感受残疾员工不是企业的负担，相反有着许多正向的作用。残疾员工找工作不容易，对这份工作他们肯定非常珍惜。他们很愿意去学习、去努力，向老同志学习、向书本学习，在实践中不断进步，很多残疾员工在工作中都有了很大提升。公司同时给予残疾员工一定的照顾，使他们的工作非常稳定，给公司发展带来了许多正能量。

东华软件在招聘员工时主动降低门槛，同等条件下优先录用残疾人，根据其特长、状况和文化程度给他们安排适合的工作，让每位残疾员工工作愉快、各尽其才。对于在职的残疾员工，公司还有各种人性化的政策。例如每位残疾员工生日到来的时候，公司会给他们送上生日蛋糕卡；每月给残疾人发放津贴；公司许多活动会安排他们参加。在培养员工职业发展方面，公司为他们提供很好的发展空间，把企业文化建设工作落到了实处。

东华软件坚持福利企业定位，不断接纳残疾人员，把保障他们的基本权益放在重中之重地位。正是因为这个缘故，薛向东获得"第四届北京市优秀中国社会主义事业建设者"的殊荣。到目前为止，他早已兑现当初的承诺，帮助了上百名残疾人实现就业，但薛向东吸纳残疾人就业的爱心事业仍在继续。

2013 年 12 月，东华软件因在吸纳就业和社会保障方面做出的突出贡献而被授予"全国就业与社会保障先进民营企业"称号，北京市获此荣誉的民营企业仅有三家。东华软件在不断发展壮大的同时，始终不忘履行社会责任，自 2007 年至今，公司每年都会向各高校捐资助学，累计捐款逾百万元。

在捐资助学的同时，薛向东始终把帮助大学生就业和企业自身发展紧密结合在一起。早在 2007 年，东华软件就成为"全国高校毕业生就业见习示范基地"，建立健全了员工招聘、培训、晋升机制，极大调动了干部员工的积极性。每逢节假日公司都组织开展丰富多彩的文体活动，陶冶员工情操，增强企业的凝聚力和亲和力，培育了积极向上的企业文化。

与李克强总理的一次邂逅，更加激励了薛向东支持大学生创业的种种想法。2014 年 7 月 3 日，中共中央政治局常委、国务院总理李克强专程到湖南大学考察，总理一行来到大学生就业创业沙龙的交流活动现场时，薛向东等企业家创业导师正在为学生讲授创业和投资的经验。总理听取了他们“下海”创业的经历及取得的成绩，语重心长地说：“在创造财富的同时，不要忘了具有丰富知识财富的大学生，要把他们的潜能挖掘出来。”身为湖南大学校友、创业导师之一的薛向东现场向总理许下承诺，将尽可能地为大学生做就业创业方面的培训，帮助大学生推广创业项目，做到技术协同、服务协同、市场协同。他还向总理建议通过全国工商联平台联合一批企业家，为大学生就业创业开展指导培训。“创业导师有实践经验，大学生思想活跃，有创意火花，这是双赢啊！”总理强调，不仅仅成为师徒，还要成为合作伙伴。

面对如此众多未来可能的合作伙伴，薛向东对公司未来的发展也有了更多寄望和期许。

雄安建设是国家的“千年大计”，而在此战略中软件业地位凸显，这也意味着国产软件业将成为雄安建设的重中之重。2017 年 11 月 1 日，东华软件宣布，全资子公司雄安东华全球软件研发有限公司已完成了工商注册及设立，注册资本 2 亿元。“雄安东华”未来将充分发挥公司在软件信息服务行业的龙头作用，利用公司在人工智能、物联网、大数据、智慧医疗、智慧城市、政务信息等新兴领域所积累的行业经验，积极围绕医疗、教育、金融、水利、政务、大数据及云计算领域进行深耕细作，彰显公司深耕雄安新区、布局京津冀区域的战略决心。

十年规划

谈到过去的这些经历，薛向东说：“好像一不小心就发展到了今天，中间没有什么跌宕起伏的故事，缺乏媒体喜欢的传奇色彩。”

我试着让他评价一下自己，他沉吟片刻，说：“这不是一件很容易的事情，如果要我说有两条。第一，没有什么了不起，我遇上了改革开放的好时候，赶上了这个时代；第二，这件事总得有人做。”

如今，58岁的薛向东已经开始物色接班人，进行他未来的“十年规划”。本来计划的“子承父业”，因为归国留学回来的儿子喜欢从事教育事业而搁浅，不过现在的薛向东已经逐渐理解和支持儿子的选择：“每个人都有选择自己喜欢工作的权利，儿子也不例外，也许他从事教育事业对国家的贡献更大。”

在接班人选这一点上，他说要学习柳传志，最好能找到杨元庆这样的“接班人”。柳总在写给杨元庆的信中，曾经提到自己心目中年轻领导核心的样子：“一方面要有德。这个德包括以下几部分内容：首先是要忠诚于联想的事业，也就是说个人利益完全服从于联想的利益；其次是能实心实意地对待前任的开拓者们……另一方面，从对人的多方考核上造就一层骨干层，再从中选择经得住考验的领导核心。”

薛向东的标准很简单，就是“诚信”：“对客户要讲诚信，对员工要讲诚信，对政府也要讲诚信，因为东华软件公司是一家上市公司，对投资者、股东也要讲诚信，对合作伙伴也要讲诚信——做到这五个‘诚信’，就是最好的标准。”

当然薛向东知道这不是一件简单的工作，好在他为自己下一步的发展做了“十年规划”，用10年的时间，让东华软件再上一个台阶，自己也就功成身退了。

低调不代表没有野心，薛向东所享受的不是财富带来的乐趣，更多的是工作所带来的成就感。他喜欢哲学，明白“有所为，有所不为”的道理，东华软件的发展始终坚持“看米下锅”，有着很强的风险控制意识，在管理上做到“忙而不累”。2017年“五一”国际劳动节前夕，他荣膺“北京市劳动模范”称号，并受邀参加人民大会堂颁奖大会。

这更像是对他这么多年在中关村耕耘的褒奖，天道酬勤、诚信共赢、兢兢业业、手不释卷……这些词语虽然不能完全概括一个人的经历，但是放到薛向东身上，别有一番味道。

这就是薛向东的故事，这也是中关村众多企业家中看上去最平凡、最不波澜起伏的故事。可是，当你坐在他面前，听他回忆和讲述时，就会发现，璀璨星空，每个人都在用自己的奋斗和努力来描绘这宇宙之美。这也是创业和创新最迷人的地方，没有终点，唯有前行。

ofo 戴威：一路加速的“骑行达人”

张 锐

摇起青春的桨橹，戴威提前发现了财富的彼岸；快于同龄人起跑，戴威率先摘到了成功的鲜花；踏着市场的鼓点，戴威敏捷登上了商业的奇峰。驰骋在共享经济的全新跑道上，戴威享受到了创造的兴奋，体验到了挑战的刺激，更承接到了勤奋的馈赠。但如同自己面前启开不久的职场视窗，戴威的商业领袖生涯也才刚刚起步，在激情与理智、憧憬与现实、稚嫩与成熟的混搭与碰撞之中，时光岁月定让戴威沉淀出更为卓越的心智，其未来的前行脚步由此会变得愈加坚实，敏锐与明亮的目光势必会眺望得更加高远。

“骑行达人”戴威

火遍大学校园的共享单车

2015年，一篇题为“这2 000名北大人要干一票大的”的文章通过微信、QQ以及学校网络论坛等社交平台在北大疯传。文章宣布ofo将为北大校园提供超过一万辆自行车，以方便大家“随时随地有车骑”，同时也呼吁2 000个北大师生贡献出自己的单车，加入这个计划。文章末尾这样写道：“一百多年来，有很多北大人改变了北大，也改变了世界。这次该轮到你了！”这篇既富煽情又具营销特色的文章就是由戴威与创业的几个伙伴共同打磨而成的。

ofo的运营模式是：同学将自己的自行车转让出来，加入“ofo共享单车”协议，以此换取所有共享单车的免费使用权；在此基础上，ofo将这些共享单车装上密码锁与车牌号，同时将车辆全部涂刷成黄色，以便在校园中辨认，“小黄车”于是由此而来。对于非“ofo共享单车”协议的用户，使用时可以通过微信号输入车牌号获得开启车锁的密码，按骑行里程计费；抵达目的地后，ofo单车随停随放，无须停放在指定的停车桩。作为一种经营理念，ofo打出的商业口号是：只连接车，不生产车。

一切似乎都符合起初的设想。《这2 000名北大人要干一票大的》出笼没过一个星期，就有人主动找上门来，随后，第二辆、第三辆以及更多的共享单车接踵而来。而在需求端，ofo上线第一天，就涌进200多个订单，第二天就增加到了300单，上线第10天，ofo日订单达到1 500单，一个月后，日均订单飞至4 000余单。看着一辆辆从自己身边擦肩而过的“小黄车”，平日很少不能控制住自己情绪的戴威竟然抱着张巳丁大声叫喊：“这事太靠谱了！”

的确，觉得共享单车“太靠谱”的人并非戴威的创业团队。当戴威拿着自己共享单车计划书再次找到师兄肖常兴时，这位已经投了100万元且没有听到丁点响声的天使投资人二话没说就同意再投100万元，理由是ofo共享单车第一个100万元失败了，也许第二个100万元能成功，应该给年轻人一些锻炼机会。一个月后，在一次孵化器的路演上，戴威认识了北大81级计算机系学长、投资公司东方弘道的创始人李晓光。经过几次沟通之后，李晓光答应向ofo先投资300万元人民币，两个月后，东方弘道又针对ofo展开了规模为 900 万元的 pre-A 轮投资。

靠着投资人建筑起来的厚实资本底气，戴威决定以自购的形式在校园投放一批“小黄车”，因为仅靠来自学生的提供已经远远不能满足需求。符合预期，第一批自购的“小黄车”投入北大校园之后，日订单很快地提升到了 6 000 单，此时戴威也强烈感觉到 ofo 在北大的火爆状况一定能在其他高校复制。作为尝试，ofo 于是首先在中国人民大学投放了部分单车，效果同样出奇的好。ofo 于是增加投放量，同时在中国地质大学、中国农业大学等京城高校广泛布局，日订单也很快飞升到了 10 000 单。

更多的资本开始闻到从 ofo 身上散发出来的香气。当 ofo 扩展到第 5 个学校且日峰值订单接近 19 000 单的时候，戴威接到了金沙江创投打来的电话，并在几天后见到了国内著名的资本大佬朱啸虎，最终与金沙江创投签署了规模为 1 000 万元的 A 轮投资协议。随后，经朱啸虎引荐，戴威又从真格基金等两家投资机构手中拿到了共计 2 500 万元的 A+轮投资。同样是在朱啸虎的引荐下，戴威见到了滴滴打车创始人程维，ofo 从滴滴出行那里获得了 1 200 万美元的 B 轮融资，而且滴滴在后来还多次追加投资。按照戴威的话说，过去一年是自己“开着飞机换引擎”。

强大资本的驱动也让 ofo 迅速驶出北京而进入武汉、上海、天津等全国多家高校。但是，到 ofo 日峰值接近两万单时，戴威发现日订单量总是卡在这个水平，而且不增反降。这也意味着，学校规模增加了，单车数量增加了，密度和使用频率却下降了。经过调查，戴威发现很多学生将单车骑出校外后没有骑回，而且校外丢车现象非常严重。无奈之下，戴威做出了“封校”的决定，即 ofo 自行车只能在校园内使用。

“封校”的效果立马显现了出来。ofo 的日订单数从 2 万单跳升到 8 万单，尤其是 2016 年暑期各大高校的开学初期，ofo 的日订单数一下蹿升到日均 40 万单，收入也递增到每月 1 000 多万元。尽管当时已经有投资人建议戴威应当让 ofo 走出校园，在城市公共空间去开拓市场，但戴威当时的设想是，用两年时间将全国 2 000 个大学都做完再作考虑，这样也可以减少因丢车而带来的成本上升。而且朱啸虎也赞同戴威的选择。然而，戴威无论如何也不会想到，当 ofo 在大学校园自娱自乐时，另一个强大的竞争对手正在校园外市场开始布局谋篇。

与强手的艰难肉搏

2016年4月的一个周末，许多上海市民像往常一样走出家门，加入人流与商流之中去体验都市的满街风情与小资生活情调。但与以往不同的是，当他们走到街上时，发现路边摆放了很多自行车，这些单车一律呈橘红色，安装着智能锁，不少青年男女正拿着手机对着自行车扫码，“咔嚓”一声后，自行车的锁便自行打开，跨上车的小伙子与小姑娘们然后疾驰而去。4个月后，摩拜单车进入北京，扫码、无桩、电子锁等设计新颖的骑行方式迅速引爆京城媒体与社交平台。

对手打到自己大本营的消息很快让戴威平生第一次感觉到市场竞争的残酷与无情，背后有些发凉之际，戴威找到了朱啸虎问计寻策，朱啸虎又带着戴威来到位于海淀区软件园的滴滴出行总部。没有进行过多的交流，曾经在专车市场亲历数次血战的程维力主戴威立马启动走出校园的步骤，并且采取在城市大量快速铺货的战术，同时程维严肃地提醒戴威，不进攻就是坐以待毙。

行动迅疾地展开。薛鼎被派到上海，并在摩拜总部对面租下了一间办公室，形成虎口夺食之势；与此同时，杨品杰与张巳丁分别坐守武汉和广州，负责敲开华中与华南两大重镇的大门。按照戴威的开城逻辑，第一步先把省会城市打开，而第二步选择哪个城市则由区域经理自行决定。市场捷报也迅速递到了戴威的手中。入城第二周，ofo日订单超过150万单，成为继淘宝、京东、滴滴等互联网巨头之后中国第9家日订单过百万的互联网平台。

对于在摩拜的倒逼之下而无奈被动进城之举，戴威公开承认自己之前先校后城的战略安排是错误的，否则ofo就会走得更好。幸运的是，当初拓展校园市场时，ofo在各个城市建立起来了相应的团队，从而保证了后来进入城市步伐的及时快捷，甚至出现同一天能够进入20个城市的效果。另外，相比于摩拜单车一辆约为3 000元的造价而言，ofo的成本不到300元，从而保证了以大批量铺货的形式抢占市场。

然而，自从与摩拜交火之后，ofo 的短项也立刻显露了出来。除了因车辆造价低廉而易于损毁从而直接推升再造与更置成本外，仅仅从锁型的配置上，二者便分出了高低。与摩拜一开始就配置了智能锁完全不同，ofo 安装的则是机械密码锁。用户通过手机 APP 获取开锁密码，然后按码旋转开锁，整个过程耗时比摩拜要多。不仅如此，机械锁的密码容易被破解，解锁后骑行可以不付费，仅此一举有媒体估计当时 ofo 日亏损百万元。更为重要的是，由于不支持 GPS，机械锁根本无法挖掘巨量用户和出行数据，更无法从中挖掘价值。被动煎熬之下，ofo 不得不投巨资研发智能锁。从目前来看，虽然仍有部分 ofo 保留了机械锁，但最终全部替换成智能锁已是大势所趋。

在具体的市场打法上，ofo 相对于摩拜而言也似乎略欠火候。从周末骑行免费到发放充 100 元得 210 元的补贴大“红包”，摩拜挥舞着促销魔杖的同时，ofo 几乎没有任何作为。及至从滴滴快滴引进张严琪这位昔日 Uber 全球最年轻的区域总经理，ofo 才在全国推出与摩拜近似的充 100 元送 110 元优惠活动，同时采取了以每日使用频次为标准，骑得多者可获得奖品或参与抽奖的促销活动。不过，据媒体报道，ofo 可能并没有收到期望中的营销效果。由于安装的是机械锁，不少城市的用户通过刷单就能获得奖品或者现金红包，而且刷单方式十分简单，即在原地用手机解锁再还车即可，ofo 为此付出不小的财务损失。

目前来看，外部资本给予 ofo 与摩拜所营造出的竞争底气也难分伯仲。数据显示，ofo 至今已经完成七轮融资，身后集结了 DST、滴滴出行、中信产业基金、经纬中国、Coatue、金沙江创投等资本大咖。同样，摩拜也完成了 D 轮融资，背后站着的是熊猫资本、高瓴资本、红杉资本、启明创投、腾讯等的资本阔佬。正是有了腾讯的支持，摩拜接入了微信这一目前人数最多的社交入口，尽管其后 ofo 接入了滴滴，但滴滴带来的导流用户也只是微信的一个零头。

再比较二者的知名度与美誉度，似乎也不相上下。资料显示，在不久前《财富》杂志选出的“2017 年 50 家改变世界的公司”的榜单中，摩拜与蚂蚁金服和腾讯齐登榜单。同样，《福布斯》推出的 2017 年中国“30 位 30 岁以下精英”榜单中，戴威赫然入榜；同时，在《财富》发布的“中国 40 位 40

岁以下的商业精英”榜单上，戴威也名列其中。不过，据《法治周末》联合第三方舆情监测机构发布的《共享单车品牌网络口碑报告（2017 上）》显示，依照综合品牌热度、品牌美誉度以及声誉受损度等指标做出评价，摩拜位居十大品牌之首，得分比 ofo 高 50%。

政策调控之后

作为首个规范与引导共享单车的顶层设计成果，不久前交通运输部、中央宣传部、公安部、人民银行等 10 部门联合出台了《关于鼓励和规范互联网租赁自行车发展的指导意见》（以下简称《指导意见》），在提出“对用户注册使用实行实名制管理”、“禁止向未满 12 岁的儿童提供服务”与“鼓励采用免押金方式提供租赁服务”等诸多创新政策的同时，《指导意见》特别针对投放量巨大和违规停放两大突出问题提出了“正面清单+负面清单”的管理模式，即对不适宜停放的区域和路段可制定负面清单实行禁停管理，包括安全通道、消防通道和盲道等，而正面清单则是指在一些地铁站口、商业中心区域以及人流特别大的地区划定一部分地方供共享单车停放。

以上述《指导意见》为参照，目前北京、上海、广州等全国 12 个城市先后发布了发展共享自行车的相关指导意见，相继做出了在本市暂停新增投放共享单车的决定。不仅如此，像杭州、西安等城市还明确划定了共享单车禁放区域，比如地铁口 50 米范围内、公交站两侧 30 米的范围内，不足 3 米宽人行道、城市盲道、道路隔离带、绿化带等。看得出，一直处于“蛮荒”状态的共享单车已经受到政府监管部门越来越严厉的约束。

但监管政策的收紧并不意味着政府不支持像共享单车这样的市场创新，只是这种创新速度超过了资源环境的客观承接能力。数据显示，短短两年不到的时间，国内就冒出了近 70 家互联网租赁自行车运营企业，累计投放车辆超过 1 600 万辆，而且集中分布在一线与二线城市。然而，市场边界的扩张可以无限，可资源空间的容纳力却是相当有限。初步测算，北京的共享单车的需求总量约为 170 万辆，但与此同时却存在 60 万辆的泊位缺口；上海市目前 150 万辆的共享单车数量也大大超过了其 50 万辆的容量饱和状态；同样，广州目前有共享单车 80 万辆，也超过实际需求的一倍之多。

重要的是，随着共享单车的“野蛮生长”，许多的外部不经济问题也日渐突出起来。一方面，大量而密集的单车随意停放在非机动车道、公共出入口、人行道以及盲道之上，直接影响城市正常交通运行与居民出行，形成都市新的“肠阻”；另一方面，由于中期维护与后期管理无法跟上，导致大片坏损车辆的无序堆积，既形成了资源新的浪费，也有伤城市市容面貌。特别是各种暴力与不文明骑行行为所制造的诸如将自行车悬挂在树枝上以及架挂在桥栏上等各种不雅景观，更让市民倍感不安与愤懑。

短期来看，来自政府的监管或许会对共享单车市场形成一定程度的冲击，不过，在用户规模并没有发生实质性变动的情况下，长期来看作用于市场的监管对于共享单车运营商来说绝对是一个利好消息，因为各大城市停止共享单车的新增投放，必将进一步强化本已十分激烈的行业竞争，许多小品牌共享单车将会逐渐被淘汰出局。公开资料显示，目前摩拜单车约占共享单车市场 57% 份额，ofo 近 30%，二者圈占了近九成的市场份额。虽然随着调控政策的落地，很难说今后只有一两家巨无霸的存在，但强者恒强的态势却是不可避免，占据竞争优势的 ofo 无疑将赢得尽情发力的机会。正是如此，人们看到，ofo 建立起了“奇点”大数据系统，目的是积极配合试点电子围栏技术，探索“正面清单+负面清单”的管理模式；另外，ofo 与北京万科、中国循环经济协会、北京市城市再生资源服务中心共同达成“城市存量自行车循环共享计划”的战略合作，推动废旧自行车循环再生利用，提升闲置资源的效率，节约城市公共空间。

基于一线城市与大型城市共享单车数量已经饱和的事实，ofo 已经决定将国内市场目标转移到三四线城市上来。按照戴威的测算，除一线城市外，共享单车未来还有 4～5 倍的增长空间。因此，从 2017 年年底到 2018 年年初，ofo 将基本覆盖三线城市；到 2018 年 6 月，将覆盖到县级以上城市。另外，ofo 正在向西部地区重点投放火力。按照笔者不久前出差到西藏的观察，整个拉萨市的共享单车数量非常之少，即便是像北京路这样最繁华的街道两边，步行两三公里才能找到一辆共享单车，其他主要街道就更不必说了。因此，对于 ofo 而言，将目光转移到西部主要城市尤其是热点旅游城市，无疑会收到意想不到的效果。

作为 ofo 诞生两年半以来极其重要的一步，不久前 ofo 成功获得了美国西雅图政府颁发的运营许可证，成为首家进入西雅图的中国共享单车运营商。据悉，ofo 已与全球电子支付平台 Adyen 建立战略合作伙伴关系，西雅图用户由此可以在本地享受非常流畅的网络支付服务。资料显示，目前 ofo 已在 8 个国家的 170 座城市投放了 800 万辆单车，日订单超 2 500 万单。按照戴威的设想，以五年为限，到 2022 年，ofo 将会出现在全世界最主要的城市，并跃居为一个全球化的公司。